SEIDR CHWERW

4·50

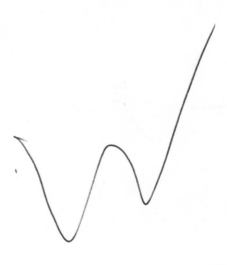

PETER LOVESEY

SEIDR
CHWERW

Addasiad Ieuan Griffith

Gwasg Carreg Gwalch

Rhif Llyfr Safonol Rhyngwladol:
0-86381-199-X

Cyhoeddwyd dan gynllun comisiynu'r Cyngor Llyfrau Cymraeg.

Dymuna'r cyhoeddwyr gydnabod cymorth a chyfarwyddyd
Adrannau'r Cyngor Llyfrau Cymraeg a noddir gan
Gyngor Celfyddydau Cymru.

Argraffwyd a chyhoeddwyd gan Wasg Carreg Gwalch,
Capel Garmon, Llanrwst, Gwynedd.
☎ *Betws-y-coed (0690) 710261*

Pennod 1

Pan oeddwn i'n naw oed, mi syrthiais i mewn cariad â Barbara, merch ugain oed a'i lladdodd ei hun.

Na, efallai nad dyna'r man cychwyn gorau.

Os nad oes ots gennych chi, mi rof i gynnig arall arni.

Mae hi'n stori hynod, ac er mwyn gwneud cyfiawnder â hi, rhaid i mi gamu ymlaen dros gyfnod o un mlynedd ar hugain, i fis Hydref 1964.

Roeddwn i'n eistedd ar fy mhen fy hun mewn caffeteria yng Nghaerdydd, yn bwyta sosejys a tsips, a cheisio darllen *Y Tywysog* gan Machiavelli ar yr un pryd. Amser cinio ddydd Gwener. Does dim amheuaeth nad dydd Gwener oedd hi, oherwydd roedd dianc o'r brifysgol i gael awr neu ddwy ar fy mhen fy hun yn arferiad gen i ar ddiwedd wythnos. Gan mai fi oedd aelod mwyaf distadl yr adran hanes, fy mraint amheus i oedd cynnig cwrs ar hanes Ewrop yn yr ugeinfed ganrif i holl fyfyrwyr y flwyddyn gyntaf, boed nhw'n astudio hanes fel pwnc neu beidio. Fel llawer i drychineb arall, creadigaeth pwyllgor oedd y cwrs, pwyllgor oedd wedi ei sefydlu i ddyfeisio ffyrdd i ehangu diwylliant a gwybodaeth gyffredinol y myfyrwyr. Doedd y cwrs ddim yn un gorfodol, a fyddai dim arholiad ar ei ddiwedd. Dewis cadw draw wnâi'r mwyafrif o'r glas-fyfyrwyr, ac eithrio llond dwrn o anarchwyr brwd a lanwai'r seddau blaen, ac ambell ymwelydd achlysurol a alwai heibio i chwilio am gornel weddol dawel i gael cyntun, ar ôl methu dod o hyd i gadair wag yn y llyfrgell. Pan ddôi'r hunllef wythnosol i ben, y peth olaf y byddwn i'n dewis ei wneud fyddai wynebu'r cwmni crach a'r sgwrsio ymhongar yn ffreutur staff y coleg.

'Maddeuwch i mi, oes rhywun yn eistedd yma?'

Codais fy ngolwg oddi ar fy llyfr a rhythu.

Anghwrtais, rydw i'n cyfaddef, ond mae cryn fwlch diwylliannol rhwng Machiavelli a merch bryd golau, gyda gwefusau fel Brigitte Bardot, a sbectol ymyl aur.

Roedd hi'n cario hambwrdd llawn.

Edrychais o'm hamgylch. Doedd dim rheswm yn y byd dros iddi ddod at fy mwrdd i. Roedd y lle'n hanner gwag. Roedd dau fwrdd gwag wrth ochr fy mwrdd i.

Efallai y dylwn i egluro fy mod i'n gorfod defnyddio ffon i symud o gwmpas. Pan oeddwn i'n dair ar ddeg, cefais fy nharo gan y clefyd polio. Ychydig, os dim, o'i ôl y mae'r clefyd yn ei adael ar y mwyafrif helaeth o bobl sy'n dal y firws. Fi oedd un o'r eithriadau prin. O'i gymharu â phobl eraill rydw i wedi eu cyfarfod, dyw fy anabledd i'n fawr o beth. Fydda i ddim yn gadael iddo wneud gwahaniaeth i 'mywyd. Rydw i wedi gwrthod gwisgo haearn ar fy nghoes, felly y ffon sy'n fy nghynnal i, un eboni, rodresgar, ac addurn arian arni. Rydw i'n crybwyll hyn oherwydd fy mod i, o bryd i'w gilydd, yn cael fy mhoenydio gan bobl rinweddol sy'n mynnu ceisio fy helpu er mwyn dangos maint eu cydymdeimlad â'r anabl. Y syniad cyntaf ddaeth i 'mhen i pan welais i'r ferch yn sefyll wrth y bwrdd, oedd mai un o'r criw hwnnw oedd hi. Doeddwn i ddim mewn hwyl i dderbyn tosturi nawddoglyd, hyd yn oed gan ferch mor drawiadol o hardd â hon.

A barnu oddi wrth ei hoed hi, (allai hi ddim bod yn fwy nag ugain ar y gorau) a'r sbectol, myfyrwraig oedd hi. Ond doedd hi ddim wedi gwisgo fel myfyrwraig: sgarff sidan coch, blows ddu a sgert las llachar gyda sanau tywyll ac esgidiau duon. Roedd rhywbeth o'i le, fodd bynnag. Roedd hyd yn oed gŵr dibrofiad fel fi yn gallu gweld fod y sgert fodfeddi'n rhy laes i fod yn ffasiynol ym Mhrydain ym 1964. Doedd ei hacen hi ddim yn gyfarwydd chwaith, ac mae'n siŵr fod hynny'n egluro pam nad oedd hi'n gyfarwydd â'r dull Prydeinig sidêt o ymddwyn mewn caffeteria.

Symudais y papur newydd roeddwn i wedi ei adael ar y bwrdd o flaen y gadair, lle'r oedd y ferch yn paratoi i eistedd.

Eisteddodd, gan drefnu ei phlethen olau, hir, yn daclus dros ei hysgwydd dde.

'Diolch yn fawr. Rydych chi'n garedig dros ben.'
Americanes.

Mae'n rhaid bod fy argraff gyntaf mai myfyrwraig oedd hi, yn gywir. Un o'r glasfyfyrwyr nad oedd hyd yma wedi mabwysiadu'r dull ffwrdd-â-hi o wisgo. Efallai ei bod hi'n ddigon glas ac anaeddfed i fod wedi eistedd drwy'r ddarlith feichus roeddwn i newydd ei thraddodi.

'Gobeithio nad ydy arogl cyrri yn eich poeni chi,' meddai'r ferch gan chwerthin yn nerfus wrth godi'r caead metel oddi ar ei phlât. 'Alla i byth faddau i unrhyw fwyd poeth, llawn sbeis. Bwyd Mecsico ydy fy ffefryn i, ond does dim ar gael yma. Ydych chi wedi profi bwyd Mecsico? Fe ddylech chi. Rydw i'n siŵr y byddech chi wrth eich bodd.'

Doedd hon ddim am fodloni ar eistedd wrth yr un bwrdd â fi, roedd hi'n disgwyl i mi wrando ar ei chlebran gwacsaw hi'n ogystal. Erbyn hyn roeddwn i'n sicr mai llais eiddgar Samariad trugarog roeddwn i'n ei glywed. Dechreuais gymryd diddordeb brwd mewn poster reslo oedd ar y wal wrth fy ochr. Neges lachar hwnnw oedd bod trefniant yn yr arfaeth i ryw anghenfil boliog o'r enw Angel Harper fynd i'r afael â Shaggy Sterne, y creadur mwyaf blewog i mi daro llygad arno yn fy oes, yn Neuadd y Dref ymhen yr wythnos.

'Un o'r brifysgol ydych chi, yntê?' meddai, fel pe bai diddordeb mewn ymaflyd codwm proffesiynol yn brawf diymwad. Yna, heb aros am ateb, 'Hoffech chi lymaid o ddŵr? Mae'n rhaid i mi gael un beth bynnag, mae'r cyrri 'ma'n chwilboeth.'

Pe bawn i am gael rhywun i weini arna i, fyddwn i ddim wedi dod i gaffeteria. Ond cadwais y gwirionedd amlwg hwnnw i mi fy hun.

Neidiodd ar ei thraed fel pe bai'r lle ar dân, ac i ffwrdd â hi i chwilio am ddŵr.

Edrychais arni'n cerdded oddi wrthyf. Roedd y ruban gwyn ar flaen y blethen euraid yn dawnsio wrth i'w chorff siapus wau ei ffordd rhwng y byrddau. Mi ddylwn i ymfalchïo ei bod hi wedi dewis fy nghwmni i.

Daeth â dau wydraid o ddŵr a'u gosod ar y bwrdd. Roedd ei dwylo'n wyn a gosgeiddig, ac roedd farnais clir ar ei hewinedd. 'Doeddwn i ddim yn siŵr a ddwedoch chi eich bod chi eisiau un neu beidio, ta waeth am hynny, mae'n fwy na thebyg y bydda i'n falch o yfed y ddau.'

Nodiais fy mhen yn swta a throi yn ôl at fy llyfr.

Cafwyd munud neu ddau o ddistawrwydd cyn iddi fwrw ati drachefn. Roeddwn i wedi dechrau gobeithio ei bod hi wedi deall nad oeddwn i am gael fy nhrin fel claf mewn ysbyty, pan yfodd hi lymaid o ddŵr a dweud, 'Maddeuwch i mi os ydw i'n camgymryd, ond onid Arthur Probert ydych chi?'

Rhoddais fy llyfr o'r neilltu a rhythu arni. Roeddwn i wedi cael fy nghythruddo am reswm arall erbyn hyn. Arfer staff y brifysgol oedd cyfarch myfyrwyr, hyd yn oed lasfyfyrwyr a oedd newydd adael yr ysgol, fel Mr neu Miss, oni bai ein bod ni'n chwarae rygbi gyda nhw, neu'n ceisio eu perswadio i ymuno â'r Blaid Gomiwnyddol. Roedden ni'n dangos parch ac yn disgwyl cael ein parchu yn ein tro.

Fel o'r blaen ar ôl gofyn cwestiwn uniongyrchol, roedd hi naill ai'n rhy nerfus neu'n rhy dafodrydd i aros am ateb. 'Alice Ashenfelter o Waterbury, Connecticut, ydw i. Ydych chi'n gyfarwydd ag America? Tua dwyawr ar fws o ddinas Efrog Newydd ydy Waterbury. Does gynnoch chi ddim byd yn erbyn i mi siarad, gobeithio. Roeddwn i wedi clywed fod pobl y wlad yma'n swil a thawedog, ond 'dyw hynny ddim yn wir o gwbl, unwaith y dowch chi i'w 'nabod nhw. Ydych chi ddim am ofyn sut rydw i'n gwybod eich enw chi?'

'Nac ydw, dydy hynny ddim o bwys i mi,' atebais. Fel y crybwyllais eisoes, dydw i ddim yn ymfalchïo yn fy ymddygiad. Sawl tro ers hynny, rydw i wedi ceisio dadansoddi fy ngelyniaeth tuag ati. Mae'n debyg fy mod i, mewn rhyw ffordd chwithig, yn flin am fod merch ifanc hynod o ddeniadol yn teimlo'n ddigon diogel yn fy nghwmni i gymryd y fath hyfdra.

Roeddwn i wedi clirio fy mhlât, ac er y byddwn yn arfer cael cwpanaid o goffi i orffen fy mhryd, penderfynais wneud heb yr un heddiw. Edrychais ar fy wats, sychu fy ngheg, a chan ddweud yn bwyllog, 'Mae hi'n bryd i mi ei throi hi,' cydiais yn fy llyfr a'm papur newydd a'm ffon, ac i ffwrdd â mi.

Tybiwn, yn fy niniweidrwydd, mai dyna'r tro olaf y

8

cawn fy aflonyddu gan Alice Ashenfelter.

Pan gyrhaeddais fy swyddfa yn adeilad Cyfadran y Celfyddydau am ddau o'r gloch, roedd hi yno'n aros amdanaf.

'Helô!'

Troais ar fy sawdl a mynd i weld Bronwen Pugh, ysgrifenyddes yr adran. Bronwen ddigynnwrf, yr unig aelod o staff weinyddol yr adran a fyddai'n dod yn gyson drwy'r wythnos gofrestru heb gur yn ei phen a heb golli'i limpyn gyda'r Athro. Hi oedd yr un a'n cadwai ni i gyd yn ein hiawn bwyll.

'Y ferch 'na yn fy swyddfa i, yr Americanes, chi ddwedodd wrthi hi am fynd yno i aros?'

'O, ie, Dr Probert. Oes rhywbeth yn bod?'

'Soniodd hi beth oedd ei neges?'

'Na, dydw i ddim yn credu. Dim ond dweud ei bod hi am eich gweld chi. Mi gymerais i ei bod hi'n aelod o'ch grŵp tiwtorial chi, a'i hanfon hi i mewn i aros.'

'Ashenfelter ydy'i henw hi. Ydy hi wedi cofrestru yn yr adran?'

Gwgodd Bronwen. 'Oni bai ei bod hi'n newydd eleni . . . ' Dechreuodd fyseddu drwy'r cardiau indecs ar ei desg. 'Na, dydy ei henw hi ddim yma. Tybed ai un o fyfyrwyr yr Athro Byron ydy hi. Mi allwn i ofyn i'w ysgrifenyddes o.'

'Na, does dim gwahaniaeth,' meddwn i. 'Y ffordd hwylusa fyddai i mi ofyn iddi hi.'

Ond pan es i'n ôl i fy swyddfa, doedd Alice Ahsenfelter ddim yno.

Anghofiais bopeth amdani. Roedd gen i lwyth o bethau i'w gwneud cyn diwedd y prynhawn. Fy nhuedd oedd gohirio pob gwaith posibl yn ystod yr wythnos a rhuthro drwyddo mewn awr neu ddwy o brysurdeb gwallgof ar brynhawn Gwener: llythyrau, galwadau ffôn, archebion, tiwtorial neu ddwy, darllen ac arwyddo cylchlythyrau'r Athro a'r Deon, a phicio i'r llyfrgell i gasglu deunydd ar gyfer darlithoedd yr wythnos ganlynol.

Hon fyddai fy mhumed flwyddyn yng Ngholeg y Brifysgol yng Nghaerdydd, ac er nad oeddwn i erioed wedi f'ystyried fy hun yn ŵr academaidd, a minnau wedi prin lwyddo i ennill gradd anrhydedd yn yr ail ddosbarth yn Aberystwyth, lle roeddwn i wedi gwneud mwy o enw i mi fy hun fel chwaraewr *bridge* nag fel hanesydd, prin fod unrhyw faes arall yn agored i mi. Doedd dim gormodedd o swyddi ar gael ym 1956 lle roedd gwybodaeth arbenigol o hanes Ewrop yn yr oesoedd canol yn gymhwyster angenrheidiol. Fel y digwyddodd hi, cael gwaed newydd i Glwb *Bridge* y Staff oedd prif ddiddordeb yr Athro clên a gynigiodd ysgoloriaeth ymchwil imi ym Mangor. Ond, yn sgil yr ysgoloriaeth, daeth peth cyfle i ddarlithio ac, yng nghyflawnder yr amser, ddoethuriaeth a swydd yn yr adran hanes yng Nghaerdydd. Yno, gwnes ymdrech lew i chwarae rhan y darlithydd ifanc, ymwthgar. Ces wared â'm barf, rhoi llai o sylw i chwarae *bridge* a throi at snwcer, prynu MG coch a chael ei addasu fel y gallwn ei yrru er gwaethaf fy anabledd, a rhentu tŷ ger yr afon yng Nghas-Gwent. A chymryd popeth i ystyriaeth, roedd bywyd yn fy nhrin yn bur dda — a dyna pryd y dylai dyn fod ar ei wyliadwriaeth.

Erbyn pedwar o'r gloch, roeddwn i'n paratoi i droi am adref pan alwodd Bronwen i mewn i'm swyddfa. 'Oes gennych chi funud i'w sbario? Roeddwn i'n meddwl yr hoffech chi gael gwybod. Rydw i wedi bod yn holi tipyn. Ashenfelter oedd enw'r ferch 'na ddaeth i'ch swyddfa chi, yntê?'

'Alice Ashenfelter.'

'Wel, dydy hi ddim yn aelod o'r adran yma. A does 'na yr un myfyriwr o'r enw yna wedi cofrestru mewn unrhyw adran arall chwaith.'

'Od iawn,' meddwn i. 'Beth oedd hi'n wneud yn fy swyddfa i, 'te?'

'Adawodd hi neges neu rywbeth ar eich desg chi?'

'Naddo.' Edrychais ymhlith y lluwch papurau ar fy nesg. 'Does dim golwg o ddim byd yma.'

'Rhyfedd iawn.'

'Beth sy'n rhyfedd?'

'Wel, mi soniais i amdani wrth Sioned Rees sy'n rhedeg y siop lyfrau ac yn gwybod pob dim am bawb a phopeth yn y lle 'ma, ac mi ddwedodd hi fod 'na Americanes — un bryd golau, yn gwisgo sbectol a chyda phlethen yn ei gwallt — ym mar yr undeb neithiwr yn holi amdanoch chi.'

'Oedd hi'n holi amdana i wrth fy enw?' gofynnais gan wgu.

Nodiodd ei phen a gwenu'n sydyn. 'Rhywun yn eich ffansïo chi, Dr Probert.'

'Gan bwyll, Bronwen, wnes i erioed daro llygad ar y ferch cyn heddiw. Mi ddigwyddodd hi eistedd wrth yr un bwrdd â fi yn y caffeteria amser cinio.'

'Digwydd?'

Dechreuais fyseddu cwlwm fy nhei wrth gofio'r awr ginio.

'Mi gafodd hi gyfle i siarad â chi felly,' meddai Bronwen. 'Ddwedodd hi rywbeth bryd hynny?'

'Ei henw, y dref lle mae'i chartre hi, dim byd o bwys. Ond wnes i ddim rhoi llawer o anogaeth iddi hi. Ys gwn i beth mae hi eisiau gyda dieithryn llwyr fel fi?'

'Efallai eich bod chi wedi cyfarfod yn rhywle o'r blaen, ar wyliau efallai, a chithau wedi anghofio.'

'Fyddwn i ddim yn anghofio. Mae hi'n ferch rhy . . . rhy anghyffredin. Na, rydw i'n sicr na welais i erioed mohoni o'r blaen. Ond, beth bynnag oedd ei busnes hi, mae'n amlwg fy mod i wedi codi dychryn arni.'

'Fyddwn i ddim yn rhy siŵr o hynny, Dr Probert,' meddai Bronwen, gan syllu drwy'r ffenestr. 'Rydw i'n gwybod ei bod hi'n dechrau tywyllu, ond mi fyddwn i'n taeru mai hi rydw i'n ei weld i lawr yn y maes parcio yn sefyll wrth ochr eich MG chi.'

Pennod 2

Penderfynais fynd i Stafell Gyffredin y Staff i wneud cwpanaid o goffi i mi fy hun. Roedd y lle'n wag heblaw am ddwy wraig oedd yn glanhau'r lle i gyfeiliant byddarol record ddiweddaraf Frank Sinatra yn gymysg â sŵn eu peiriannau glanhau. Yn ôl y rheolau, ddylen nhw ddim bod yno cyn pump o'r gloch, ond roedd hi'n amlwg eu bod wedi hen arfer cael y lle iddyn nhw eu hunain ar ddiwedd prynhawn Gwener. Fel pawb arall, doedden nhw ddim yn bwriadu loetran ar ddiwedd yr wythnos. Pawb ond fi, yn ôl pob golwg. Gwgodd y ddwy wraig arnaf fel pe bawn i yno i ysbïo ar ran pennaeth y gofalwyr, ond amneidiais arnynt i fwrw ymlaen â'u gwaith.

Erbyn hyn, byddai Bronwen Pugh â'i thrwyn ar ffenestr ei swyddfa yn aros am y datblygiadau diweddaraf yn y ddrama ar lwyfan y maes parcio. A oeddwn i'n mynd i wahodd fy edmygydd pryd golau i'r car a diflannu i'r nos a hithau wrth fy ochr? Neu a fyddwn i'n defnyddio fy ffon i'w chadw draw ac amddiffyn fy anrhydedd? Wel, ei siomi gâi Bronwen, oni bai ei bod hi'n bwriadu gweithio'n hwyr. Yfais y coffi'n hamddenol, a threulio'r awr nesaf yn ymarfer ar y bwrdd snwcer.

Pan gyrhaeddais y maes parcio ymhen hir a hwyr, doedd dim ond tri char yno ac un ferch, a honno'n pwyso yn erbyn fy nghar i. Roedd ychydig o law mân a ias noson o hydref yn y gwynt, a doedd dim arlliw o gysgod yn y maes parcio. Roedd Alice Ashenfelter yn gwisgo côt ysgafn, ond mae'n rhaid ei bod hi'n eithriadol o benderfynol, neu'n gwbl ymroddedig, neu'n wallgof i sefyll yno yr holl amser.

Doedd y syniad ei bod hi'n wallgof ddim wedi croesi fy meddwl cyn hynny. Roedd merch a oedd yn arfer byw y drws nesaf i mi wedi syrthio mewn cariad â'r Aelod Seneddol Ceidwadol lleol unwaith. Roedd hi wedi gwirioni'n lân ar y dyn. Doedd y ffaith bod hwnnw'n ŵr priod hapus ac yn dad i dri o blant yn gwneud dim rhithyn o wahaniaeth. Anfonai lythyrau nwydwyllt iddo i Dŷ'r Cyffredin. Anwybyddai yntau hwy'n llwyr, hynny yw nes iddi ddechrau defnyddio amlenni mwy a chynnwys rhai o'i dillad isaf yn ogystal â llythyrau ynddynt. Mae'n debyg fod pobl sy'n byw bywyd cyhoeddus yn cael mwy o brofiadau o'r fath nag y byddai rhywun yn tybio. Fodd bynnag, mae'n debyg fod y ferch druan yn sgitsoffrenig. Y diwedd fu iddi hi dorri i mewn i dŷ'r Aelod Seneddol a chael ei bwrw i garchar am rai misoedd am ei thrafferth. Y peth diwethaf glywais i amdani oedd ei bod hi bellach mewn ysbyty meddwl.

Nodiais ar Alice Ashenfelter fel pe bawn i'n hen gyfarwydd â gweld merched ifanc gosgeiddig yn lled-orwedd ar fonet fy nghar bob nos Wener.

Camodd i'm cyfarfod gan ymestyn ei dwylo'n ymbilgar a dweud, 'Dr Probert, mae'n ddrwg gen i os gwnes i bethau'n lletchwith i chi drwy fynd i fyny i'ch swyddfa.'

'Dim o gwbl,' atebais yn swta. 'Anghofiwch am y peth.'

'Dydw i ddim yn bwriadu bod yn niwsans i chi.'

'O, dydych chi ddim,' meddwn i, gan ddangos mwy o ffydd nag o argyhoeddiad, 'ond diolch i chi am grybwyll y peth. Nos da, Miss y . . . ym . . . '

'I ble rydych chi'n mynd nawr?'

'I'r lle bydda i'n arfer mynd ar derfyn diwrnod gwaith — adref.' Roedd allweddi'r car yn fy llaw yn barod, ac roeddwn yn ceisio datgloi'r drws, proses braidd yn afrwydd i mi bob amser.

'Fyddai hi'n bosibl inni gael sgwrs?'

'Nawr?' Ceisiais wneud i'r cwestiwn swnio fel ateb negyddol. Erbyn hyn roeddwn i wedi llwyddo i agor drws y car.

'Rywbryd eto, 'te. Beth bynnag sy'n gyfleus i chi.'

'Na, dydw i ddim yn meddwl.' Dodais fy nghes a'm ffon yn y car, a gollwng fy hun yn raddol ar y sedd. Yr eiliad yr eisteddais, ac wrth i'r car gymryd fy mhwysau, gwyddwn fod gen i broblem.

'Mi ddwedwn i fod gennych chi olwyn fflat,' meddai Alice Ashenfelter, fel pe na bai menyn yn toddi yn ei cheg.

Rydw i'n gallu dod i ben â'r rhan fwyaf o bethau sy'n dod i ran perchennog car. Rydw i'n gallu newid olwyn. Mae'n wir fod y gwaith yn golygu tipyn mwy o ymdrech a chrafangio ar y llawr nag y byddai i ddyn heb unrhyw nam ar ei goesau. Ar darmac llaith, a minnau'n gwisgo fy siwt lwyd olau, roedd y syniad yn llwyr gyfiawnhau fy rhegfeydd.

'Mi newidia i'r olwyn,' meddai'r ferch yn siriol. 'Ble rydych chi'n cadw'r offer?'

Ystyriais y cynnig. Roeddwn i'n amau'n gryf mai hi oedd wedi gollwng y gwynt o'r teiar. Byddai derbyn ei chymorth yn fy ngwneud yn ddyledus iddi. Ac eto, roedd gen i syniad go dda pa mor hir y byddai'n rhaid i mi aros i unrhyw garej anfon neb i'm helpu yr amser yma o'r dydd, yn arbennig ar nos Wener.

Dringais allan o'r car ac agor y gist gan fwriadu gwneud y gwaith fy hun, ond roedd ei dwy law hi'n gynt na fy un llaw i, a hi ddaeth â'r jac allan o'r gist. Doedd arni ddim angen fy help i i'w gael yn barod.

'Mi alla i ddod i ben â'r gwaith yn iawn fy hun,' meddwn i.

'Mae hi'n rhy oer a gwlyb o beth diawl i ryw rwtsh gwrywaidd fel'na. Estynnwch weddill yr offer 'na imi, plîs.'

Ar fy ngwaetha, allwn i ddim peidio â gwenu, a dyna'i

diwedd hi. Allwn i ddim dadlau yn erbyn ei rhesymeg, a bwriodd hithau at y gwaith yn gyflym a diffwdan. Tra oedd hi'n tynnu'r olwyn, estynnais innau'r olwyn sbâr ac yna rhoi'r olwyn fflat yn y gist, fel nad oeddwn i'n teimlo'n gwbl ddiwerth.

Erbyn iddi orffen, gwyddwn mai'r peth lleiaf y gallwn i ei wneud fyddai cynnig mynd â hi adref. Roeddwn i'n argyhoeddedig mai hi oedd yn gyfrifol am yr olwyn fflat, ond ar ôl ei chymwynas, go brin y gallwn i ei chyhuddo, heb sôn am ei gadael hi yno yn y glaw mewn maes parcio gwag.

Cynigiais fynd â hi i dafarn lle gallai hi olchi ei dwylo. Daeth i mewn i'r car a gyrrais i dafarn ar gyrion y ddinas lle roeddwn i'n eitha sicr na fyddwn yn cyfarfod neb o'r brifysgol. Ar ôl iddi ddod allan o stafell y merched, prynais wydraid o lager iddi.

'Wel nawr, beth am y sgwrs roeddech chi am ei chael?' gofynnais.

'Beth am dreulio ychydig o amser i ddod i adnabod ein gilydd yn gyntaf?'

'Pam dylen ni?'

Syllodd yn ddwys arnaf drwy ei sbectol euraid. 'Dyna fydd pobl yn ei wneud, yntê?'

'Iawn. Dwedwch wrtha i pam daethoch chi i'r wlad yma?'

'Gwyliau.'

'Ym mis Hydref?'

'Gwyliau hwyr.'

'Hanes y wlad, ynte darlithwyr hanes y wlad, sy'n eich diddori chi?'

Gwridodd ac edrych i mewn i'w gwydr. 'Dydy hynna ddim yn deg!'

'Ydy hynny'n golygu fod 'na rywbeth arbennig amdanaf fi?'

Atebodd hi ddim. Roedd hi'n byseddu gwaelod ei phlethen fel merch fach bwdlyd. Roedd ei gwallt wedi ei rannu'n llinell unionsyth, a gallwn weld yn glir nad o botel y daeth yr aur i wallt hon.

'Efallai mai fi ddychmygodd eich bod chi'n rhedeg ar fy ôl i,' awgrymais. 'Tybed ddylwn i fynd i weld meddyg rhag ofn fy mod i'n dechrau dangos arwyddion *paranoia*.'

Atebodd yn dawel, 'Dydych chi ddim yn gwneud pethau'n hawdd i mi.'

'Pe baech chithau'n dweud beth yn union sydd arnoch chi ei eisiau, efallai y gallwn eich helpu. Os ydych chi mewn trwbwl o ryw fath, mae'n bosib y galla i eich cyfeirio chi at rywun a all eich helpu chi.'

Trodd ei chefn a dweud yn bigog, 'Rhowch gyfle i mi, 'wnewch chi.'

Bu distawrwydd am beth amser.

Yna, gwagiais fy ngwydr a hwylio i gychwyn. 'Ble rydych chi'n aros? Alla i fynd â chi yno yn y car?'

Ysgydwodd ei phen. 'Does dim rhaid i chi. Rydw i'n gwybod lle 'r ydw i nawr, ac rydw i'n aros yn weddol agos at fan hyn.'

'Wel, rhaid i mi fynd. Diolch unwaith eto am eich help.'

Symudodd ei llaw ar draws y bwrdd fel pe bai am geisio fy rhwystro, ond yna newidiodd ei meddwl a chydio yn ei gwydr unwaith yn rhagor. 'Mi fydda i yma eto amser cinio fory. Efallai y gallwn ni roi cynnig arall arni bryd hynny.'

Syllais arni'n syn. 'Rhoi cynnig arall ar beth?'

Brathodd ei gwefus a dweud, 'Chi sy'n gwrthod rhoi cyfle i mi.'

Wyddwn i ddim beth i'w ddweud. Roedd hi'n amlwg nad cellwair roedd hi. Ysgydwais fy mhen i ddangos ei bod hi'n ddirgelwch llwyr i mi, a chychwyn am y drws.

'Amser cinio fory,' meddai hi unwaith eto. 'Plîs, Arthur.'

Pennod 3

Erbyn hyn rydych chi'n gwybod beth oedd f'argraff i o Alice Ashenfelter, a does dim rhaid i mi egluro pam nad es i i'w chyfarfod hi yn y dafarn yng Nghaerdydd fore Sadwrn. Rydych chi'n gwybod hefyd, mae'n siŵr, nad ydw i'n rhyw lawer o ŵr bonheddig. Ond rydw i'n hoffi bwyta fel gŵr bonheddig. Gyrrais i lawr i Gas-gwent i'r siop groser a phrynu hanner gamwn wedi ei goginio'n barod, pâté hwyaden, hanner dwsin o wyau a melon ffres. Yna, gan gadw nos Sadwrn mewn cof, galwais yn un o westai'r dref am botel o siampên. Cyn troi am adref, galwais mewn garej i gael rhywun i fwrw golwg ar yr olwyn fflat. Fel roeddwn wedi rhagweld, doedd dim byd o'i le arni.

Treuliais brynhawn digon pleserus yn gwylio rygbi ar y teledu, ac yn gorfoleddu wrth weld tîm Cymru'n trechu'r Saeson yn ôl eu harfer. Yna, es ag Einir Parry, fy nghariad ar y pryd, a oedd yn nyrs yn un o ysbytai Caerdydd, i weld *A Hard Day's Night*. Chafodd yr un ohonon ni lawer o flas ar y ffilm. Y gorau y galla i ei ddweud amdani yw fod ynddi rai caneuon cofiadwy a pheth deialog gweddol ffraeth i liniaru tipyn ar stori ddigon diafael. Byddai Einir, nad oedd yn orhoff o'r *Beatles*, wedi dewis mynd i sinema arall i weld ffilm Losey, *King and Country*, ond doeddwn i ddim mewn hwyl i dreulio noswaith mewn llys milwrol. Os ydych chi'n teimlo fod hynny'n agwedd warthus ar ran darlithydd hanes tuag at un o'r dramâu mwyaf pwerus a ysgrifennwyd erioed am y rhyfel byd cyntaf, rydych chi'n iawn. Rydych *chi* yn llygad eich lle, ac rydw innau'n onest, iawn?

Yn ddiweddarach, pan oedden ni'n cael rhywbeth i'w yfed, soniodd Einir ei bod hi wedi bod yn meddwl am ein perthynas ni, a'i bod hi o'r farn nad oedd llawer o ddim yn gyffredin rhyngon ni y tu allan i'r stafell wely. Siarad plaen: beth arall sydd i'w ddisgwyl gan nyrs? Roedd ei horiau hamdden prin yn rhy werthfawr i'w gwastraffu ar bethau nad oedd hi'n eu mwynhau. Drwy gydol yr amser yn y sinema, roedd hi wedi bod yn meddwl bod rhywbeth mawr o'i le os oedden ni'n dau'n gallu eistedd yno yng nghwmni'n gilydd mewn diflastod llwyr am ddwyawr. Pan holais i beth fyddai hi wedi hoffi ei wneud, ei hateb oedd dawnsio. Nid yr ateb mwyaf diplomataidd dan haul i ddyn sy'n methu cerdded heb gymorth ffon.

Mynd o ddrwg i waeth wnaeth pethau ar ôl hynny. Hi'n sôn am hunan-dosturi, a minnau'n ateb mai nyrs fyddai'r un olaf y byddwn i'n troi ati i chwilio am gydymdeimlad. Doedd hon ddim yn un o'r nosweithiau hynny pan mae ffrae stormus yn troi'n gymodi nwydwyllt. Trodd yn hytrach yn 'nos da' swta ger drws hostel y nyrsys.

Roedd hi wedi troi hanner awr wedi un ar ddeg pan yrrais y car i'r garej a cherdded at ddrws y tŷ. Pan grybwyllais i o'r blaen fy mod i'n byw ger yr afon yng Nghas-gwent, mae'n debyg i chi gymryd yn ganiataol mai at afon Gwy roeddwn i'n cyfeirio. Ond yn agos i afon lawer llai, nant weddol fawr mewn gwirionedd, y mae fy nghartref i. Fy rheswm dros ddweud hyn yw fy mod am i chi wybod fod y tŷ yn fwy anghysbell nag y byddech chi wedi meddwl. Peidiwch â dychmygu fod y lle'n gwbl anghyfanedd chwaith — mae o leiaf dri thŷ o fewn tafliad carreg, cyn belled â'i bod hi'n garreg fechan — ond pur anaml y byddwn ni'n gweld dieithriaid yn y gymdogaeth. Dyna pam y cefais i syndod pan gyffyrddodd fy ffon â rhywbeth ar lwybr yr ardd. Bag dillad mawr oedd yno.

Gallwn yn hawdd fod wedi cwympo ar ei draws.

Roedd hi wedi ei adael yn union o flaen y drws ffrynt. Byddwch wedi casglu nad oedd gen i ddim llawer o amheuaeth pwy oedd perchennog y bag. Hyd yn oed yng ngolau'r lleuad, roeddwn i'n gallu gweld fod fflag yr Unol Daleithiau wedi ei gwnïo arno. Ac eto doedd dim golwg o Alice Ashenfelter.

Gan fod fy nos Sadwrn wedi ei difetha'n barod, doeddwn i ddim yn teimlo'n rhy garedig tuag at ferched yn gyffredinol. Agorais y drws gydag ochenaid a mynd i'r tŷ heb drafferthu i edrych a oedd hi allan yn yr ardd yn rhywle. Wnes i ddim edrych, ac yn sicr wnes i ddim galw ei henw hi. Cloais y drws a mynd i'r gegin i wneud cwpanaid o goffi i mi fy hun.

Doeddwn i ddim yn meddwl am eiliad yr âi hi i ffwrdd. Os nad oedd hi, am ryw reswm neu'i gilydd, wedi sylwi arna i'n cyrraedd adref, byddai'n sicr o weld y goleuadau yn y tŷ. Byddai'n curo ar y drws unrhyw funud, a byddai'n rhaid i minnau ddisgyblu fy hun i'w hanwybyddu hi. Y trwbwl yw fy mod i'n un fyddai'n ildio'n rhwydd i'w math hi o dactegau. Gwyddwn, os na fyddwn i'n ateb, y treuliwn weddill y nos yn pryderu yn ei chylch hi'n gorfod bod allan drwy'r nos mewn lle oedd yn gwbl ddieithr iddi.

Dechreuais hel meddyliau o ddifrif. Dychmygwn fy hun mewn cwest yn baglu dros fy ngeiriau wrth geisio egluro pam roeddwn i wedi bod yn ddigon dideimlad i wrthod agor y drws i ferch unig mewn gwlad dramor — merch oedd wedi bod yn ddigon parod ei chymwynas pan oeddwn mewn helbul yn ceisio newid olwyn fy nghar, ac nad oedd wedi gofyn am ddim heblaw am ychydig gwmnïaeth i leddfu ei hiraeth. Merch a oedd, oherwydd fy niffyg croeso, wedi bod yn cerdded y ffordd yn hwyr y nos ac wedi cael ei chodi gan griw o lanciau meddw a oedd wedi ei threisio cyn ei thaflu allan o'u car gan beri iddi daro ei phen a chael ei niweidio'n angheuol. Gallwn hyd yn oed weld ei rhieni oedrannus oedd wedi teithio yr holl ffordd o Waterbury,

Connecticut, i'r angladd, yn rhythu arnaf drwy eu dagrau ar draws y bedd, gan fethu dirnad sut y gallai unrhyw fod dynol ymddwyn mor giaidd.

Er mwyn ceisio bwrw fy meddyliau melancolaidd o'r neilltu, troais y teledu ymlaen a gweld esgob blonegog yn cyflwyno'r epilog. Roedd yr amseru mor berffaith fel na allwn beidio â gwenu. Yn enw'r Tad (fel roedd yr esgob newydd ddweud), un ferch newydd fy ngwrthod, ond un arall wrth fy nrws. Doedd gen i ddim achos cwyno.

Rhoddais daw ar yr esgob, ac eistedd i yfed fy nghoffi a phwyso a mesur y sefyllfa. Roedd hi eisoes yn hanner nos. Os oedd Alice Ashenfelter wedi dod â'i phac i'w chanlyn, roedd yn amlwg ei bod hi'n bwriadu treulio'r nos yn fy nghwmni.

Beth ar y ddaear oedd wedi ei denu hi ata i? Roedd rhywun wedi sôn rywbryd fod rhai merched yn gweld dynion cloff yn hynod o atyniadol — a pham dylwn i gwyno? — ond doeddwn i ddim wedi cael cadarnhad o'r ddamcaniaeth hyd yn hyn. Roeddwn i wastad wedi cymryd yn ganiataol mai rhyw greadur coes glec oedd wedi dychmygu'r stori i'w gysuro ei hun.

Ta waeth am hynny. Os mai dyn ydych chi, a chithau ar eich pen eich hun ar nos Sadwrn, a merch ifanc olygus yn sefyll ar garreg eich drws am hanner nos, nid amser i holi cwestiynau ydy hi, ond amser i agor y siampên. Roedd potel yn y rhewgell yn barod.

Cydiais mewn tors ac roeddwn ar gychwyn at y drws ffrynt pan glywais sŵn rhywun yn symud i fyny'r grisiau.

Fy stafell wely i! Doedd dim diwedd ar hyfdra'r ferch! Roedd hi wedi torri i mewn i'r tŷ!

Roeddwn i'n gandryll. Ymateb cyntefig am fod rhywun yn tresbasu ar fy nhiriogaeth, efallai. Pe bai fy nwy goes i'n holliach, byddwn wedi llamu i fyny'r grisiau heb feddwl ddwywaith, a byddai hithau allan cyn pen chwinciad. Yn lle hynny, herciais i'r gegin, a phob math o deimladau, o gynddaredd i gyffro rhywiol, yn berwi yn fy ngwaed.

Sefais yno yn ystyried y sefyllfa, a phenderfynu na fyddwn yn ei lluchio allan. Na, fyddwn i ddim hyd yn oed yn lleisio unrhyw brotest.

Roedd hi wedi dangos ei lliwiau yn ddigon clir.

Mi allwn innau fod yn gadarnhaol hefyd. Dodais y siampên a dau wydr ar hambwrdd. Rydw i wedi hen feistroli'r grefft o gario hambwrdd mewn un llaw i fyny'r grisiau.

Wnes i ddim rhoi'r golau ymlaen. Rydw i'n ddigon cyfarwydd â symud o gwmpas fy stafell wely yn y tywyllwch. Pwysais yn erbyn y bwrdd gwisgo a rhedeg fy llaw drosto cyn gosod yr hambwrdd i lawr. A da o beth imi wneud hynny oherwydd roedd sbectol wedi ei gadael yno. Roedd yr awgrym lleiaf o bersawr yn y stafell a chymerais anadl ddofn, gyffrous.

Pwyll piau hi, meddyliais, gan ddiosg fy nillad a nesáu at y gwely. Wrth i'm llaw gyffwrdd y gobennydd, gallwn deimlo ei gwallt o dan fy mysedd. Roedd hi wedi datod y blethen euraid. Dringais i'r gwely a gorwedd wrth ei hochr. Roedd hi wedi ei lapio ei hun yn fy ngŵn gwisgo. Cyfarfu ein gwefusau a chydiodd hithau yn fy llaw a'i thywys ar hyd llyfnder esmwyth ei chnawd.

Ar fy ffordd i fyny'r grisiau, roeddwn wedi meddwl y fath storm fyddai wedi ffrwydro uwch fy mhen pe bawn i wedi dod ag Einir adre gyda fi yn ôl fy mwriad. Nawr, anghofiais bopeth am Einir, ac eithrio'r ffaith na allai hi ddim dal cannwyll i hon.

Ymhen hir a hwyr pan godais o'r gwely i agor y botel siampên, clywais lais Alice Ashenfelter am y tro cynta'r noson honno. Roeddwn i'n disgwyl clywed rhywbeth rhamantus. 'Mi ddylet ti gael rhywun i wneud yn siŵr fod ffenestr y tŷ bach yn cau'n sownd.'

'Dyna ffordd dest ti i mewn?'

'Wyt ti'n flin?'

'Ydw i'n edrych yn flin?'

'Alla i ddim gweld heb fy sbectol.'

Estynnais ei sbectol iddi.

Ar ôl eu gwisgo atebodd, 'Ychydig yn ddryslyd, ond nid yn flin.'

Saethodd y corcyn o'r botel a llenwais y gwydrau.

Edrychais arni. Roedd y golau uwchben y gwely yn creu cysgodion tywyll o dan y bronnau lluniaidd a rannai len euraid, laes, ei gwallt. Roeddwn i'n hoffi gweld ei gwallt yn llifo'n rhydd. Roedd gwallt wedi ei blethu yn fy nharo i fel rhyw ffasiwn hynod o blentynnaidd mewn merch ar draws ei hugain oed. Tyfai llawer o ferched y coleg eu gwalltiau'n hir gan ei wisgo naill ai'n rhydd neu wedi ei rwymo'n gynffon y tu ôl i'w pennau. Yn sicr, doedd yr un ohonynt yn gwisgo plethen. Efallai mai ffasiwn Americanaidd nad oedd wedi cyrraedd y wlad hon oedd y blethen, ond yr argraff a gawn i oedd ei bod yn rhywbeth cwbl arbennig i Alice Ashenfelter. Roedd yn gweddu rywfodd i'w ffordd agored, uniongyrchol, o wneud pethau.

Doeddwn i ddim eto wedi penderfynu pa un ai rhywbeth ffug, ynteu rhan gynhenid o'i phersonoliaeth, oedd yr ymddygiad lled blentynnaidd. Efallai mai merch araf ei datblygiad oedd hi. Ond nid ymhob ffordd yn sicr, meddyliais.

Fel pe bai hi'n darllen fy meddyliau, gorweddodd yn ôl ar y gobennydd gan godi dillad y gwely i orchuddio'i bronnau noeth. Roedd gwyleidd-dra fel pe bai'n codi ei ben, felly codais innau'r gŵn gwisgo oddi ar y llawr i gelu fy noethni.

Nawr, meddyliais, fe ddaeth yn bryd i mi dalu am fy mhleser.

Eisteddais mewn cadair freichiau yn wynebu'r gwely a dweud, 'Rydw i wedi cael yr argraff fod rhywbeth ar dy feddwl di.'

Edrychodd arnaf a llyncu ei phoer cyn dweud mewn llais petrus, 'Dydy hyn ddim am fod yn hawdd i mi.'

'Efallai y bydd y siampên o help,' awgrymais.

'Iawn, ond mae'n rhaid i ti fod yn amyneddgar. Mae hyn yn golygu mwy i mi nag y galla i ei egluro. Os dyweda i pam y dois i drosodd i'r wlad yma a mynd i'r holl drafferth i ddod o hyd i ti, efallai y byddi di'n deall pam y gwnes i bethau twp, fel gollwng y gwynt o olwyn dy gar di.'

O'r diwedd roedd hi'n ymddangos fy mod i ar fin cael eglurhad ar ymddygiad Alice Ashenfelter. Gwenais arni'n llawn anogaeth.

Gostyngodd ei llais a byseddu ei gwallt. 'Mae arna i eisiau i ti ddweud rhywbeth wrthyf am Dad.'

'Beth?'

'Rhywbeth am fy nhad.'

Daeth rhyw gryndod drosof. Allwn i ddim ond credu fy mod i newydd fod yn caru â merch wallgof. Ceisiais gelu fy nghyffro, ond roedd pob math o bryderon yn rhedeg drwy fy meddwl. Beth fyddai fy nhynged pe bai pobl yn dod i wybod 'mod i wedi cymryd mantais ar ferch nad oedd yn ei hiawn bwyll?

'Ches i erioed gyfle i'w adnabod, ond mi gest ti.'

'Fi?' meddwn i'n syn. Yna, gan geisio swnio'n fwy hunanfeddiannol, ychwanegais, 'Mae arna i ofn dy fod ti'n camsynied.'

'O, nac ydw. Rydw i'n gwybod i sicrwydd dy fod ti'n ei adnabod. Fe gafodd Dad ei grogi ym 1945 am lofruddiaeth.'

Pennod 4

Er mor ysgytwol oedd ei datganiad, dechreuodd pethau wneud rhyw gymaint o synnwyr. Yr *Old Bailey*, Mai 1945. Donovan o flaen ei well wedi ei gyhuddo o lofruddiaeth. A minnau yn un o'r tystion. Roedd y papurau wedi cyfeirio ataf fel *'bachgen eiddil mewn siwt lwyd y bu'n rhaid i'r barnwr ofyn dro ar ôl tro iddo siarad yn fwy eglur'*. Oherwydd fy oed, doedd dim rhaid i mi roi fy nhystiolaeth ar lw, a'r barnwr oedd yn gofyn y rhan fwyaf o'r cwestiynau. Mae'r barnwr hwnnw yn dal yn hunllef frawychus i mi, yn ei wig laes a'i ŵn ysgarlad, yn crymu ymlaen i glustfeinio ar fy ngeiriau, a'i aeliau duon, trwchus, yn codi a gostwng yn ddisgwylgar. Gall dyn geisio gwthio profiadau o'r fath i gefn ei feddwl a'u cuddio dan haen ar ben haen o brofiadau melysach, ond, credwch chi fi, chaiff o byth mo'u gwared.

Doedd cysylltiad Alice Ashenfelter â'r profiad hwnnw ddim mor amlwg. Mae'n wir mai un o filwyr America oedd y dyn a gyhuddwyd ac a gafwyd yn euog, ac ar y pryd roedd mewn gwersyll yng Ngwlad-yr-haf lle roeddwn innau'n un o ffoaduriaid y rhyfel. Ond Donovan oedd enw hwnnw. Preifat Duke Donovan.

Fel pe bai'n synhwyro fy mhenbleth, dechreuodd egluro. 'Fe ailbriododd Mam pan oeddwn i'n fabi. Ashenfelter oedd enw ei hail ŵr, ac fe newidiwyd fy enw innau. A dyna pwy ydw i yn ôl pob cofnod swyddogol, Alice, merch Henry Ashenfelter.'

'Ond sut gwyddost ti nad ydy'r cofnodion yn gywir? Efallai mai merch Henry Ashenfelter wyt ti.'

'Mae gen i brawf o'r peth.'

Atebais i ddim. Roeddwn i'n syllu'n fanwl arni gan

geisio canfod rhyw debygrwydd i Duke Donovan yn ei hwyneb. Roeddwn i'n cofio'r dyn yn iawn. Pan oeddwn i'n blentyn roedd gen i feddwl y byd ohono. Efallai bod rhywbeth ynglŷn â cheg Alice Ashenfelter, rhyw awgrym cynnil yn ei gwên, ond dim byd pendant. Doedd hi ddim wedi fy argyhoeddi hyd yma.

Dechreuodd anesmwytho wrth fy ngweld yn rhythu arni ac, er mwyn torri ar y distawrwydd, bwriodd ati i egluro ymhellach. 'Wyddwn i ddim byd o gwbl am hyn hyd yn ddiweddar. Roeddwn i'n ystyried fy mod yr un fath ag unrhyw ferch arall, yn gwisgo brês ar fy nannedd, a sbectol, a gwrando ar Dad a Mam yn cweryla beunydd. Am Ashenfelter rydw i'n sôn pan ydw i'n dweud Dad, iawn? Pan fydda i'n edrych yn ôl, dydw i ddim yn credu iddo erioed ddangos gronyn o gariad tuag ata i, fel y byddai tad go iawn wedi ei wneud. Un noson mi aeth hi'n ffrae waeth nag arfer rhwng y ddau ynglŷn â rhyw ddynes roedd o'n cyboli â hi, ac erbyn y bore roedd Ashenfelter wedi codi ei bac. Wyth oed oeddwn i ar y pryd. Wnaeth o ddim hyd yn oed anfon cerdyn pen-blwydd i mi ar ôl hynny, heb sôn am ddod i fy ngweld i. Ar ôl yr ysgariad, mi ddywedodd Mam wrtha i am anghofio am ei fodolaeth o.' Gwenodd yn gynnil, 'Ond mi ddalion ni i ddefnyddio'i hen enw dwl o.'

'Roedd o'n dipyn o un am y merched, felly?'

'O, oedd. Y peth diwetha glywson ni amdano oedd ei fod o wedi ailbriodi a dod i fyw i'r wlad yma.'

'A dy fam?'

'Roedd hi wedi cael llond bol ar ddynion. Fi oedd ei bywyd hi o hynny allan. Mae'n debyg ei bod hi am wneud iawn am yr hyn a ddigwyddodd. Byddai'n prynu dillad hardd i mi, yn talu am wersi marchogaeth ac yn mynd â fi ar wyliau byth a beunydd. Roedden ni'n dwy yn hapus iawn yn ystod y cyfnod hwnnw.'

Oedodd. Roedd hi'n aros i mi holi am weddill y stori. Roedd hi'n amlwg fod rhywbeth wedi digwydd i suro'r berthynas ddedwydd rhyngddi hi a'i mam. Yn lle hynny, gofynnais, 'Beth ydy ei henw hi?'

'Enw Mam? Ei henw bedydd hi?'

'Ie.'

Oedodd eto am eiliad. 'Os dyweda i wrthat ti, wnei di addo defnyddio fy enw bedydd i weithia? Mi wneith hynny i mi deimlo'n fwy hyderus.'

Ni allwn guddio gwên o feddwl bod y ferch yma, oedd wedi torri i mewn i'r tŷ a dringo'n noeth i'm gwely, yn brin o hyder. 'Mi feddylia i am y peth.'

'Alice ydw i.'

'Roeddwn i wedi deall hynny.'

'Eleanor oedd enw Mam. Elly roedd pawb yn ei galw hi.'

Sylwais nad amser presennol y ferf a ddefnyddiodd.

Bwriodd ymlaen â'i stori. 'Fel roeddwn i'n dweud, doedd ganddi ddim byd o gwbl i'w ddweud wrth ddynion ar ôl ei phrofiada gydag Ashenfelter. Rydw i'n cofio pan oedden ni ar ein gwylia y bydden ni'n cael hwyl fawr wrth eistedd ar y traeth yn gwylio'r dynion yn mynd heibio. Mi fydden ni'n gwneud hwyl am ben pob un ohonyn nhw. Roedden ni'n dwy yn casáu dynion â chas perffaith.'

'A faint oedd dy oed ti ar y pryd?'

'Naw neu ddeg, mae'n debyg.'

'A chyn bo hir, mi ddechreuodd y bechgyn gymryd sylw ohonot ti?'

Gwthiodd ei sbectol yn uwch ar ei thrwyn a syllu arna i'n ddwys. 'Rwyt ti'n gwybod beth ddigwyddodd wedyn, on'd wyt ti?'

'Mae gen i syniad go lew. Mi aeth pethau o chwith rhyngot ti a dy fam.'

'Rwyt ti'n iawn. Gwrthryfel yr arddega, yr arddega cynnar, a'r gwrthryfel yn troi'n rhyfel go iawn. Roedd ambell i fachgen am fynd â fi allan, ac roedd hithau'n mynnu fy rhwystro fi. Roedden ni'n dwy mor benderfynol â'n gilydd. Byddai'n fy nghloi yn fy stafell, yn cuddio fy nillad, yn fy chwipio, ond wnâi fy hormonau ddim gadael imi ildio, a fi enillodd yn y diwedd. Paid â 'nghamddeall i — wnes i ddim mynd i drwbwl na dim byd felly. Dim ond dangos iddi 'mod i'n bwriadu mynd allan efo bechgyn, yr un fath ag unrhyw ferch arall o'm hoed.'

'A sut roedd hi'n ymateb i hynny?'

'Ddim yn dda.'

'Ym mha ffordd?'

'Alcohol. Pan ddown i adre weithiau, byddai'n rhaid i mi ei llusgo hi i'w gwely. Ac roedd hi'n cwympo byth a beunydd. Cwympodd i lawr y grisiau a thorri ei choes unwaith, ond wnaeth hynny ddim gwahaniaeth.' Cododd ei llaw at ei cheg a phwyso'i bawd ar ei dannedd. Roedd hi'n ymladd i gadw'r dagrau o'i llygaid. 'Yna, flwyddyn yn ôl, mi ddechreuais i yn y coleg, a hynny'n golygu byw oddi cartref. Un bore ym mis Chwefror, galwyd fi i swyddfa pennaeth y coleg. Roedd Mam wedi cael damwain car. Roedd hi wedi gyrru oddi ar y ffordd a mynd ar ei phen i goeden.'

'Oedd hi wedi bod yn yfed?'

'Dyna ddwedyd yn y cwest.'

Bu distawrwydd am gryn amser.

'Soniodd hi erioed nad Ashenfelter oedd dy dad?' gofynnais.

Siglodd ei phen.

'Os felly, sut . . . ?'

'Roeddwn i'n dod at hynny. Bu'n rhaid i mi fynd drwy ei phapura i edrych a oedd hi wedi gwneud ewyllys. Roedd hi'n cadw popeth felly dan glo mewn hen focs eboni a etifeddodd hi gan ei mam-gu. Mi ddois i o hyd i amlen wedi ei selio yn y bocs. Ynddi roedd tystysgrif priodas, rhai tameidia wedi eu torri o bapura newydd ac un neu ddau o lythyra. Pan ddarllenais y dystysgrif, mi ges i sioc fwyaf fy mywyd. Roedd fy mam, Eleanor Louisa Beech, wedi priodi rhywun o'r enw Duke Donovan yn Ninas Efrog Newydd ar y pumed o Ebrill

1943! Allwn i ddim credu'r peth. Wedi'r cwbl, fe ges i fy ngeni ym mis Chwefror 1944!'

Trodd ei llygaid mawr apelgar ataf, fel pe bai hi wedi sylweddoli arwyddocâd y dystiolaeth o'r newydd y funud honno. Doedd gen i ddim ateb na chysur i'w cynnig iddi. Llwyddais i fwmial rhyw ystrydeb ddiystyr rhwng fy nannedd.

'Ac os wyt ti'n meddwl bod hynny'n sioc,' meddai, fel pe bawn i wedi ymateb yn gwbl ddeallus, 'mi edrychais i ar y toriadau papur newydd wedyn, ac roedd cynnwys rheini'n fwy anhygoel byth. Roedd pob un ohonyn nhw'n sôn am achos llys ym Mhrydain. *Y Benglog yn y Seidr*. Allwn i ddim dyfalu pam roedd hi wedi eu cadw nhw, ac roeddwn i ar fin eu rhoi nhw o'r neilltu pan sylwais i ar enw. *Duke Donovan, y cyhuddedig.* Alli di ddychmygu sut roeddwn i'n teimlo? Uffern, roeddwn i newydd ddarganfod tad newydd, a'r eiliad nesa roedd o'n cael ei gyhuddo o lofruddiaeth!'

Gwenais. Diffyg sensitifrwydd o dan yr amgylchiadau. Mae'n rhaid fy mod i wedi cynhyrfu bron gymaint â hithau.

Fodd bynnag, chafodd hi mo'i chythruddo. Syllodd arnaf yn freuddwydiol ac yna'n annisgwyl, gwenodd yn ôl arnaf. 'Ga i dy alw di'n Arthur?'

'Rwyt ti newydd wneud.'

'Diolch. Wel, roedd hyn i gyd yn corddi yn fy mhen i drwy'r wythnosa canlynol. Wyddwn i ddim pwy oeddwn i. Roeddwn i naill ai'n ferch i lofrudd neu'n blentyn gordderch Ashenfelter. Ac roedd hi'n amlwg fod rhywun wedi ffugio pob cofnod swyddogol amdana i. Gallwn ddeall pam y byddai fy mam wedi gwneud hynny, ac eto mi ddylai fod wedi egluro petha imi ar ôl imi ddod yn ddigon hen i allu deall. Ond, Arthur, wnaeth hi ddim hyd yn oed awgrymu'r peth unwaith.'

'Ond mi ddwedaist ti dy fod ti'n gwybod i sicrwydd.'

'Roedd y prawf yn yr hen lythyra yn y bocs. Wnes i ddim edrych arnyn nhw am beth amser. Mae'n debyg fod arna i ofn y bydden nhw'n cynnwys rhagor o gyfrinacha nad oeddwn i am eu clywed. Ar ôl yr angladd, mi es yn ôl i'r coleg a mynd â'r llythyrau gyda fi heb eu darllen. Mi gymerodd dros wythnos imi fagu digon o blwc i edrych ar y cyntaf ohonyn nhw. Mi hoffwn i ti ei ddarllen o, Arthur. Estyn fy nillad imi.'

Roedd ei dillad wedi eu plygu'n daclus a'u gosod ar gefn y gadair lle'r oeddwn i'n eistedd. Estynnais nhw iddi, a thynnodd waled o un o'i phocedi. Yn y waled roedd hen amlen a chryn ôl traul arni. Cynigiodd yr amlen i mi.

Oedais cyn ei derbyn.

'Plîs, Arthur,' ymbiliodd.

Tynnais y llythyr o'r amlen. Roeddwn innau wedi cyffroi. Fel y soniais eisoes, roedd gen i feddwl y byd o'r dyn oedd wedi ysgrifennu'r llythyr. Pan oeddwn i'n blentyn unig, hiraethus, bu'r dyn yma'n gysur ac yn gefn imi. Roeddwn i'n dyheu am brofi'r cysur hwnnw unwaith eto. Byddai darllen ei eiriau — hyd yn oed geiriau a fwriadwyd ar gyfer rhywun arall — yn dod â mi i gysylltiad â fo unwaith eto. Ond byddai hefyd yn atgyfodi hunllef.

Roedd y llythyr wedi ei ysgrifennu mewn pensil ar ddarn o bapur cras cyfnod y rhyfel.

Fy Annwyl Elly,

Dyma gyfle arall am hoe fach ar y daith, a chyfle arall i daro gair ar bapur i'm gwraig annwyl a'm merch fach, gan obeithio y daw cyfle rywsut, rywfodd i ti ei ddarllen. Yn ôl yr arfer, does gen i ddim hawl i ddweud lle rydw i ar hyn o bryd, dim ond fy mod i rywle yn Ewrop. 'Ar y ffordd i fuddugoliaeth!' — mae'n debyg y ca i ddweud hynny heb fynd i drwbwl. Mae gen i hawl hefyd i ddweud fy mod i'n iach a dianaf, diolch i Dduw. Rydw i'n hynod o flinedig, ond dydw i ddim wedi cael fy nghlwyfo o gwbl. A dydw i ddim yn bwriadu cael fy nghlwyfo chwaith, paid ti â phoeni am hynny, 'nghariad i.

Dyna ddigon amdana i. Ydy Alice fach wedi dysgu

dweud Dad eto? Braidd yn gynnar efallai. Mae 'na blant yn y rhan yma o'r byd hefyd, coelia neu beidio, ynghanol yr holl ymladd a lladd. Y dydd o'r blaen roedd 'na blentyn bach ynghanol y rwbel mewn adfail wedi ei fomio ar faes y frwydr, yn begera am damaid o gwm i'w gnoi. Rhaid i mi wneud yn siŵr fod gen i beth yn fy mhoced bob amser o hyn allan. Beth gawn ni ein tri ei wneud gyda'n gilydd ar ôl i mi ddod adre? Beth am bicnic yn y parc? Neu brynhawn yn y ffair yn Coney Island? A rhyw ddiwrnod rydw i'n bwriadu mynd â'r ddwy ohonoch chi i Washington i gael cip ar gartre'r Arlywydd yn y Tŷ Gwyn.

Bydd yn ferch ddewr, 'nghariad i. Rwy'n anfon pob tamaid o'm cariad a llond gwlad o gusanau i chi'ch dwy.
Duke.

Plygais y llythyr yn ofalus a'i roi yn ôl yn ei amlen cyn ei estyn iddi. A bod yn onest, doedd ei ddarllen ddim wedi effeithio arnaf fel roeddwn i wedi disgwyl iddo wneud. Roedd yn llythyr syml, didwyll, oddi wrth ŵr at ei wraig, a doedd gen i ddim cysylltiad â'r rhan honno o'i fywyd.

'Llythyr bendigedig, yntê?' meddai hi. 'Waeth gen i beth wnaeth o, mae o'n llythyr bendigedig, a fy nhad i ysgrifennodd o.'

Gwenais arni gan sylweddoli mor bwysig roedd hyn iddi. Roedd yn rhaid i minnau ei hargyhoeddi. Ceisiais ddynwared ei brwdfrydedd. 'Ydy, mae o'n llythyr hyfryd, ac yn rhywbeth i'w drysori. Mae'n amlwg mai dy fam a thithau oedd cannwyll ei lygaid o, ac mae hynny'n rhywbeth gwerth ei gofio. Pam na wnei di fodloni ar hynny, a gadael i bopeth arall fod?'

Chafodd fy nhipyn araith fawr o ddylanwad, mae'n rhaid i mi gyfaddef. Gwyrodd ymlaen a gofyn, 'Ond beth wyt ti'n gofio amdano, Arthur? Sut un oedd o mewn gwirionedd?'

'Dim ond plentyn oeddwn i ar y pryd,' atebais yn swta, gan obeithio mai dyna fyddai diwedd y mater. 'Ac os wyt ti wedi gorffen dy stori, rydw i'n mynd i gael cawod.'

Ond doedd hi ddim am ildio ar chwarae bach. Tra oeddwn i yn y gawod, safodd wrth y drws gan ddadlau'n ddigon rhesymol (a chwbl gywir) na fyddai unrhyw un yn gallu anghofio'r profiad o gael ei symud o'i gynefin i ganol cymdeithas anghyfarwydd, ac yno'n dod yn rhan o gyfres o ddigwyddiadau a arweiniodd at lofruddiaeth ac achos llys yn yr *Old Bailey*.

Roedd gen i fy rhesymau fy hun dros fod yn hynod o anfoddog i dyrchu'n ôl i'r gorffennol. Ac eto, ni allwn wadu nad oedd gan Alice Ashenfelter (neu Donovan) hawl i gael gwybod peth o hanes digwyddiadau tyngedfennol Tachwedd 1943. Y cwbl a wyddai hi am y digwyddiadau hynny oedd yr hyn roedd hi wedi ei ddarllen mewn toriadau o bapurau newydd. Yn ôl pob golwg doedd hi ddim wedi sylweddoli y gallai fod wedi cael gafael ar holl fanylion yr achos mewn tua dwsin o wahanol ffynonellau. Ystyrid achos Donovan yn un o'r clasuron ym myd datrys troseddau ym Mhrydain. Roedd dau lyfr ar y silffoedd yn fy stafell fyw y gallwn fod wedi eu cynnig iddi i'w darllen. Gan fod llofruddiaethau yn llawer mwy cyffredin yn America, mae'n debyg nad oedd hi erioed wedi breuddwydio y byddai hanes achos ei thad wedi denu'r fath sylw a chael ei ddadansoddi mor drylwyr gan batholegwyr a phlismyn, a phob math o bobl sy'n ymddiddori mewn achosion troseddol.

Ar ôl dod allan o'r gawod, dywedais wrthi, 'Rydw i'n mynd i gysgu yn y stafell sbâr. Dim byd personol, ond mae'r gwely yna braidd yn gyfyng i ddau.'

'Ond dwyt ti ddim wedi dweud dim wrtha i, Arthur.'

'Beth am goffi? Rydw i wedi cael digon o siampên.'

'O ie, plîs. Mi ro i help llaw i ti.'

'Na, does dim angen.'

'Alla i gymryd cawod, 'te?'

'Croeso.'

Ar ôl mynd i lawr y grisiau cefais afael ar y ddau lyfr ar achos Donovan a'u cuddio yn fy nesg. Pa argraff bynnag rydw i wedi ei greu arnoch chi hyd yma, doeddwn i ddim am achosi unrhyw boen meddwl dianghenraid i Alice Ashenfelter. Doeddwn i ddim am iddi ddod o hyd i lyfr â llun penglog chwilfriw'r sawl a lofruddiwyd ochr yn ochr â wyneb ei thad ar y clawr.

Roeddwn i wedi amau y byddai hi'n chwilio am ryw esgus i'm dilyn i lawr y grisiau. Roedd ei gwallt, a oedd yn dal yn wlyb ar ôl y gawod, wedi ei glymu y tu ôl i'w phen gyda'r ruban yr arferai ei wisgo yn ei phlethen.

'Mi gofiais fod fy mhac yn dal i fod allan ar lwybr yr ardd.'

'Mae hi'n gythreulig o oer allan yr amser yma o'r nos.'

Rhedodd allan a dod â'i phac i'r tŷ. 'Rydw i newydd gofio fod gen i sach gysgu. Does dim byd i dy rwystro di rhag cysgu yn dy wely dy hun.'

Ar ôl arllwys y coffi, dywedais fy mod wedi dod o hyd i rywbeth yr hoffwn iddi ei gael.

'Llun o 'nhad?' gofynnodd yn eiddgar.

'Nage. Dim ond rhywbeth bach i'w gofio. Rhywbeth wnaeth o â'i ddwylo ei hun.' Estynnais gerflun pren bychan o blismon gwlad ar gefn beic iddi. Roedd y geiriau *'Or I Then?'* wedi eu cerfio ar ei waelod. Prin y byddai neb yn ei gyfri'n enghraifft o gelfyddyd aruchel, ond er hynny roedd wedi ei gerfio'n bur ddeheuig.

Cydiodd ynddo'n awyddus a'i anwesu yn ei dwylo. 'Ac rwyt ti'n sicr mai 'nhad gerfiodd hwn?'

Nodiais.

'Ac fe'i rhoddodd yn anrheg i ti? Mae'n rhaid eich bod chi'n dipyn o ffrindiau.' Gwgodd wrth edrych ar y geiriau ar ei waelod. 'Ond wn i ddim beth ydy ystyr y geiria' yma.'

'Or I Then?' Wel, does dim rhyw lawer o ystyr ynddyn nhw i neb arall.'

'Neges gudd?'

Gwenais. 'Does dim byd yn gyfrin ynddyn nhw. Pan

oeddwn i'n blentyn yng Ngwlad-yr-haf, bob tro y gwelwn i'r plismon lleol, dyna sut byddai'n fy nghyfarch yn nhafodiaith yr ardal, *'Or I Then?'*.'

Roedd yn amlwg nad oedd hi fawr elwach ar ôl yr eglurhad.

Ynganais y geiriau'n bwyllog, *'All right, then?'*

'O, rwy'n gweld,' meddai gan wenu'n ansicr.

Gallwn weld ei bod yn dal mewn cryn benbleth, ac eglurais, 'Roedd Duke yn rhyfeddu at dafodiaith Gwlad-yr-haf a byddai'n casglu a chofnodi rhai o'r dywediadau. Gan fy mod i'n byw yn yr ardal ac yn cymysgu â'r plant lleol yn yr ysgol, byddwn yn gallu cynnig ambell i enghraifft iddo. Roedd *'Or I Then?'* yn un ohonyn nhw.'

'A dyma oedd ei ffordd o ddiolch am hynny?' meddai gan edrych yn garuaidd ar y cerflun. 'Mae o'n hyfryd.'

'Mae croeso i ti ei gadw fo.'

Gwridodd yn foddhaus a dweud, 'O na, Arthur, alla i ddim. Mae o wedi cael ei wneud yn arbennig i ti. Ac rwyt ti wedi ei gadw ar hyd y blynyddoedd.'

'Mi fyddai Duke wedi hoffi i'w ferch fach gael rhywbeth roedd o wedi ei wneud â'i ddwylo ei hun.'

Roedd ei hymateb yn gyflym a brwd. Daeth ataf a chusanu fy ngwefusau yn eiddgar. Doedd y profiad ddim yn un amhleserus. Ond os ydych chi'n meddwl bod hynny wedi arwain at ragor o ryw nwydwyllt ar lawr y gegin, fe gewch eich siomi. Roedd y ferch yn dal i olygu trafferth a thrwbwl i mi, a'm bwriad oedd dangos y drws iddi yn y bore. Doedd arna i ddim awydd cael gwestai parhaol yn fy nghartref. Felly, ar ôl y gusan, rhoddais fy nwylo'n dyner ar ei hysgwyddau a'i gwthio gam neu ddau yn ôl.

Bu'r ddau ohonom yn yfed ein coffi mewn distawrwydd am beth amser, gan wynebu ein gilydd ar draws bwrdd y gegin. Cydiai'n dynn yn y cerfiad gan wenu'n dyner arno o bryd i'w gilydd. Ar ôl y distawrwydd cwbl annodweddiadol, gofynnodd yn sydyn, 'Roeddet ti'n hoff iawn ohono, on'd oeddet ti, Arthur?'

'Oeddwn.'

'Oedd o'n garedig wrthat ti?'

'Yn hynod o garedig bob amser.'

'Ac eto roeddet ti'n barod i dystio yn ei erbyn yn y llys?'

Nodiais.

Ymhen ysbaid, sibrydodd. 'Wnei di ddweud wrtha i beth yn union ddigwyddodd?'

Roeddwn i'n flinedig, ac roedd hi'n uffernol o hwyr i gychwyn ar stori amser gwely, ond roedd yn amlwg na chawn i lonydd na munud o heddwch nes câi hi wybod y cyfan.

Ac i fod yn deg â hi, teimlwn ei bod yn ddyletswydd arnaf i adrodd fy stori wrthi. Felly nawr oedd piau hi. Un go dawedog fues i wrth y bwrdd brecwast erioed.

Pennod 5

Mi ddyweda' i y cyfan ddywedais i wrth Alice wrthoch chithau. Er mwyn arbed amser, rydw i wedi penderfynu rhoi'r gorau i ddefnyddio ei chyfenw hi. Dydw i ddim yn cofio'n iawn pryd y dechreuais ei galw wrth ei henw cynta. Y nos Sadwrn honno, pan oeddwn i â'm bryd ar ddangos y drws iddi yn y bore, wnes i ddim defnyddio'i henw hi o gwbl. O wybod yr hyn rydw i'n ei wybod nawr, rydw i'n gallu bod yn fwy cwrtais. Mae'n debyg eich bod chi'n meddwl nad ydy o ddim o bwys beth oeddwn i'n ei galw hi, ond mae gen i reswm dros fod yn gwbl onest â chi ac ag unrhyw un arall fydd yn darllen y geiriau hyn. Fe ddowch chi i ddeall pam yn nes ymlaen.

Dydw i ddim yn bwriadu rhoi adroddiad gair am air o'r hyn a ddywedwyd. Byddai cynnwys holl sylwadau ac ymholiadau ac ebychiadau Alice yn ei gwneud yn llawer anoddach i chi ddilyn y stori. Ond rydw i'n addo y cewch chi wybod popeth y dylech chi ei wybod.

Dechreuais drwy adrodd fy hanes yn cael fy symud o Lundain ym mis Medi 1943, yn dilyn cyrch awyr yn ystod y dydd gan yr Almaenwyr. Disgynnodd bom ar stafell foiler ein hysgol ym Middlesex tra oedden ni'n canu *Ten Green Bottles* yn y lloches danddaearol, a Mr Lillicrap, ein prifathro ffwdanus, yn ei helmed ddur, yn aros yn bryderus am y seiren i ddynodi fod y perygl drosodd am y tro. Y prynhawn hwnnw, roedd pob un ohonom yn mynd â llythyr adref. Agorodd rhai o'r bechgyn mwyaf anturus eu llythyrau y munud roedden nhw wedi mynd drwy ddrws yr ysgol, a'u gollwng i lawr draen ar ochr y stryd, ond rhoddais i fy llythyr i Mam yn fachgen bach da. Neges y llythyr oedd y byddai'r ysgol i gyd yn cael ei symud i Wlad-yr-haf y dydd Llun canlynol.

Rydw i'n credu bod tua hanner y plant, ar draws pedwar ugain ohonom, wedi ymgynnull yng Ngorsaf Paddington. Roedd pawb yn gwisgo label ac yn cario mwgwd nwy ac un neu ddau o deganau a phecyn o frechdanau, ac roedd ambell i ddiniweityn optimistaidd wedi dod â bwced a rhaw yn barod ar gyfer glan y môr. O edrych yn ôl, byddwn innau wedi bod yn falch o un o'r bwcedi hynny. Cofiaf sefyll am hydoedd â'm coesau ymhleth cyn inni gael ein heidio i mewn i drên heb goridor, a chychwyn ar ein taith. Awr yn ddiweddarach, eisteddwn yn dawel yn fy sedd yn edrych yn llechwraidd ar fy nhrowsus llwyd yn graddol fynd yn dduach ei liw. Awr arall, a minnau'n sicr nad fi oedd yr unig blentyn oedd yn ceisio cuddio staen cywilydd ar ei drowsus, roedden ni yng ngorsaf Caerfaddon ac yn cael ein bwndelu'n syth i mewn i drên arall llai. Yna, o'r diwedd, a ninnau wedi hen dynnu'r llenni blacowt dros y ffenestri, allan o'r trên â ni mewn gorsaf fechan wledig yng Ngwlad-yr-haf.

Edrychais ar enw'r orsaf — roeddwn yn ddigon hen i allu darllen ac yn ymfalchïo yn y ffaith — a hysbysu fy nghyd-deithwyr ein bod yn Frome. Yn fy anwybodaeth roedd fy ynganiad yn odli'n gysurlawn â *'home'*. Dylai'r ynganiad cywir odli â *'doom'*.

O'r orsaf, fe'n harweiniwyd yn orymdaith anniben i neuadd eglwys lle roedd brechdanau caws a diod oren wedi eu darparu ar ein cyfer. Tra oedden ni'n gwledda, roedd y rhai hynny o bobl rinweddol y dref oedd wedi gwirfoddoli i gynnig cartref i un neu ddau ohonom yn ein llygadu'n amheus. Does dim rhyfedd mai yn araf a phetrus iawn y derbyniwyd rhai ohonom i gôl gwahanol deuluoedd. Roeddwn i, hyd yn oed, yn ymwybodol nad oedden ni'n griw o blant arbennig o bersawrus ar ôl ein siwrnai drallodus. Yn wir, rwy'n amau'n gryf fod rhai o'r gwirfoddolwyr wedi sleifio allan i'r nos yn waglaw, oherwydd ar derfyn y gweithgareddau roedd pump ohonon ni'r bechgyn yn dal yn ddigartref. Gwnaed trefniadau brysiog i'n lletya yn y neuadd am y noson honno.

Yn y bore, aed â ni o amgylch rhai o bentrefi'r cylch i chwilio am gartref inni yn nhai pobl nad oedd wedi cael unrhyw rybudd ein bod yn dod. Eisteddem yn anfoddog yng ngherbyd y swyddog lletya yn gwylio'r trafod brwd ar garreg drws tŷ ar ôl tŷ. Roedd rhai yn amlwg yn dadlau eu hachos yn well na'i gilydd, a'r swyddog yn gorfod troi o aml i ddrws heb gael gwared ar yr un ohonom. Roeddwn i ar lwgu.

Oriau'n ddiweddarach, doedd unman arall i droi iddo yn ardal Frome, ac roedd dau ohonom yn dal yng ngherbyd y swyddog. Alfie Hughes, bachgen tew a'i sbectol wedi ei thrwsio â thamaid o Elastoplast, a minnau. Treuliodd y swyddog beth amser mewn caban ffôn, ac yna fe'n hysbysodd y byddai'r ddau ohonom yn westeion i Shepton Mallet. Cefais yr argraff fy mod i ac Alfie wedi bod yn arbennig o ffodus, a phenderfynais fod Mr Mallet yn byw yn un o'r mân blastai urddasol roedden ni wedi eu gweld yn ystod ein crwydriadau y bore hwnnw.

Ar groesffordd ddiarffordd ynghanol y wlad, trosglwyddwyd ni, gydag ochenaid o ryddhad gan ein swyddog lletya, i ofal a cherbyd swyddog lletya arall. Roedd mynegbost ar y groesffordd hefyd, a sylweddolais nad oedd sail i'm breuddwydion am dreulio gweddill y rhyfel dan gronglwyd fonheddig Mr Mallet. Gadawyd Alfie yng ngofal hen wraig mewn tŷ teras, ac aed â minnau rai milltiroedd ymhellach i *Gifford Farm*, ger pentref bychan *Christian Gifford*, rhwng Shepton Mallet a Glastonbury.

Yno, collais gysylltiad â phawb roeddwn i'n eu hadnabod, ac eithrio Mr Lillicrap a alwodd heibio unwaith neu ddwy i fodloni ei hun fy mod yn cael addysg dderbyniol ymhlith y plant lleol yn ysgol fach y pentref.

A bod yn deg â'r teulu Lockwood, doedden nhw ddim wedi gwirfoddoli i letya ifaciwî. Bu'n rhaid i'r swyddog lletya eu hatgoffa o'r ddeddf berthnasol. Gwyddai pawb yn y pentref fod eu mab, Bernard, wedi gadael cartref a bod stafell sbâr yn y tŷ, ac felly roedd y gyfraith yn mynnu na allen' nhw fy ngwrthod.

Yr aelod cyntaf o'r teulu imi ei gyfarfod oedd Mrs Lockwood, a f'argraff cyntaf oedd fod rhywbeth yn pwyso ar ei meddwl. Roedd hi'n crwydro drwy'r tŷ gan siglo'i phen a mwmial wrthi ei hun mewn tafodiaith oedd yn gwbl anghyfarwydd i mi. O edrych yn ôl, mae'n debyg ei bod hi'n bryderus ynglŷn ag ymateb ei gŵr i'r ffaith fy mod i wedi cael fy ngorfodi arnynt. Fodd bynnag, er mawr glod iddi, y peth cyntaf wnaeth hi oedd mynd â fi i gegin y fferm i'm bwydo. Cefais ddwy dafell o fara wedi eu gorchuddio'n hael â saim a grefi. Roedd y bara'n llawer mwy blasus na'r bara roeddwn i wedi arfer ei fwyta ers dechrau'r rhyfel.

Wrth wylio Mrs Lockwood yn gweithio'n ddiwyd wrth fwrdd y gegin yn paratoi eirin ar gyfer pastai, penderfynais na fyddai hi'n debyg o beri unrhyw niwed bwriadol imi. Roedd hi'n wraig drom, gyda gwallt du llyfn a wyneb llydan a oedd bron cyn dywylled â'r eirin yn ei dwylo. Roedd hi'n amlwg yn hŷn na Mam, ond edrychai fel pe bai mewn gwell iechyd. Doedd dim ôl diffyg cwsg yn wrymiau duon o dan ei llygaid.

Yr hyn oedd yn broblem i mi ynglŷn â Mrs Lockwood oedd ei llais. Siaradai mor dawel nes bod yn rhaid imi ofyn iddi ailadrodd popeth bron. Hyd yn oed wedyn, ni chodai'r mymryn lleiaf ar ei llais. A chan fy mod innau'n gorfod ailadrodd ei brawddegau yn fy mhen er mwyn ceisio datrys dirgelion ei thafodiaith anghyfarwydd, roedd y cyfathrebu rhyngom yn boenus o araf. Treuliwyd cryn amser yn fy nghael i ddeall pwy oedd aelodau eraill y teulu a beth oedd swyddogaeth pob un ohonynt.

Roedd Mr Lockwood wedi prynu fferm lai, *Lower Gifford*, y drws nesaf i *Gifford Farm*, ar gyfer Bernard, eu mab un ar hugain oed, ac roedd Bernard wedi symud yno i fyw. Y bwriad oedd y byddai Bernard ryw ddydd, pan fyddai ei dad wedi ymddeol, yn gyfrifol am y ddwy fferm, ac y byddai Mr a Mrs Lockwood yn treulio gweddill eu hoes yn nhŷ fferm *Gifford Farm* gyda'u merch, Barbara, yn gofalu amdanynt.

Roeddwn i eisoes wedi sylwi ar un neu ddau ddilledyn benywaidd yn sychu uwchben y lle tân, ac roedd hyd yn oed fy llygaid dibrofiad i wedi amau y byddent yn edrych braidd yn ansylweddol a doniol o anaddas ar gorff helaeth Mrs Lockwood. Deallais, o dipyn i beth, fod Barbara yn ugain oed ac yn gweithio ar y fferm.

Daeth i'r tŷ i gael ei chinio ac fe'm swynwyd ganddi cyn iddi hyd yn oed sylwi fy mod i yno. Gall hyn swnio fel un o nofelau Cyfres y Fodrwy, ond nid yw hynny'n ei wneud ronyn yn llai gwir. Dyna'r argraff gafodd hi ar fachgen naw mlwydd oed oedd wedi treulio'r noson flaenorol yn wylo'n dawel ar lawr neuadd eglwys ddigysur. Merch bryd tywyll fel ei mam oedd hi, ond roedd ei chroen yn llyfnach a goleuach, a'i hwyneb yn anhraethol dlysach. Safodd yn y drws yn datod y sgarff gwyrdd a wisgai ar ei phen. Syrthiodd ei gwallt cyrliog, trwchus, dros ei hysgwyddau. Parablai'n fywiog am rai o fân ddigwyddiadau'r ardal, a chododd fy nghalon wrth sylweddoli y gallwn ddeall bron bopeth a ddywedai'r angyles hon.

Yna, sylwodd arnaf yn eistedd y tu ôl i fwrdd y gegin a'm cymryd dan ei hadain o'r eiliad honno. Taflodd gwestiwn brysiog neu ddau i gyfeiriad ei mam i gael cadarnhad am yr ychydig ffeithiau oedd yn wybyddus amdanaf, a chododd fy nhipyn paciau a'm harwain i fyny'r grisiau i stafell roedd ei brawd, Bernard, wedi ei gadael yn ddiweddar. Aeth â fi at y ffenestr a sefyll yno â'i llaw ar fy ysgwydd i ddangos yr ieir a'r gwyddau a'r gaseg winau yn y buarth islaw. Yna, eisteddodd wrth fy ochr ar y gwely a gwrando arnaf yn adrodd fy hanes. Soniais am fy nhad a oedd wedi ei ladd yn Dunkirk, am fy mam a weithiai mewn ffatri arfau, ac am fy modryb

Kit y bydden ni'n cael cinio yn ei thŷ bob dydd Sul. Dywedodd Barbara nad oedd hi erioed wedi bod yn Llundain, a dechreuais innau sôn am Sgwâr Trafalgar a Thŵr Llundain a mannau poblogaidd cyffelyb a oedd bron mor ddieithr i mi ag yr oeddynt iddi hithau. Treuliais funudau lawer yn disgrifio Palas Buckingham fel be bawn wedi hen arfer galw yno ryw ben bob wythnos i weld y teulu. Doedd neb erioed wedi talu'r fath sylw imi o'r blaen.

Ni chollais yr un deigryn y noson honno. Cofiaf orwedd yn effro am hydoedd yn syllu ar nenfwd fy stafell wely newydd, a cheisio dyfalu beth fyddai ymateb y ffermwr, Mr Lockwood, pan gâi wybod fod ifaciwî wedi dod i rannu ei aelwyd. Y diwrnod hwnnw, roedd wedi mynd i roi help llaw gyda'r cynhaeaf ar fferm un o'i gymdogion, ac nid oedd wedi cyrraedd yn ei ôl pan ddaeth hi'n amser gwely i mi. Ar un adeg, clywais lais dyn yn traethu'n ddwys am gryn amser i lawr y grisiau, ond sylweddolais mai'r newyddion naw ar y radio roeddwn i'n ei glywed. Yn fuan wedyn, syrthiais i gysgu.

Wn i ddim hyd heddiw pa bryd yn union y cafodd George Lockwood glywed am fy modolaeth. Mae gennyf le i amau i'w wraig a'i ferch fy nghelu o'i olwg am o leiaf ddiwrnod. Pan ddadorchuddiwyd fi'n swyddogol, roedd yr achlysur wedi ei drefnu'n ofalus. Am bedwar o'r gloch y prynhawn, aeth Mrs Lockwood â basgedaid fawr o sgons newydd eu crasu a bowlenaid o hufen i'r cae lle roedd y gweithwyr yn brysur yn cynaeafu'r ŷd. Cefais innau'r cyfrifoldeb o'i dilyn gan gario jwg anferth o seidr. Roedd gan bob un o'r gweithwyr gwpan fawr a chadwyd fi'n brysur yn eu disychedu. Roedd o leiaf naw o ddynion, yn ogystal â Barbara, yn eistedd o amgylch y fasged. Fe'm dallwyd gymaint gan wên heulog Barbara nes i mi golli peth o'r seidr roeddwn i'n ei arllwys i gwpan y dyn a eisteddai wrth ei hochr. Estynnodd yntau ei law a chydio'n filain yn fy mraich.

Roedd peth o'r seidr wedi diferu ar ei blât. Ef oedd yr unig un o'r dynion oedd yn defnyddio plât, un pinc gydag ymyl aur. Ymddangosai hynny'n fursendod cwbl anghydnaws gan mai ef oedd y dyn mwyaf oedd yno. Roedd yn rhai modfeddi dros ei ddwy lath. Roedd blew duon trwchus yn gorchuddio'i freichiau cyhyrog, a bylchau amlwg rhwng ei ddannedd. Roedd un o'i lygaid yn waedgoch ac yn hanner cau.

Ar wahân i'w olwg arw, roedd rhywbeth arall yn ei gylch a'i gwnâi'n wahanol i weddill y dynion. Roedd yn gwisgo tei. Nid un â streipiau lliw arni fel yr un a wisgai Mr Lillicrap, ond un ddu a oedd yn staeniau i gyd ac wedi ei chlymu'n anghelfydd am ei wddf. Fodd bynnag, roedd y ffaith ei fod yn ei gwisgo yn rhoi rhyw arbenigrwydd arno, a synhwyrais mewn pryd mai hwn oedd fy lletywr, Mr Lockwood, y ffermwr.

Daliai ei afael yn fy mraich a gofynnodd rywbeth imi am y seidr, rhywbeth a wnaeth i bawb arall chwerthin, ond a oedd yn gwbl annealladwy imi. Mae'n debyg iddo ddweud rhywbeth gwamal am fy ffordd letchwith o drafod y jwg gan awgrymu fy mod i wedi cael dracht neu ddau ohono ar fy ffordd i'r cae, oherwydd pan gytunais yn gwrtais ag ef cafwyd rhagor o chwerthin.

Gollyngodd fy mraich a chynnig ei gwpan imi. Rwy'n credu iddo ddweud, 'Beth am ddiferyn arall, 'te? Gorffen hwn i mi.'

Mae seidr Gwlad-yr-haf yn enwog am ei gryfder. Ceisiodd Barbara brotestio, ond rhyfyg oedd herio awdurdod y ffermwr yng ngwydd ei weision a'r dynion yr oedd wedi eu cyflogi i weithio yn y cynhaeaf. Rhoddodd orchymyn sarrug iddi ddal ei thafod, a chynnig y cwpan imi unwaith yn rhagor.

Wna i ddim hawlio fy mod i wedi llorio Goliath ag un ergyd, ond a chofio mai dim ond naw oed oeddwn i, fe ddois i drwy'r prawf yn eithaf da. Atebais nad oeddwn yn arbennig o sychedig. Cymerais lymaid o'r cwpan a theimlo brath y seidr yn fy ngenau. Yna, estynnais y cwpan yn ôl iddo a gofyn yn gwrtais a gawn i aros yn y cae i roi help llaw gyda'r gwaith. Ychwanegais y byddwn yn yfed gweddill y seidr yn ddiweddarach.

Mae'n amlwg i'm hateb fodloni'r gynulleidfa, ac yn bwysicach na hynny nodiodd Mr Lockwood i gydnabod fy nghynnig. Pan ailafaelwyd yn y gwaith, cefais fy nghodi i ben un o'r llwythi i drefnu'r ysgubau a gâi eu lluchio i fyny ataf.

Does gen i fawr o gof am weddill y prynhawn hwnnw. Mae'n debyg i Barbara fynd â fi yn ôl i'r tŷ pan oeddwn wedi llwyr ymlâdd. Yn sicr, roedd hi o gwmpas y noson honno, ac wedi i mi fynd i'r gwely fe ddaeth i'm stafell a dweud fod ei thad wedi cytuno y cawn aros yno. Rhoddodd ei llaw ar fy nhalcen a mwytho fy ngwallt. Rwy'n dal i gofio cyffyrddiad tyner ei bysedd.

Ar ôl hynny, gwibiodd y dyddiau heibio a minnau'n ymgolli ym mhrysurdeb y fferm a'r ysgol. Wna i ddim mynd i sôn nawr am fy argraff o system addysg Gwlad-yr-haf. Yr hyn rydych chi am ei wybod ydy sut y cwrddais i â Duke Donovan, ac at hynny rydw i'n dod nesaf.

Er mwyn ceisio creu argraff ar blant yr ysgol, byddwn yn rhaffu hanesion, dychmygol ar y cyfan, am fy mhrofiadau cyffrous ynghanol peryglon y rhyfel yn Llundain. Y bom a oedd wedi disgyn yn ein gardd, y peilot Almaenig arfog a ddaeth i lawr ar barasiwt yn iard yr ysgol, a'r siop glociau ar gornel y stryd y gwyddai pawb fod ei pherchennog unllygeidiog yn ysbïwr beiddgar. Cawn wrandawiad eiddgar. Eu hunig brofiad hwy o'r rhyfel oedd clywed sŵn pell y bomiau a ollyngwyd ar Gaerfaddon yn ystod un cyrch awyr y flwyddyn flaenorol, ac ambell i gip ar rai o filwyr America yn gwibio drwy'r pentref ar eu ffordd i'w gwersyll yn Shepton Mallet.

Doedd golwg wibiog felly ar yr Americanwyr yn creu dim argraff ar un o'm profiad helaeth i. Roedd byddin America yn f'adnabod i'n bersonol. Roeddwn wedi bod mewn parti — roedd hynny'n ffaith — yn eu gwersyll ym Mharc Richmond. Oherwydd imi golli fy nhad yn y rhyfel, cefais wahoddiad i'w parti Nadolig a derbyn anrhegion gan Siôn Corn Americanaidd ei acen, yn ogystal â llond fy mhocedi o gwm cnoi a melysion o bob math.

Cafodd y stori hon gystal derbyniad gan fy nghydddisgyblion, nes imi syrthio i'r demtasiwn o ymffrostio fod gen i gymaint o ffrindiau ymhlith yr Americanwyr fel y gallwn gael cyflenwad o gwm unrhyw bryd y mynnwn.

Mae gan ffawd ei ffordd ei hun o ddelio â brolgwn, ac fe ddaeth hi'n ddydd barn arna innau'n gynt nag roedd yr un ohonom wedi ei ragweld. Pan ddaethon ni allan o'r ysgol un diwrnod, gwelais rywbeth a wnaeth imi deimlo'n bur simsan. Yr ochr arall i'r ffordd, o flaen siop y pentref, siop Miss Mumford, safai jîp wedi ei beintio yn lliw caci golau byddin yr Unol Daleithiau. Dechreuais gerdded heibio'n ddidaro gan geisio chwibanu, ond gwyddwn na chawn ddianc mor hawdd â hynny. Heriwyd fi i gael gwm gan yr Americanwyr.

Doedd dim dihangfa, a chroesais y ffordd lychlyd yn anfoddog, fel sheriff nerfus mewn ffilm gowboi sydd newydd glywed fod Jesse James yn lladrata o'r banc, gan wybod fod llygaid pob un o fechgyn yr ysgol wedi eu hoelio arnaf. 'Dos yn dy flaen, Arthur,' galwodd un ohonynt.

Yn y siop roedd dau filwr Americanaidd yn prynu diod. Roedd yr un talaf o'r ddau, Duke fel y dois i'w adnabod yn ddiweddarach, yn talu am botelaid o bop. Ond roedd ei ffrind Harry yn edrych o'i gwmpas fel pe na bai dim yno i'w blesio. Gofynnodd am beint o laeth, a chafodd wybod yn swta ei bod hi'n amser rhyfel a bod llaeth wedi ei ddogni. Roedd min ar dafod Miss Mumford, pwy bynnag oedd y cwsmer. Cynigiwyd afalau i Harry, ond byddai dyn dall wedi gweld fod afalau bwyta Miss Mumford wedi hen gawsio, ac fe'u gwrthodwyd yr un mor swta.

Hwn oedd fy nghyfle. Roedd y ddau ar fin gadael y siop. Yn Llundain byddwn wedi dweud, *'Any gum, chum?'* heb feddwl ddwywaith, ond yma mewn siop wledig dawel o dan lygaid barcud Miss Mumford doedd pethau ddim mor rhwydd. Sefais yn fud wrth i'r ddau gerdded heibio imi ac allan drwy'r drws. Dilynais hwy at y jîp gan geisio dod o hyd i fy llais. Yna, daeth gweledigaeth. Cyffyrddais fraich Harry a dweud wrtho, mor hyderus ag y gallwn, y byddwn i'n gallu mynd â hwy i fferm lle roedd digon o laeth ffres ar gael. Edrychodd Harry ar Duke, a nodiodd yntau'i ben ac amneidio arnaf i ddringo i mewn i'r jîp. Mae'n debyg y gellid dweud i'r amnaid syml honno selio tynged Duke.

I mi, dyma uchafbwynt fy ngyrfa fel ifaciwî. Sefais yng nghefn y jîp a saliwtio bechgyn yr ysgol fel y byddai'r Cadfridog Montgomery yn cyfarch ei filwyr yn anialwch gogledd Affrica. Rhuodd y jîp i lawr y ffordd a minnau'n troi i wynebu'r bechgyn gan smalio cnoi gwm nerth fy ngheg.

Roeddwn wedi ennill un sgarmes, ond y perygl oedd y byddai rhyfel yn fy aros pan gyrhaeddwn y fferm. Rhwng sŵn byddarol y jîp a'r gwynt yn ein clustiau, doedd dim cyfle i geisio egluro'r sefyllfa. Y cyfan allwn i ei wneud oedd pwyntio at y fynedfa i'r fferm, ac i mewn â ni i'r buarth mewn cwmwl o lwch, gan sgrialu'r ieir i'r pedwar gwynt.

Cadwai Mr Lockwood ychydig o wartheg godro, ond gwyddwn yn eithaf da fod llaeth wedi ei ddogni. Mae'n wir fod rhywbeth a elwid yn farchnad ddu, ond roedd honno'n cael ei chondemnio fel rhywbeth yn ymylu ar fradwriaeth, a go brin fod a wnelo Mr Lockwood ddim byd â'r busnes. Wedi'r cwbl, roedd ganddo ddarlun o Winston Churchill uwchben y lle tân.

Roedd lwc o'm plaid, Barbara ddaeth allan o'r ffermdy i'n cyfarfod. Roedd hi'n gwisgo ei dillad marchogaeth, a sylwais ar yr edmygedd yn llygaid Duke a Harry. Dringodd y ddau allan o'r jîp a chyflwyno eu hunain iddi. Roedd y tri ohonynt yn croesi'r buarth cyn i mi gael fy nhraed ar y llawr.

Chwarddai Barbara gan gredu mai esgus dros ddod i'w gweld hi oedd y stori am y llaeth, ac ni wnaeth yr un o'r ddau unrhyw ymdrech i'w darbwyllo. Cynigiodd hithau beint o laeth yn rhad ac am ddim iddynt, cyn belled â'u bod yn mynd i'r cae i odro un o'r gwartheg eu hunain. Ni dderbyniwyd y cynnig, ond sylwodd Duke ar gasgen seidr ac awgrymu y byddai llymaid o rywbeth cryfach na llaeth yn eithaf derbyniol. Atebodd Barbara'n chwareus mai dim ond pobl fyddai'n gweithio a gâi brofi'r seidr. 'Rydw i'n barod, cariad,' meddai Harry gan ddechrau tynnu ei siaced. 'Ble mae'r gwaith?'

Dywedodd Barbara gan chwerthin fod croeso iddynt ddod yn ôl ddydd Sadwrn os oeddynt o ddifrif, gan y byddai'r gwaith o gynaeafu'r afalau yn dechrau bryd hynny. Byddai amryw o ferched ifainc y pentref yn dod i helpu, ac roedd hi'n sicr y byddai ei thad yn croesawu unrhyw gymorth ychwnaegol. Cytunodd y ddau i ddod, os gallent gael caniatâd i adael y gwersyll, ac ar ôl rhagor o gellwair rhyngddynt a Barbara, i ffwrdd â nhw fel y gwynt yn y jîp.

Wrth i ni groesi'r buarth tua'r tŷ, galwodd Barbara fi'n walch drwg am ddod â'r Americanwyr i'r fferm. Roeddwn i wedi bod yn ffodus nad oedd ei thad o gwmpas, ac os bydden nhw'n ymddangos ddydd Sadwrn, fy ngwaith i fyddai egluro iddo. Aeth pob awel o wynt o'm hwyliau am eiliad ac yna rhoddodd bwniad chwareus imi a dweud, 'Ond mi gawn ni hwyl os dôn' nhw.'

Roedd cynaeafu'r afalau yn achlysur pwysicach hyd yn oed na'r cynhaeaf ŷd. Tyfai Mr Lockwood amryw o hen fathau gydag enwau urddasol megis *Captain Liberty, Royal Somerset* a *Kingston Black*, yn ogystal ag afal mwy gwerinol a elwid yn *Nurdletop*. Byddai'r cyfan ohonynt, yn goch, yn wyrdd ac yn felyn, yn mynd drwy'r felin gyda'i gilydd a chynhyrchu digon o seidr o'r radd flaenaf i gwrdd â gofynion amryw o westai a thafarnau yn ardal Frome a Shepton Mallet. Cyflogid gweithwyr ychwanegol ar gyfer pob cam o'r broses. Felly, wrth orwedd yn fy ngwely y noson honno, penderfynais na fyddai Mr Lockwood yn debyg o wrthod help rhad ac am ddim, hyd yn oed gan ddau filwr Americanaidd. Er hynny, tybiwn y byddai'n ddoeth imi grybwyll y posibilrwydd cyn dydd Sadwrn.

Mentrais arni y noson ganlynol. Roedd Mr Lockwood wedi cadw noswyl yn gynnar ac yn bwrw'i flinder yn gyfforddus yn ei gadair freichiau o flaen tân y gegin. Gallaf arogli mwg ei getyn yn fy ffroenau y funud hon. Baglais ar draws fy ngeiriau wrth balu drwy fy stori simsan, gan ddisgwyl ffrwydriad ffyrnig unrhyw funud o ganol y mwg baco. Yn lle hynny, atebodd yn ddigon siriol fod croeso i unrhyw un oedd yn fodlon torchi ei lewys i wneud diwrnod gonest o waith. Wrth imi frysio'n ddiolchgar allan o'r gegin, cefais un o wenau dengar Barbara yn dâl digonol am fy rhyfyg.

Dechreuwyd ar y gwaith o gasglu'r afalau yn blygeiniol ar y Sadwrn. Yn ôl y traddodiad, roedd merched wedi eu cyflogi am y dydd i roi help llaw, a dyna sut y cwrddais â ffrind pennaf Barbara, Sally Shoesmith, merch y dafarn leol, am y tro cyntaf. Merch bengoch, fywiog, oedd Sally, gyda gwên ddireidus, ond gwên a allai fod yn gwbl gamarweiniol. Naw oed oeddwn i, ac yn rhy ifanc i farnu.

Dyna pryd y gwelais i Bernard, brawd Barbara, am y tro cyntaf hefyd. Ai dyletswydd i helpu ei dad, ynteu presenoldeb merched ifainc y pentref, oedd wedi ei ddenu yno, alla i ddim dweud. Cyn belled ag yr oeddwn i yn y cwestiwn, cymeriad digon diserch ac anghynnes oedd Bernard. Ei orchwyl y diwrnod hwnnw oedd dringo'r ysgol i gyrraedd yr afalau cadw, y *Blenheim Oranges* a'r *Tom Putts*, roedd yn rhaid eu tynnu â llaw yn hytrach na'u bwrw i lawr â pholion fel yr afalau eraill. Wrth droed yr ysgol, heidiai amryw o'r merched gyda'u basgedi ar eu breichiau i ymgiprys am ei sylw. Cawn yr argraff fod Bernard yn cael blas ar benderfynu pa un o'i lawforynion fyddai'n cael y pleser o dderbyn yr afalau o'i ddwylo, ac mae'n debyg fod hynny'n bradychu'r ffaith nad oeddwn i wedi ymserchu ynddo. Rhaid imi gyfaddef ei fod yn ei ddull caled, cyhyrog, ei hun, fel un o'r dynion y gwelswn eu lluniau ar batrymau gwau, yn ŵr ifanc digon golygus. Penderfynais y byddai'n well gen i fynd i godi'r afalau roedd y dynion gyda'r polion wedi eu bwrw i lawr.

Ar ôl tuag awr, clywais sŵn peiriant yn y pellter, ac wrth iddo ddod yn nes, sylweddolais mai jîp oedd yno. Roedd yr Americanwyr wedi dod. Gollyngais fy masged a rhuthro am y glwyd a'i hagor mewn pryd iddynt ruo drwyddi ac aros ar gwr y berllan. Peidiodd pob gwaith a brysiodd pawb yn llawn cynnwrf i groesawu'r ddau filwr. Pawb ac eithrio Bernard. Arhosodd ef ar ei ysgol a llond ei hafflau o afalau.

Bu Duke a Harry yn ddigon doeth i anwybyddu'r cyffro a'r ffwdan, gan ei gwneud yn amlwg i bawb mai bwrw ati i weithio oedd eu bwriad. Wedi'r cwbl, roeddent dros awr ar ei hôl hi'n cyrraedd. Aeth y ddau ati i helpu'r rhai oedd yn pentyrru'r afalau yn byramidiau er mwyn i'r rhew gael gafael arnynt, cyn dechrau'r broses o'u troi'n seidr. Roeddynt wedi gwisgo eu dillad gwaith, *fatigues* oedd eu gair nhw. Roedd clywed y gair anghyfarwydd wrth fodd y merched a ddotiai ar bob gair ac ymadrodd Americanaidd. Ym 1943, roedden ni i gyd yn edrych ar filwyr America fel bodau ecsotig ac roedd eu siarad yn peri iddynt swnio'n union fel sêr y ffilmiau.

A sôn am ffilmiau, tybed welsoch chi Henry Fonda yn *The Grapes of Wrath* neu unrhyw un o'i ffilmiau cynnar? Rwy'n crybwyll hyn oherwydd fy mod i wedi gweld cryn debygrwydd rhwng Duke Donovan a Fonda. Ac nid yn ei wyneb yn unig yr oedd y tebygrwydd. Roedd tua'r un taldra ac yn weddol debyg o ran maint, gan roi argraff o wytnwch a sensitifrwydd ar yr un pryd. Roedd pob symudiad o'i eiddo'n bwyllog a diwastraff, ac eto roedd rhyw anesmwythyd o'i gwmpas a rhyw dristwch a amlygai ei hun yn ei lygaid. Credwn ei fod yn hiraethu am ei gartref. Y diwrnod hwnnw yn y berllan, roedd mor barod ei chwerthin a'i gellwair â'r un ohonom, ond doedd ei lygaid ddim yn ymuno yn yr hwyl.

Yn ôl fy rhamant blentynnaidd i, byddai Duke a Barbara yn bâr delfrydol, ac roeddwn yn sicr y byddent yn cael eu denu at ei gilydd. Chroesodd y syniad y gallai Duke fod yn briod, heb sôn am fod yn dad, mo fy meddwl i, ac rwy'n sicr nad oedd Barbara hithau wedi amau hynny chwaith.

Ond ni ddatblygodd pethau mor esmwyth ag yr oeddwn i wedi ei obeithio. Pan ymddangosodd Mrs Lockwood tua chanol y bore gyda dau debot chwilboeth yn ei dwylo, cafodd pawb hoe, ond nid eisteddodd Barbara a Duke gyda'i gilydd. Yfai'r rhan fwyaf o'r dynion seidr oer o'r poteli roeddynt wedi eu llenwi'n barod ben bore, ond te oedd diod y merched. Sylwais ar un o'r dynion a huriwyd am y dydd, yn mynd â chwpanaid o de i Barbara, ac yna'n gorwedd yn glòs wrth ei hochr ar y glaswellt. Deuthum i wybod mai Cliff oedd ei enw ac nad oedd ganddo waith rheolaidd, er y byddai'n helpu y tu ôl i'r bar yn nhafarn y pentref yn achlysurol. Roedd yn ŵr tal, tywyll, ond fyddwn i ddim yn ei alw'n olygus. Oeddwn, mi wn i, roeddwn i'n ddihiryn bach cenfigennus.

Fu'r Americanwr arall, Harry, fawr o dro cyn closio at Sally, ffrind Barbara. Rhoddodd un o'i sigarennau *Lucky Strike* iddi, a bu am hydoedd yn tynnu tameidiau o frigau mân o'i gwallt. Os oedd Duke yn debyg i Henry Fonda, roedd Harry yn debycach i James Cagney, yn ffraeth a dadleugar. Honnai iddo fod yn sarsiant ar un adeg, ond iddo orfod ildio'i dair streipen am ryw gamwri neu'i gilydd. Roeddwn i'n bryderus ynglŷn â Harri. Doedd arna i ddim eisiau gweld unrhyw beth yn mynd o chwith.

Pan ailgychwynnwyd ar y gwaith, aeth Duke i fyny un o'r coed, a chefais foddhad o sylwi fod Barbara ymhlith y merched oedd yn aros wrth droed ei ysgol. Galwodd Barbara arno i adael rhai o'r afalau mân, y *grigglings*, ar ôl ar y goeden. Pwysodd ar y gangen ac edrych i lawr, gan aros am eglurhad, ac esboniodd hithau mai'r arfer oedd eu gadael ar gyfer y tylwyth teg. Chwarddodd rhai o'r merched yn uchel, er eu bod i gyd yn hen gyfarwydd â'r ofergoel, gan ddisgwyl i'r Americanwyr wawdio'r goel wladaidd. Ond gwrandawai Duke yn astud ar Barbara. Roedd ganddo ddiddordeb brwd mewn arferion gwledig a geiriau tafodieithol. Gan iddo sylwi ar ddiddordeb Duke, galwodd Mr Lockwood, "Dewch yn eich blaen, ferched! Ydy Lawrence wedi cael gafael arnoch chi?' a bu'n rhaid egluro i Duke y byddai Lawrence Ddiog, ysbryd gwarcheidiol y berllan, yn parlysu unrhyw un a geisiai dwyllo'r tylwyth teg.

Digwyddodd pethau cythryblus yn y berllan y prynhawn hydrefol hwnnw. Os nad ydych chi, mwy na finnau, yn credu mewn grymoedd maleisus, efallai y byddwch o'r farn fod a wnelo'r seidr a yfwyd yn ystod yr awr ginio rywbeth â'r peth. Neu efallai nad oedd yn ddim mwy na chyffro heintus a gynhyrchwyd wrth i griw o ferched gwledig eu cael eu hunain yng nghwmni milwyr Americanaidd.

Roedden ni i gyd wedi ymgasglu o amgylch hen wagen wedi ei llwytho ag afalau o bob lliw a llun a chwythwyd i'r ddaear gan y gwynt, ac a ddefnyddid i wneud seidr cyntaf y tymor. Eisteddai'r dynion ar y llorpiau, a'r merched ar y glaswellt, i fwyta bara a chaws a thameidiau o nionod amrwd. Pefriai pelydrau'r haul rhwng y dail uwch ein pennau.

Pan oedd pawb wedi bwyta, dangosodd y merched i Duke a Harry sut roedd dod i wybod enw'r sawl y byddent yn ei briodi. Yr arfer oedd pilio afal gan adael y croen yn un darn, ac yna'i daflu dros eich pen. Dylai'r croen syrthio ar y ddaear ar ffurf llythyren gyntaf enw'r darpar ŵr neu wraig. Aeth Harry ati'n syth i roi cynnig arni, a hawlio'n gyfrwys y gallai weld y llythyren S yn eglur yn ffurf annelwig y croen afal ar y glaswellt. Cafodd glamp o gusan gan Sally a gwichiodd gweddill y merched eu cymeradwyaeth. Gwrthododd Duke gymryd rhan yn yr arbrawf, ond fe'i perswadiwyd i daflu afal yn uchel i'r awyr heb egluro pwrpas y gêm iddo. Rhuthrodd amryw o'r merched am y cyntaf i geisio dal yr afal, gan lamu fel chwaraewyr rygbi, ond ni lwyddodd yr un ohonynt i ddal gafael ynddo. Rholiodd yr afal ar hyd y glaswellt ac aros wrth draed Barbara, nad oedd wedi ymuno yn y gêm. Plygodd i lawr a chodi'r afal.

Estynnodd rhywun gyllell iddi. Holltodd hithau'r afal yn ddau a dangos dwy garreg i'r merched a dyrrai o'i hamgylch. Llafarganodd y merched, 'Tincer, teiliwr'. Holltodd Barbara un o'r ddau hanner, ond nid oedd yr un garreg i'w gweld. Holltodd yr hanner arall. Gwaeddodd un o'r merched (Sally, os cofiaf yn iawn) yn fuddugoliaethus, 'Milwr!' — ond tawelodd yn sydyn wrth weld bod y gyllell wedi mynd yn syth drwy'r garreg. Lluchiodd Barbara dameidiau'r afal o'r neilltu'n ddirmygus. 'Hen lol wirion yw'r cwbl,' meddai.

Ar ôl cinio, welais i fawr ar Barbara. Rwy'n credu iddi hi a'i brawd, Bernard, fynd i ran arall o'r berllan i weithio. Clywais un o'r merched yn dweud, 'Alla i ddim deall neb yn crio am beth mor wirion.' A chododd un o'r merched a safai wrth ei hymyl ei haeliau a'i hysgwyddau'n ddirmygus cyn ailgydio yn ei gwaith.

Tua phedwar o'r gloch, daeth Mrs Lockwood â the a theisennau o'r tŷ, ac ymgasglodd pawb yn yr haul ger wal gerrig y berllan. Eisteddai Sally a Harry yn y jîp. Pwysai Duke yn erbyn un o'r coed yn naddu darn o bren y daeth o hyd iddo ar y llawr. Doedd dim golwg o Barbara, ond gan y byddai rhai o'r merched yn mynd i'r tŷ bach yn y tŷ bob tro y caem ysbaid oddi wrth y gwaith, ni feddyliais ragor am y peth.

Doedd hi ddim wedi dod i'r golwg pan gododd Mr

Lockwood a dweud ei bod hi'n bryd i ni ailgychwyn. Sylwais ar Mrs Lockwood yn edrych o'i chwmpas yn bryderus cyn codi ei basgedi a mynd â gweddillion y te yn ôl i'r tŷ. Funud neu ddau yn ddiweddarach, roedd hi'n ôl yn y berllan yn sibrwd rhywbeth wrth ei gŵr. Rhoddodd yntau'r polyn hir a ddefnyddiai i guro'r brigau i Harry, a dweud wrtho am roi cynnig ar y gwaith, a brysio draw i ben pellaf y berllan.

Synhwyrwn nad oedd pethau'n argoeli'n dda i Barbara. Eiliadau'n ddiweddarach, ymddangosodd dyn o'r cyfeiriad yr aeth Mr Lockwood iddo. Gwelais mai Cliff, y gŵr ifanc a oedd wedi bod yn ymdroi o gwmpas Barbara yn gynt yn y dydd, ydoedd. Cerddodd yn gyflym heibio i ni, gan anwybyddu ambell i sylw hanner cellweirus yn dannod iddo ei fod wedi cael ei ddal yn diogi. Heb ddweud gair wrth neb, aeth yn syth at y wal lle roedd y beiciau wedi eu cadw, cydiodd yn ei feic, ac i ffwrdd ag ef heb edrych yn ôl.

Yna, gwelais Barbara yn dod o'r un cyfeiriad a'i thad wrth ei sodlau. Roedd ei gwallt yn rhydd dros ei hysgwyddau a chariai'r sgarff y bu'n ei gwisgo ar ei phen, yn ei llaw. Pan ddaeth hi'n nes, gwelwn ei bod yn crio. Dechreuodd redeg, a chan anwybyddu pawb, gan gynnwys ei mam a gamodd i'w chyfarfod gan ofyn, 'Beth sy'n bod 'mach i?' rhedodd yn ei blaen i gyfeiriad y tŷ.

Sibrydodd Mr Lockwood rywbeth wrth ei wraig, a dilynodd y ddau eu merch i'r tŷ.

Mae'n siŵr y byddwch yn ysu am gael gwybod beth yn union oedd wedi digwydd. Dyna oedd adwaith Alice hefyd, a thorrodd ar draws fy stori i holi a oedd Cliff wedi ymosod yn rhywiol ar Barbara.

Atgoffais hi mai dim ond plentyn oeddwn i ar y pryd. Mae'n sicr i'r digwyddiad, yng ngŵydd cymaint o dystion, greu gwaith siarad yn y gymdogaeth, ond chrybwyllodd neb air am y peth yn fy nghlyw i. Y cwbl y galla i ei ddweud i sicrwydd ydy na ddaeth Cliff Morton ar gyfyl y berllan wedyn yn ystod y cynaeafu, a soniodd

51

neb am y digwyddiad yn y tŷ pan oeddwn i'n bresennol. Sylwais ar farciau cochion ar wddf Barbara ac, erbyn heddiw, does gen i ddim amheuaeth nad olion cusanu oedden nhw, a chlywais lais tawel ei mam yn croesholi Barbara am oriau yn ei stafell wely y noson honno, ond allwn i ddim deall yr un gair.

Doedd hyn ddim yn ddigon da i Alice. Allai hi ddim derbyn fod bachgen naw oed mor gwbl llywaeth ynglŷn â rhyw. Mynnai fy mod i'n sicr o fod wedi clywed y merched eraill yn dweud rhywbeth, hyd yn oed os oedd y teulu wedi celu'r peth oddi wrtha i. Os clywais i, mae'n rhaid nad oedd o'n golygu dim i mi ar y pryd, ac mae wedi hen fynd yn angof. Rydw i wedi adrodd y ffeithiau yn union fel rydw i'n eu cofio nhw.

Plethodd Alice ei breichiau a dweud yn bendant, 'Alla i ddim credu hyn!'

'Iawn te,' meddwn innau. 'Mi adawn ni bethau yn fan'na.'

Pennod 6

Edrychodd yn syn arnaf am eiliad neu ddwy a dechreuodd ei gwefusau grynu fel pe bai ar fin crio. 'Er mwyn popeth,' meddai'n gryglyd, 'alli di ddim rhoi'r gorau iddi nawr.'

'Rho di'r gorau i f'ama' i, 'ta. Y cwbl alla i ddweud ydy'r hyn rydw i'n ei gofio. Iawn?'

'Ond mae'n rhaid dy fod ti wedi meddwl am y peth dros y blynyddoedd.'

'Do, wrth gwrs, laweroedd o weithiau.'

'Wel, os felly . . . '

'Yr hyn rydw i'n ei gofio sy'n bwysig, nid yr hyn rydw i'n ei feddwl. Os dechreuwn ni ddamcaniaethu mi fyddwn ni yma drwy'r nos.'

Gwyrodd Alice ei phen ac meddai'n bruddaidd, 'Rhaid i mi fyw efo'r trychineb yma am weddill fy oes.'

Anwybyddais ei hunandosturi ac ateb yn ffyrnig, 'Roeddwn i'n rhan o'r trychineb. Sut rwyt ti'n meddwl rydw i'n teimlo wrth gael fy ngorfodi i fynd drwy'r holl beth unwaith eto?'

'Mae'n ddrwg gen i, Arthur.' Cododd ei phen a gwenu'n gymodlawn. 'Wna i ddim torri ar dy draws di eto, rwy'n addo.'

Ailgydiais yn y stori.

Yn ystod yr wythnos ddilynol, yn hydref 1943, cynyddodd nifer y pentyrrau o afalau yn y berllan, gan wasgaru eu haroglau melys, siarp, drwy'r awyr glir. Y munud y cyrhaeddwn yn ôl o'r ysgol, brysiwn i'r berllan a gweithio yno nes byddai'r tywyllwch yn rhoi terfyn ar brysurdeb y dydd. Ynghanol yr holl ddiwydrwydd, prin y cawn gyfle i gofio fy hiraeth.

Un prynhawn, ar ôl i ni gael ein te, cyrhaeddodd Duke a Harry yn annisgwyl i dreulio ychydig oriau yn helpu yn y berllan. Roeddwn i ar ben fy nigon, yn arbennig gan i Duke ddod â digon o gwm cnoi i mi allu ei rannu ymhlith rhai o'r bechgyn yn yr ysgol. Roedd pawb y dyddiau hynny wedi clywed am haelioni'r Americanwyr tuag at blant, ond roedd haelioni Duke yn rhywbeth mwy personol. Gallai ddeall sut roeddwn i, fel rhywun o'r tu allan, yn teimlo, a phan fyddem yn casglu'r afalau gyda'n gilydd holai sut roeddwn i'n cael fy nhrin gan blant yr ysgol. Atebais eu bod yn ddigon tebyg i'r plant roeddwn i'n eu hadnabod yn Llundain, ac eithrio eu hacen a'u geirfa. Hoffai Duke wrando arnaf yn adrodd rhai o'r dywediadau rhyfedd a glywswn. Gofynnodd imi wrando am ragor ohonynt yn yr ysgol ac o gwmpas y fferm, gan ei fod wrthi'n casglu geiriau ac ymadroddion tafodieithol yr ardal. Dichon y credai y byddai rhyw orchwyl o'r fath yn fodd i leddfu peth ar hiraeth plentyn unig ymhell o'i gynefin, ond rwy'n sicr hefyd ei fod yn ymddiddori o ddifrif yn y dafodiaith.

Pan oeddwn i a Duke a Mr Lockwood yn cydgerdded o'r berllan, clywais Duke yn holi am Barbara, gan nad oedd hi wedi ymuno yn y gwaith y noson honno. Ebychodd Mr Lockwood, 'Wedi cael llond bol ar afala, mae'n debyg.'

'Ond mae hi'n iawn, syr?'

'Ydy, fel newydd.'

Pesychodd Duke ac meddai, 'Mae rhai o'r bechgyn yn y gwersyll yn trefnu tipyn o gyngerdd ar gyfer wythnos i nos Sadwrn, i ddathlu Diwrnod Columbus. Amaturiaid yw'r rhan fwyaf ohonyn nhw, wrth gwrs, ond maen nhw'n eithaf da, chwarae teg. A rhyw feddwl roedd Harry a minna efallai yr hoffai Barbara a'i ffrind Sally . . .'

Torrodd Mr Lockwood ar ei draws, fel pe bai'r cysylltiad â'r hyn roedd Duke newydd ei ddweud yn berffaith amlwg. 'Alli di gael gafael ar ddryll?'

Gwgodd Duke. 'Mae'n debyg y gallwn i, syr.'

'Ac mi wyddost sut i'w ddefnyddio?'

'Wrth gwrs.'

'Wel, rhaid i ti ddod yma eto'n fuan. Mi gawn ni saethu ychydig o sguthanod i swper, a cheisio rhoi tipyn o synnwyr ym mhen y ferch 'na ar yr un pryd.'

Felly, trefnwyd i fynd i saethu y dydd Sul canlynol. Roedd pedwar yn y parti a thri dryll rhyngddynt. Roedd drylliau dau faril gan Mr Lockwood a Bernard ei fab, a phistol milwrol awtomatig, Colt .45, gan Duke a Harry rhyngddynt. Holodd neb sut roedden nhw wedi llwyddo i gael gafael arno. Mae'n debyg mai gwaith hawdd oedd hynny o'i gymharu â benthyca jîp, ac roeddynt fel pe baent yn llwyddo i wneud hynny pryd y mynnent.

Roeddwn i'n rhy ifanc i fynd gyda nhw. Gallaf gofio eistedd yng nghegin y fferm yn gwrando ar yr ergydion o'r coed a phryderu am y colomennod gwyllt, a hynny'n gwbl ddiangen fel y digwyddodd hi. Daeth y saethwyr adref yn waglaw, a chafwyd cig moch ac ŵyau i swper. Ond doedd hi ddim yn noson gwbl ofer i Duke. Derbyniodd Barbara ei wahoddiad i'r cyngerdd yn y gwersyll ar yr amod y byddai ei ffrind Sally yn cytuno i ddod hefyd.

Diweddodd y diwrnod hwnnw'n hapus i minnau hefyd. Addawodd Duke ddangos imi sut roedd y Colt .45 yn gweithio, y tro nesaf y deuai i'r fferm. Efallai y cawn hyd yn oed danio ergyd neu ddwy. Gadawodd y pistol yn nrôr y cwpwrdd ger y drws ffrynt lle cedwid y drylliau, gan fod trefniant ar y gweill i fynd i saethu eto yn weddol fuan.

Yn fy ngwely y noson honno, llongyfarchwn fy hun am ddod â Duke a Barbara at ei gilydd. Dau o'r bobl garedicaf yn y byd yn gwpwl delfrydol, diolch i mi. Fydden nhw byth wedi cyfarfod oni bai i mi ddod â Duke i'r fferm. Byddaf yn dal i feddwl am hynny o bryd i'w gilydd. Ond bellach, yn hytrach na'm gyrru i gysgu'n hunanfodlon braf, mae'n peri imi droi a throsi mewn hunllef o euogrwydd.

Noson y cyngerdd, daeth Barbara â bar o siocled imi o'r gwersyll. Roedd wedi troi hanner nos pan glywais hi'n cerdded ar flaenau ei thraed heibio i ddrws cilagored fy stafell. Galwais arni. Daeth i mewn ac eistedd ar erchwyn fy ngwely a disgrifio'r cyngerdd o'r dechrau i'r diwedd, o'r band jas yn yr eitem agoriadol hyd at y digrifwr yn dynwared Hitler a ddaeth ar y llwyfan i gloi gweithgareddau'r noson. Ond yr hyn a wnaeth yr argraff fwyaf arni oedd gweld Duke yn mynd ar y llwyfan. Doedd ei enw ddim ar y rhaglen, ond pan aeth rhywbeth o chwith y tu ôl i'r llwyfan, galwyd arno i roi cân neu ddwy i lenwi'r bwlch. Roedd wedi cael cymeradwyaeth frwd pan gododd o'i sedd. Rhoddwyd gitâr iddo ac eisteddodd yntau ar ymyl y llwyfan o flaen y llenni a chanu tair neu bedair o ganeuon. Roedd ganddo lais hyfryd a'i waith ef ei hun oedd pob un o'r caneuon. Cafodd gymeradwyaeth fyddarol ar y diwedd, ac roedd Barbara yn llawn balchder pan ddaeth yn ei ôl i'w sedd wrth ei hochr hi yn y gynulleidfa.

Dywedodd Barbara yr hoffai fynd allan yng nghwmni Duke eto. Roedd hi wedi cael golwg newydd arno y noson honno. Roedd yn gwrtais, bonheddig a llawn hiwmor direidus. Ac ar ben hynny, roedd yn ddyn gwylaidd, swil, rhywbeth na fyddai hi wedi breuddwydio y gallai Americanwr fod.

Ar ôl hynny, gobeithiwn ei weld yn galw'n gyson yn y fferm, ond roedd yn well gan Barbara ei gyfarfod yn ddirgel. Efallai nad oedd hi am i'w rhieni wybod eu bod yn cwrdd mor aml, gan fod llawer o sôn am y ffordd roedd rhai o'r Americanwyr yn trin merched lleol. Arferai ddweud ei bod yn mynd i weld Sally. Tybiwn y byddai Duke yn ei chyfarfod i lawr y ffordd a mynd â hi i Shepton Mallet neu Glastonbury. Byddai'n cyrraedd y tŷ cyn un ar ddeg bob nos, a byddwn innau'n gadael fy nrws ar agor rhag ofn y byddai'n teimlo fel galw heibio am sgwrs.

Un diwrnod, pan oeddwn yn glanhau f'esgidiau y tu

allan i ddrws y gegin, daeth Mrs Lockwood allan a dechrau sôn am Barbara. Doedd pethau ddim wedi bod yn rhy dda rhyngddi hi a'i merch ers y digwyddiad gyda Cliff Morton yn y berllan. Rwy'n siŵr ei bod hi'n rhoi rhyw gymaint o'r bai ar Barbara am yr hyn a ddigwyddodd. Holodd Mrs Lockwood a oedd rhai o blant yr ysgol wedi sôn eu bod wedi gweld Barbara'n mynd allan gydag Americanwr. Atebais yn onest nad oedd neb wedi crybwyll y peth. Chlywais i erioed yr un ohonynt yn dweud yr un gair am Barbara. Yna, gofynnodd yn blwmp ac yn blaen a oedd Barbara a Duke yn mynd allan gyda'i gilydd.

Roedd hwn yn gwestiwn llawer anoddach ei ateb. Roedd fy mam wedi fy magu i ddweud y gwir bob amser, wel y rhan fwyaf o'r amser beth bynnag. Doedd dweud ambell i gelwydd golau wrth blant eraill nac yma nac acw. Mater arall oedd dweud celwydd wrth oedolion. Fyddwn i ddim yn breuddwydio gwneud hynny. Ac eto, doeddwn i ddim am fradychu Barbara o bawb. Hi oedd fy eilun, ac roedd ei chyfrinach yn gwbl ddiogel yn fy ngofal i. Doedd dim amdani ond gwrthod ateb.

Wnaeth hynny fawr o wahaniaeth. Dywedodd fy nistawrwydd ystyfnig y cyfan roedd Mrs Lockwood am ei wybod. Ond pan ddaliais i wrthod cadarnhau hynny, gwnaeth i mi blygu dros yr hen fangl a safai ger y drws, a'm chwipio'n galed â hen slipar yn dâl am fy haerllugrwydd. Roedd Mrs Lockwood yn wraig benderfynol.

Dyna'r unig dro imi gael fy nghuro tra bûm i yng Ngwlad-yr-haf. Wna i ddim defnyddio'r hen ystrydeb fy mod i wedi cael mwy o fraw nag o ddolur, achos mi ges i fraw *a* dolur. Roedd yr hen slipar ledr honno a nerth bôn braich gwraig fferm gyhyrog y tu ôl iddi, yn wirioneddol arteithiol. Hyd yr eiliad boenus honno, roeddwn i wedi meddwl bod tymer Mrs Lockwood mor dawel â'i llais. Roedd hi wedi fy ngoddef yn dawel yn ei chegin, wedi fy mwydo'n faethlon a golchi fy nillad a'm hanfon yn brydlon i'r ysgol. Mae'n wir nad oedd hi wedi dangos unrhyw gariad tuag ataf na hyd yn oed wedi mynegi unrhyw hoffter ohonof, Barbara oedd yr unig un a wnâi hynny, ond doedd hi ddim wedi cyfleu unrhyw elyniaeth nac atgasedd chwaith. O edrych yn ôl, mae'n sicr ei bod hi dan gryn straen. Roedd hi'n dal i gasáu'r ffaith iddi gael ei gorfodi i roi cartref i ifaciwî ac roedd hi'n bryderus ynghylch Barbara, a bu'r sliper yn ollyngdod iddi ac yn gyfrwng iddi roi mynegiant i'w holl rwystredigaethau.

Y noson honno, gorweddwn yn fy ngwely a'm gobennydd yn wlyb gan ddagrau. Roeddwn ar drothwy cwsg pan synhwyrais fod rhywun yn gwyro drosof.

Barbara.

Doeddwn i ddim am iddi weld fy wyneb dagreuol a smaliais fy mod yn cysgu'n drwm. Teimlais ei gwefusau yn cyffwrdd fy moch a cherddodd rhyw gyffro dieithr drwy fy nghorff. Mwythodd fy nhalcen â'i bysedd a sibrwd ei diolch am imi ddioddef o'i hachos hi. Fi oedd ei harwr bach dewr hi, ac roedd hi'n gallu cydymdeimlo am ei bod hithau a'i brawd Bernard wedi profi blas yr un sliper yn union droeon pan oeddynt yn blant. Byddai hi a Bernard yn haeddu eu cosb bob tro, ond roeddwn i wedi cael fy nghosbi ar gam, ac roedd ganddi gywilydd o ymddygiad ei mam. Addawodd na adawai hi i'r un peth ddigwydd eto. Nid o'i hachos hi, beth bynnag. Cyn mynd, cusanodd fy moch am yr eildro a sibrwd yn dyner, 'Nos da, fy arwr dewr i.' Cysgais yn fuan wedyn gan wenu drwy fy nagrau, a bûm yn trysori'r profiad a'i ailgreu yn fy nychymyg bob nos cyn cysgu am wythnosau lawer. Croeso i chi wawdio, os mynnwch chi, ond roedden ni i gyd yn blant unwaith.

Ym mis Tachwedd, dechreuwyd ar y cam nesaf yn y gwaith o droi'r afalau yn seidr. Roedd y pentyrrau trefnus ar lawr y berllan wedi profi brath rhew cyntaf y gaeaf, ac aed ati i'w llwytho ar dreiler a'u cario'n llwyth ar ôl llwyth i'r tŷ seidr. Gwneid y gwaith hwn gan Mr

Lockwood, Bernard a thri gwas, a byddwn innau a Duke a Harry yn prysuro yno i roi help llaw bob tro y caem gyfle. Roedd y ddau Americanwr yn awyddus i weld yr holl broses o gynhyrchu'r seidr. Os mai dim ond esgus i dreulio rhagor o amser yng nghwmni merched ifainc y pentref oedd y diddordeb, cawsant eu siomi. Gwaith i ddynion oedd hwn.

Gwaith i ddynion ac un bachgen. Rhoddwyd cyfrifoldeb arbennig i mi. Roedd llofft yn yr hen dŷ seidr, a châi'r sacheidiau o afalau eu codi i'r llofft drwy ddrws a oedd wedi ei osod yn uchel yn y wal a wynebai fuarth y fferm. Fy ngwaith i, wrth olau llusern i fyny yn llofft glyd yr hen adeilad carreg, oedd llwytho'r afalau i'r bocs pren a fwydai'r felin ar y llawr isaf. Roedd gen i raw bren, a phan fyddai'r felin yn troi a Mr Lockwood yn rhoi'r gorchymyn, byddwn yn peri i genllif o afalau ddylifo drwy'r agoriad sgwâr yn y llawr, a thrwy diwb o sachau i'r felin seidr wancus oedd yn rhygnu gan boeri a hisian islaw imi. Roeddwn i ar ben fy nigon. A rhwng yr ysbeidiau o brysurdeb, byddwn yn chwarae sglefrio ar y sudd afalau oedd yn drwch ar y llawr pren.

Yn y felin, câi'r afalau eu darnio gan roleri haearn danheddog ac yna eu gwâsgu'n siwtrws rhwng rholeri carreg. Ar un adeg, defnyddid ceffylau i droi'r felin, ond erbyn hyn gwneid y gwaith hwnnw gan beiriant petrol. Byddai'r stwns afalau yn cronni mewn cafn pren ar waelod y felin a gâi ei wagio â rhawiau pren o bryd i'w gilydd. Unwaith yr âi'r ffrwythau drwy'r felin, doedd wiw gadael iddynt ddod i gyffyrddiad â metel o unrhyw fath.

Wrth ochr y felin, safai gwasg bren anferth. Arni taenid haenau o wellt gwenith a stwns afalau bob yn ail i wneud yr hyn a alwai Mr Lockwood yn 'gaws'. Safai wrth ei ochr a'i lunio'n sgwâr tua phedair troedfedd bob ffordd drwy blygu'r gwellt i mewn fel y cwblheid pob haen. Erbyn ei orffen, roedd y 'caws' yn cyrraedd uwch fy mhen ac, yn ôl Mr Lockwood, yn pwyso tunnell fan lleiaf.

Pan fyddai popeth yn barod, gelwid ar Barbara a'i mam o'r tŷ, ac ymgasglai pawb o amgylch y wasg. Gosodid twb mawr pren o dan y wasg a throi'r wins. Bloeddiai pawb eu cymeradwyaeth wrth weld y sudd brown trwchus yn ffrydio allan. Ond nid cael eu gwahodd i wylio'r seremoni y byddai'r merched, roedd yn rhaid wrth bob help posibl i drosglwyddo'r sudd â lletwadau pren o'r twb i'r casgenni lle y câi ei adael i eplesu. Yr hyn a'm rhyfeddodd i, yn ogystal â Duke a Harry, oedd gweld Mr Lockwood yn gollwng darn helaeth o gig dafad i bob un o'r casgenni. 'Does dim byd cystal â chig dafad i fwydo seidr,' meddai, a'i lygad gwaedgoch hanner cau yn rhythu arnom. 'Fydd 'na ddim byd ond esgyrn gwynion ar waelod y casgenni 'ma erbyn y Nadolig.'

Un bore Sadwrn pan oedd Duke a Harry wedi dod i roi help llaw, a ninnau'n cael hoe bach amser te ddeg yn y tŷ seidr, dechreuodd Bernard gynhyrfu'r dyfroedd. Ac rydw i'n sicr iddo wneud hynny'n fwriadol. Roedd ei natur faleisus yn cael ei gythruddo wrth glywed Harry'n mynd drwy'i bethau yn hwyliog yn ôl ei arfer. 'Mae Cliff Morton wedi bod yn synhwyro o gwmpas y lle 'ma eto,' meddai'n gwbl ddirybudd, gan roi taw ar y miri.

Cythruddodd Mr Lockwood yn syth a gofyn yn filain, 'Beth wyt ti'n feddwl?'

'Yn union fel rydw i'n ddweud,' atebodd Bernard yn llechwraidd, gan hoelio ei lygaid ar Barbara. Trodd hithau'n welw. Roedd Bernard yn cael blas ar boenydio pobl. Gallai yr un mor hawdd fod wedi cael gair cyfrinachol yng nghlust ei dad.

'Wyt ti wedi gweld y diawl o gwmpas y fferm 'ma?' Roedd y ffermwr ar gefn ei geffyl erbyn hyn.

Atebodd Bernard, heb dynnu ei lygaid oddi ar Barbara, 'Mi welais i ei feic o pan oeddwn i'n cerdded adre neithiwr. Wedi ei adael yn y ffos ar yr ochr bella i gae'r afon.'

Poerodd Mr Lockwood yn ffyrnig i ganol y gwellt, 'Os ydy'r bastard diawl yna . . . '

Torrodd ei wraig ar ei draws, a disgwyliwn glywed y ffermwr yn cael cerydd am ddefnyddio'r fath iaith. 'Llwfrgi cythraul ydy o,' meddai hithau. 'Mi glywais i ei fod o wedi cael ei alw i'r fyddin ers mis Medi, ac y dylai o fod wedi mynd ers wythnosa.'

'Mi wna i'n siŵr nad ydy'r cachgi budr yn mynd i guddio o gwmpas y fferm yma, beth bynnag.' Neidiodd Mr Lockwood ar ei draed, 'Tyrd, Bernard.'

Dilynodd Bernard ei dad allan, ond dydw i ddim yn meddwl eu bod nhw wedi dod o hyd i'r beic na'i berchennog, achos ddywedwyd yr un gair arall am y peth. Roedd Mr Lockwood yn ei ôl ymhen ugain munud i gadw llygad ar y gwaith o glirio gweddillion y 'caws' o'r wasg, yn barod ar gyfer y llwyth nesaf. Roeddwn i'n helpu Barbara i lwytho peth o weddillion yr afalau oedd wedi cael eu gwasgu, i'r ferfa yn fwyd i'r gwartheg. Doedd hi ddim yn torri gair â neb.

Erbyn amser cinio, roedd pawb mewn gwell hwyliau. Roedd dros gan galwyn wedi eu gwasgu o'r 'caws' cyntaf, ac roedd yr ail 'gaws' bron â bob yn barod, diolch i help yr Americanwyr. Pan gynigiodd y ddau ddangos imi sut i ddefnyddio'r pistol, cytunodd Mr Lockwood yn eithaf parod, gan ddweud nad oedd unrhyw angen iddynt frysio'n ôl.

Roeddwn i wrth fy modd pan ddywedodd Barbara yr hoffai hithau ddod gyda ni. Roedd yn lled amlwg ei bod wedi cael llond bol ar gwmni ei theulu, ac ar ei brawd yn arbennig. Roedd Bernard wedi dewis ei amser i godi bwganod am y cymeriad atgas Cliff Morton, yn gwbl giaidd. Ei fwriad oedd codi braw ar Barbara a'i bychanu yng ngŵydd pawb, ac roedd wedi llwyddo i'w chythruddo. Roedd hi'n dal yn bur dawedog wrth i ni groesi'r cae at y goedlan lle roedd Duke wedi penderfynu y gellid cynnal y wers saethu'n ddiogel.

Hen dun oedd y targed, a chafodd pawb yn ei dro

gyfle i saethu ato. Dysgais sut i lenwi'r dryll a'i anelu gan ddefnyddio dwy law. Erbyn diwedd y wers, roeddwn i a Barbara'n gyfartal o ran ergydion llwyddiannus ar y targed, ond fyddai'r naill na'r llall ohonom wedi bod o lawer o fudd i unrhyw fyddin.

Wrth i ni gerdded yn ôl ar draws y cae, ceisiodd Harry sirioli tipyn ar bethau drwy gipio sgarff Barbara oddi ar ei phen a'i roi i Duke. Ceisiodd Barbara ei gael yn ôl, ond roedd yn amlwg nad oedd hi mewn hwyl i redeg o gwmpas y cae. Mae'n debyg ei bod hi'n dal yn ddi-hwyl ar ôl y ffordd roedd ei brawd wedi ei thrin y bore hwnnw. Daliodd Duke y sgarff yn uchel uwch ei ben a'i chwifio fel baner yn y gwynt. Byddai'n rhaid i Barbara ddod yn agos ato i geisio cael gafael arno.

Byddai llawer i ferch wedi ceisio ei oglais er mwyn ei gael i ollwng y sgarff, ond roedd Barbara'n gallach na hynny. Cipiodd y dryll o boced Duke a'i anelu ato. Gwaeddodd Harry arni i beidio; roedd perygl i'r chwarae droi'n chwerw. Rhoddodd Duke y sgarff yn ôl iddi a thaflodd hithau'r dryll o'r neilltu a rhedeg o'n blaenau i'r tŷ. Roedd hi wedi cael hen ddigon ar bawb.

Cofiaf i Duke edrych i sicrhau nad oedd bwled yn y dryll, ar ôl i mi ei godi a'i roi yn ôl iddo. Doedd yr un ohonom yn sicr ynglŷn â hynny pan oedd Barbara yn ei anelu tuag ato. Roedd ganddo ychydig o fwledi ar ôl yn ei boced. Pan gyrhaeddodd y tŷ, fe'u cadwodd gyda'r dryll yn ôl yn nrôr y cwpwrdd ger y drws ffrynt. Rydw i'n berffaith sicr o hynny, a dyna ddywedais i wrth Superintendent Judd pan ddaeth i'm holi cyn yr achos yn yr *Old Bailey*.

Aeth y gwaith yn y tŷ seidr rhagddo drwy'r wythnos ddilynol, ac roedden ni ar fin gorffen y tro nesaf y daeth Duke a Harry i'r fferm. Y prynhawn Iau olaf ym mis Tachwedd, dydd Diolchgarwch yr Americanwyr oedd hi. Mae'n amheus gen i a oedd teulu'r fferm, mwy na finnau, wedi clywed am y dathliad arbennig hwnnw. Fodd bynnag, roeddwn i'n ddigon balch pan roddodd

Duke y cerfiad pren o'r plismon lleol, y cerfiad a gyflwynais innau i'w ferch flynyddoedd yn ddiweddarach, yn anrheg i mi.

Roedd cynllun ar droed gan Duke a Harry. Y noson honno, roedd parti'n cael ei gynnal yn y gwersyll, a byddai digonedd o dwrci rhost a phastai pwmpen i bawb. Eu bwriad oedd mynd â Barbara a Sally i'r parti. Roeddynt eisoes wedi galw am Sally yn y dafarn, ac roedd hi'n eistedd ar lin Harry yn sedd flaen y jîp, a'i phais flodeuog yn y golwg. Ac nid yr Americanwyr oedd yr unig rai mewn hwyliau da. Y bore hwnnw roedd y llwyth olaf o afalau wedi ei gludo i lofft y tŷ seidr, ac er mwyn dangos ei werthfawrogiad roedd Mr Lockwood wedi bod yn anarferol o hael wrth arllwys seidr i bawb yn ystod yr awr ginio, ac roedd wedi anfon y gweision adre'n gynnar.

Yn ôl fy arfer, roeddwn i wedi mynd yn syth i lofft y tŷ seidr ar ôl cyrraedd o'r ysgol i helpu Bernard a'i dad i roi'r llwyth olaf o afalau drwy'r felin. Gan fod sŵn y felin mor fyddarol, fyddwn i ddim wedi gwybod fod Duke a Harry yno oni bai imi ddigwydd edrych allan drwy ddrws agored y llofft a gweld y jîp yn cyrraedd y buarth. Dringais i lawr o'r llofft a rhedeg i groesawu Duke. Ar yr un pryd, roedd Mrs Lockwood yn brysio allan o'r tŷ i gynnig sgons twym a hufen iddynt.

Y peth cyntaf roedden nhw am ei wneud oedd rhoi gwybod i Barbara am y parti Diolchgarwch, er mwyn iddi gael ei gwneud ei hun yn barod. Eglurodd Mrs Lockwood yn ei llais lleddf fod Barbara yn arfer treulio'r ddwyawr rhwng pedwar a chwech o'r gloch yn hel y gwartheg a'u godro. Roedd hi wedi dechrau ar y gwaith yn gynt nag arfer y prynhawn hwnnw, ac felly ddylai hi ddim bod yn hir. Ychwanegodd ei bod yn siŵr y byddai ei merch wrth ei bodd pan glywai am y parti.

O gofio i mi brofi blas y sliper ychydig dros fis ynghynt am wrthod datgelu unrhyw wybodaeth am berthynas Duke a Barbara, roedd gen i deimladau cymysg wrth wrando ar ymateb croesawgar Mrs Lockwood. Roedd hi'n amlwg wedi newid ei barn am Duke, ac roedd hi'r un mor amlwg fod ei waith ef a Harry ar y fferm yn dwyn ffrwyth i Duke. Er hynny, daliai Barbara i smalio mai yng nghwmni Sally y treuliai hi'r gyda'r nosau pan âi allan o'r tŷ, er fy mod i'n berffaith sicr na fyddai neb wedi gwrthwynebu pe bai hi wedi cyfaddef yn agored ei bod hi'n mynd i gyfarfod Duke.

Rwyf wedi fy holi fy hun fwy nag unwaith a oeddwn yn cenfigennu'n dawel bach, yn fy isymwybod o bosibl, wrth Duke. Gallaf ateb yn gwbl onest na theimlais unrhyw atgasedd tuag ato ar unrhyw bryd, hyd yn oed ar ôl y digwyddiad trychinebus rydw i'n mynd i sôn amdano. Allwn i ddim casáu'r dyn. Ef a Barbara rhyngddynt a'i gwnaeth yn bosibl i mi oddef yr hyn a allai fod wedi bod yn fisoedd mwyaf diobaith fy mywyd. Rwy'n fodlon cyfaddef y byddwn i'n teimlo brath o unigrwydd o wybod eu bod yn treulio amser yng nghwmni ei gilydd a minnau'n gorfod aros gartref, ond nid cenfigen oedd hynny.

Ond i ddod yn ôl at ddigwyddiadau'r prynhawn tyngedfennol hwnnw. Aeth Duke a Harry i'r cae y tu hwnt i'r goedlan i chwilio am Barbara. Câi'r gwartheg eu godro allan yn y caeau mewn rhyw fath o siediau symudol. Allan y cedwid y gwartheg ddydd a nos yn *Gifford Farm*, oni bai fod y tywydd yn troi'n wirioneddol aeafol.

Arhosodd y gweddill ohonom, gan gynnwys Sally, yng nghegin y fferm yn bwyta'r sgons a'r hufen. Roedd gan Mrs Lockwood ragor o sgons yn y ffwrn yn barod ar gyfer y tri arall pan gyrhaeddent y tŷ, ond fu mo'u hangen. Ymhen tua chwarter awr daeth Duke a Harry yn ôl a dweud na welsant olwg o Barbara yn unman.

Roedd hynny'n ddirgelwch i bawb. Roedd hi'n bendant wedi dweud ei bod hi'n mynd i roi cychwyn ar y godro. Bu peth trafod dryslyd rhwng Bernard a Harry ynglŷn â'r cae roeddynt wedi mynd iddo i chwilio amdani, ond fel y dywedodd Duke doedd dim ond un gyr o wartheg ar y fferm a doedd dim golwg o Barbara ar eu cyfyl. Roedd hi'n amlwg hefyd nad oedd y gwartheg wedi cael eu godro.

Dywedodd Mr Lockwood y byddai'n edrych o gwmpas y lle ar ôl iddo orffen rhoi'r llwyth olaf drwy'r felin. Cyn bo hir, roedd pob un ohonom wrthi'n chwilio am Barbara. Awgrymodd Mrs Lockwood y gallai'r seidr yn ystod yr awr ginio fod wedi effeithio ar Barbara, a'i bod wedi syrthio i gysgu yn rhywle.

Wna i mo'ch cadw chi ar bigau'r drain wrth adrodd y rhan hon o'r stori. Nid peth hawdd yw sôn am rywbeth cas, trallodus, yn digwydd i rywun sy'n annwyl i chi. Fi ddaeth o hyd i Barbara. Arweiniwyd fi gan ryw reddf i gyfeiriad hen sgubor weddol fach a oedd ychydig ymhellach o'r buarth na gweddill adeiladau'r fferm.

Ar yr olwg gyntaf, roedd yn lle annhebygol i chwilio amdani gan fod yr adeilad bron yn llawn o wair. Sefais ger y drws a chlywed sŵn rhywbeth yn symud. Roedd digon o lygod mawr yn cartrefu yn adeiladau'r fferm, ond roedd rhywbeth trymach na llygoden fawr yn gyfrifol am y sŵn yma. Roedd taflod o dan y to yn hanner pellaf yr adeilad, a honno hefyd dan ei sang o fyrnau gwair. O'r daflod roedd y sŵn wedi dod. Doedd dim golwg o ysgol yn unman, ac felly defnyddiais y byrnau gwair i ddringo i'r daflod. Yno, roedd mur o fyrnau tua phum troedfedd o uchder yn fy wynebu a hwnnw bron iawn yn cyrraedd y to. Erbyn hynny roeddwn i'n berffaith sicr fod rhywun yn y daflod y tu hwnt i'r mur o wair. Gallwn glywed sŵn symud egnïol, sŵn symud mor brysur nes imi benderfynu peidio â galw ei henw.

Allwn i ddim credu mai Barbara oedd yno.

Dringais i fyny'r byrnau nes cyrraedd y fan lle roedd triongl gwag wrth i ymyl bellaf y mur gyrraedd ongl y to. Gwthiais fy hun rhwng y trawstiau a'r gwair nes llwyddo i gael cip ar hanner arall y daflod.

Yno, o flaen fy llygaid brawychus, roedd Barbara, cannwyll fy llygad, fy angel gwarcheidiol, yn cael ei threisio gan y bwystfil Cliff Morton. Wrth ddweud treisio, rwy'n defnyddio gair oedolion am weithred oedd y tu hwnt i ddirnadaeth plentyn o'm hoed. Ymosodiad ffyrnig, gwrthun, ffiaidd, gan ŵr cyhyrog ar ferch ddiamddiffyn. Roedd yn ymwthio'n ffyrnig i mewn iddi dro ar ôl tro fel baedd gorffwyll, a hithau'n gwingo a griddfan ac yn ymladd am ei hanadl gan guro'i dyrnau ar lawr y daflod. Roedd ei blows yn llydan agored, ac roedd hi'n noeth o'i gwasg i lawr, ac eithrio am ei hoferôl a'i nicyrs, oedd wedi eu rhwygo oddi amdani hanner ffordd i lawr un o'i choesau.

Y cwbl allwn i ei wneud oedd neidio i lawr a rhuthro allan o'r sgubor i chwilio am rywun, am unrhyw un, a allai helpu. Trefnodd ffawd mai Duke oedd y person hwnnw.

Gwelais ef yn dod allan o'r adeilad lle cedwid peiriannau'r fferm. Bloeddiais arno fod Barbara yn yr hen sgubor a bod Cliff Morton wedi tynnu ei dillad ac yn ymosod arni. Ddywedodd Duke yr un gair, dim ond rhedeg heibio imi ar draws y buarth ac i mewn i'r sgubor. Rhedais innau i'r gegin lle'r oedd Mrs Lockwood a Sally yn sgwrsio, gan igian fy stori drwy fy nagrau. Dywedais fod Duke wedi mynd i helpu Barbara. Allwn i wneud dim rhagor.

Rhuthrodd Mrs Lockwood allan gan fy ngadael i a Sally yn y gegin. Ymhen tua phum munud daeth yn ei hôl a'i braich o amgylch ei merch. Roedd Barbara'n wylo'n ddilywodraeth ac aeth ei mam â hi'n syth i fyny'r grisiau i'w stafell wely.

Yr unig gof arall sydd gen i am y diwrnod hwnnw yw gorwedd yn fy ngwely a gweld Mrs Lockwood yn gwyro drosof gan gynnig diod imi. Holais am Barbara, ac atebodd hithau y byddai Barbara'n iawn ac y dylwn i beidio â phoeni a mynd i gysgu yn fachgen da.

Cefais fy nghadw yn y tŷ bron drwy'r dydd drannoeth.

Cyn gynted ag y dois i lawr y grisiau, holais am Barbara unwaith eto a chael gwybod ei bod hi'n gorffwys yn ei stafell, ond sylwais nad oedd y llenni ar ei ffenestr wedi eu cau. Y noson honno, gorweddais yn fy ngwely am oriau yn gwrando arni'n wylo ac yn ochneidio'n druenus.

Welais i mo Barbara byth wedyn. Y peth nesa rwy'n ei gofio yw clywed y curo mawr fore Sul pan fu'n rhaid torri i mewn i'w stafell. A sgrech ei mam pan welodd ei chorff gwaedlyd. Roedd hi wedi torri ei gwddf â rasal hen ffasiwn ei thad.

Yn ddiweddarach y diwrnod hwnnw, daeth fy hen brifathro, Mr Lillicrap, i'r fferm a mynd â fi oddi yno. Ben bore Llun, roeddwn i ar y trên yn teithio'n ôl i Lundain. Dyna oedd diwedd fy ngyrfa fel ifaciwî.

Pennod 7

Mae gweddill yr hanes ar gael mewn cofnodion cyhoeddus, ac os ydych chi'n gyfarwydd â'r gyfrol berthnasol o *Notable English Trials* neu lyfr James Harold, *The Christian Gifford Murder*, fydd dim rhaid i chi drafferthu i ddarllen y bennod hon. Fodd bynnag, er mwyn y gweddill ohonoch chi, rwy'n mynd i gwblhau'r stori, er mai gwybodaeth ail-law wedi ei chywain o dystiolaeth yr heddlu a thystion eraill sydd gen i. Bychan iawn oedd fy rhan i yn y gweithgareddau, diolch i'r drefn.

Af ymlaen â'r stori gan adrodd y ffeithiau fel yr adroddais nhw wrth Alice y noson honno. Roedd hi wedi cadw ei haddewid ac wedi dal ei thafod am gryn amser, er na lwyddodd i beidio ebychu, 'Arglwydd mawr!' pan gyrhaeddais hanes diwedd trychinebus Barbara druan. Doedd y toriadau papur newydd y daeth hi o hyd iddynt ymhlith papurau ei mam, ddim wedi crybwyll y digwyddiad trist hwnnw.

Un noson yn Hydref 1944, bron i flwyddyn gron ar ôl y digwyddiadau rydw i wedi bod yn eu disgrifio, prynodd un o ffyddloniaid tafarn y *Shorn Ram* yn Frome, beint o seidr lleol. Prin bod hynny ynddo'i hun yn ddigwyddiad gwerth ei gofnodi; roedd yn ddiod llawer mwy poblogaidd na'r stwff dyfrllyd a elwid yn gwrw yn ystod blynyddoedd y rhyfel. Roedd pobl yn eithaf parod i yfed o botiau jam os oedd rhaid, mewn cyfnod o brinder gwydrau, ond roedden nhw'n dal yn bur anodd eu plesio ynglŷn â chynnwys y potiau jam. Felly, pan ddaeth y cwsmer hwnnw â'i beint yn ôl at y bar a chwyno fod blas rhyfedd arno, roedd yn fater o gryn bwys. Roedd y tafarnwr newydd ddechrau ar gasgen newydd, hocsed fawr o fferm gwneuthurwr seidr dibynadwy. Tynnodd wydraid arall o'r seidr a'i flasu'n feddylgar.

Mae'n rhyfedd meddwl mai prin iawn y byddai Duke Donovan wedi ymddangos o flaen ei well pe bai'r tafarnwr wedi cydnabod yn syth fod rhywbeth o'i le ar y seidr. Ond roedd hi'n gyfnod o brinder a chaledi, cyfnod pan ellid dirwyo pobl hyd yn oed am daflu bara i'r adar. Roedd bwrw unrhyw beth o'r neilltu, os oedd y posibilrwydd lleiaf y gellid gwneud defnydd ohono, yn cael ei ystyried yn weithred andwyol i fuddiannau'r wlad mewn cyfnod o ryfel. Felly, yfodd y tafarnwr y seidr gan gytuno ei fod yn fwy chwerw na'r seidr o'r gasgen flaenorol, ond nad oedd dim byd o bwys yn bod arno. Daliodd i'w werthu am weddill yr wythnos. Profodd dwsinau o gwsmeriaid y seidr yn ystod yr wythnos, ond ychydig ohonynt a ddaeth yn ôl i ofyn am ragor.

Ddiwedd yr wythnos, roedd dau o yfwyr rheolaidd y *Shorn Ram* yn dioddef o wenwyn bwyd. Soniodd rhywun efallai mai'r seidr oedd ar fai, a chlywyd sibrydion dichellgar am gynhyrchwyr seidr lleol oedd yn credu mewn gadael twll corcyn y casgenni yn agored ar ôl i'r eplesu ddod i ben. Dywedid fod ôl traed llygod mawr i'w ganfod ar gaeadau gludiog rhai o'r casgenni. Roedd yr olion hynny i gyd yn arwain i gyfeiriad y twll corcyn, ond doedd dim arwydd o ôl tramwyo i'r cyfeiriad arall.

Fore Llun, daeth arolygwr o'r Weinyddiaeth Fwyd i'r dafarn a mynd â sampl o'r seidr i'w ddadansoddi. Cadarnhawyd fod rhywbeth o'i le arno, ond penderfynwyd nad llygod mawr oedd ar fai. Y dyfarniad oedd ei fod wedi ei lygru gan fetel o ryw fath.

Agorwyd y gasgen, a phan arllwyswyd gweddill ei chynnwys i lawr y draen yn iard gefn y dafarn, disgwyliai pawb y byddid yn dod o hyd i ryw arf metel neu'i gilydd yn y gwaddod ar ei gwaelod. Tybid mai rhyw was fferm anghelfydd oedd wedi gollwng un o'r celfi o'i afael pan oedd wrthi'n rhoi caead ar y gasgen.

Ond yr hyn a ddaeth i'r golwg oedd penglog ddynol gyda thwll bwled ynddi.

Mae hanes manwl y dasg o ganfod pwy oedd perchennog y benglog ar gael mewn mwy nag un cyhoeddiad. Yn bersonol, byddaf yn teimlo y dylwn wisgo menyg rwber wrth ddarllen llyfrau'n ymwneud â gwyddoniaeth fforensig. Ond nac ofnwch; byddaf mor gynnil ag y mae modd wrth ymdrin â'r manylion mwyaf erchyll. Aed â'r benglog i labordy fforensig ym Mryste i'w harchwilio gan Dr Frank Atcliffe, y patholegydd ifanc disglair a gollodd ei fywyd y flwyddyn ddilynol mewn damwain awyren.

Prin iawn oedd y dystiolaeth a roddwyd i'r patholegydd i weithio arni. Roedd y seidr wedi difa'r croen a'r cnawd a meinwe'r ymennydd yn llwyr. Nid oedd hyd yn oed flewyn o'r gwallt yn weddill. Er gogrwn y gwaddod yn drwyadl, ni lwyddwyd i ddarganfod unrhyw beth arall o bwys yn y gasgen.

Hoffech chi aros i gael llymaid o ddŵr? Neu seidr efallai?

Darganfu Dr Atcliffe mai penglog gŵr ifanc rhwng deunaw a phump ar hugain oed oedd hi. Soniwch am unrhyw berson wrth batholegydd a bydd pethau fel prosesau mastoid a gwrymiau orbitol yn rhuthro drwy'i feddwl. Ac ni fydd oed rhywun yn golygu dim ond asgwrneiddiad yr epiffysis iddo.

Yn ôl yr adroddiadau mewn rhai papurau newydd, y fwled oedd y defnydd metel a lygrodd y seidr. Y gwir yw na chafwyd hyd i fwled yn y gasgen, roedd honno wedi mynd yr holl ffordd drwy'r benglog. Felly, beth dybiech chi oedd y metel yn y seidr?

Cwpwl o ddannedd wedi eu llenwi.

Fel y dywedodd Dr Atcliffe, pe bai dannedd perffaith gan y gŵr ifanc, ni fyddai dim o'i le ar y seidr. Byddai'r gasgen, ynghyd â beth bynnag oedd yn ei gwaelod, wedi cael ei dychwelyd i *Gifford Farm* yn barod i'w hail-lenwi y tymor dilynol.

Nawr, cymerwch anadl ddofn, ac mi gawn ni gip frysiog ar dyllau'r fwled yn y benglog. Y twll ar yr ochr chwith, tua modfedd a hanner uwchben twll y glust, oedd yr un a wnaed gan y fwled ar ei ffordd i mewn. Ar ei ffordd allan, roedd hi wedi mynd drwy asgwrn y foch dde yn union y tu ôl i'r llygad. O ystyried maint y tyllau, roedd Dr Atcliffe o'r farn mai .45 oedd calibr y dryll a'i fod wedi ei danio rhwng llathen a hanner llathen oddi wrth ben y gŵr ifanc. Doedd dim modd dod i unrhyw gasgliad ynglŷn â dyddiad y farwolaeth.

Bu cryn drafod ar y posibilrwydd y gallai fod rhagor o bethau erchyll i'w darganfod. Agorwyd dwy gasgen arall yn y *Shorn Ram* yn ogystal â dwy ar bymtheg o gasgenni eraill o *Gifford Farm* mewn tafarnau eraill yn Frome a Shepton Mallet a'r pentrefi cyfagos. Chafwyd dim gwrthwynebiad i hynny o du'r tafarnwyr; ychydig iawn o werthu oedd ar eu seidr erbyn hynny. Ond ni welwyd dim byd mwy ysgeler nag esgyrn dafad yn unrhyw un o'r casgenni hynny. Dichon fod y syniad o yfed seidr wedi ei gyfnerthu â chig dafad yn wrthun i chi, ond roedd yn gwbl dderbyniol yng Ngwlad-yr-haf ym 1944.

Arweiniwyd yr ymchwiliad i'r llofruddiaeth gan yr Arolygydd Judd o Heddlu Gwlad-yr-haf, gŵr duwiol ac agos at ei le o Glastonbury, a oedd yn adnabyddus fel pregethwr cynorthwyol. Ar Sul cyntaf y Grawys bob blwyddyn, tyrrai pobl i'r capel i wrando arno'n taranu drwy ei bregeth enwog ar ddirwest. Y ddiod gadarn fileinig oedd ei ddewis elyn. Dechreuodd ar ei ymholiadau yn y fan y cyfeiriai ati'n fygythiol fel 'y ffynhonnell', *Gifford Farm*.

Y darogan yn y tafarnau oedd y byddai George Lockwood wedi ei gollfarnu a'i grogi ymhell cyn i'r achos gyrraedd y llys. Edrychai'n gwbl anobeithiol arno. Roedd ei enw ar y gasgen. Ef oedd wedi ei gwerthu i'r dafarn yn Awst, ac ef ei hun oedd wedi curo'r caead i'w le arni y mis Tachwedd blaenorol. Nid oedd unrhyw arwydd bod neb wedi ymyrryd â'r gasgen ar ôl hynny.

Ni allai George Lockwood gofio gweld neb yn ymddwyn yn amheus yn ystod y tair wythnos pan oedd y seidr yn cael ei gynhyrchu. Ni allai chwaith gynnig unrhyw awgrym ynglŷn â phwy oedd y gŵr a lofruddiwyd. Rhoddodd restr o'i weision ac o'r sawl a gyflogwyd wrth y dydd i gynorthwyo yn y berllan, i'r Arolygydd Judd. A chafodd y plismon diwyd air â phob un ohonynt, ac eithrio Barbara, Duke a Harry. Roedd Barbara, wrth gwrs, yn ei bedd, ac roedd y ddau Americanwr wedi gadael Lloegr ym Mehefin 1944, yn rhan o'r byddinoedd a laniodd ar draethau Normandi.

Pan ddaeth Judd at fater hunanladdiad Barbara, cytunodd George Lockwood fod hynny wedi digwydd ar y degfed ar hugain o Dachwedd, ddau ddiwrnod ar ôl i'r broses o gynhyrchu'r seidr ddod i ben ac i'r caead gael ei ddodi ar y gasgen olaf, ond ni allai weld unrhyw gysylltiad rhwng y ddau ddigwyddiad. Roedd y crwner yn y cwest wedi dyfarnu fod Barbara wedi ei lladd ei hun pan oedd hi mewn dryswch meddwl. Gadawodd Judd bethau ar hynny ar y pryd, ond gofynnodd i un o'i gynorthwywyr gymryd golwg arall ar amgylchiadau marwolaeth Barbara.

Yn y cyfamser, edrychwyd yn fanwl ar y rhestr o bobl oedd wedi diflannu heb unrhyw eglurhad, yn arbennig gwŷr ifainc rhwng deunaw a phump ar hugain oed o ardaloedd Frome a Shepton Mallet. Nid gwaith hawdd oedd hynny. Roedd amryw wedi ymuno â'r lluoedd arfog heb roi gwybod i'w teuluoedd, rhai wedi dianc o'r lluoedd arfog ac eraill wedi eu lladd mewn cyrchoedd awyr pan oeddynt yn ymweld â Bryste neu fannau cyffelyb.

Fodd bynnag, llwyddwyd i baratoi rhestr, ac ymhen ychydig ddyddiau roedd Judd yn gwybod pwy oedd y gŵr ifanc y cafwyd ei benglog yn y gasgen.

Roedd y plismon a aeth drwy'r papurau yn ymwneud

â marwolaeth Barbara wedi darganfod fod yr archwiliad post-mortem wedi dangos ei bod yn feichiog ers dau fis. Nid oedd wedi datgelu ei chyfrinach wrth unrhyw aelod o'r teulu, a phenderfynwyd ar y pryd mai cywilydd oherwydd hynny oedd wedi ei harwain i roi terfyn ar ei bywyd. Nid oedd unrhyw sôn pwy oedd y tad, ac nid oedd cyfleu'r wybodaeth honno'n rhan o swyddogaeth y cwest. Roedd y teulu wedi bod yn gwbl dawedog ynglŷn â'r mater, ond stori'r ardal oedd mai Cliff Morton oedd yn gyfrifol. Roedd sôn ei fod wedi gwirioni ar Barbara ac yn mynnu ei chwmni bob cyfle a gâi. Ar un achlysur ym mis Medi pan oedd yr afalau'n cael eu cynaeafu, roedd wedi ceisio cymryd mantais arni ar gwr y berllan, ac roedd George Lockwood wedi ei anfon adref a'i wahardd rhag dod ar gyfyl y fferm.

Gŵr dibriod deunaw oed oedd Cliff Morton. Roedd ei rieni wedi mynd i fyw dramor pan oedd yn ddeuddeg oed a'i adael yng ngofal chwaer ei fam a oedd yn byw mewn bwthyn tua milltir y tu allan i bentref *Christian Gifford*. Bythefnos ar ôl y cwest i farwolaeth Barbara, roedd plismyn wedi galw yn y bwthyn i gael gair â Morton ar fater arall: roedd wedi anwybyddu gwŷs i ymuno â'r fyddin a anfonwyd iddo rai wythnosau ynghynt. Cafwyd gwybod gan ei fodryb ei fod wedi gadael ei gartref yn ddirybudd, heb roi gwybod iddi i ble roedd yn bwriadu mynd.

Felly roedd enw Cliff Morton ar y rhestr o ddynion ifanc ar goll a ddarparwyd gan yr heddlu. Roedd yr oed yn cyfateb, ac roedd cysylltiad rhyngddo a *Gifford Farm*. Roedd wedi cael ei gyflogi i gynaeafu afalau yno, er bod ei arhosiad wedi bod mor fyr nes i George Lockwood anghofio cynnwys ei enw ar y rhestr a roddodd i'r heddlu — camgymeriad a achosodd gryn ofid iddo yn nes ymlaen.

Ymwelodd yr heddlu â deintydd yn Frome a chael gafael ar gofnodion deintyddol Cliff Morton. Ym mis Ionawr 1941, roedd wedi cael llenwi dau ddant, yr union

73

ddannedd a oedd yn gyfrifol am lygru'r seidr yn y *Shorn Ram*.

I gadarnhau'r darganfyddiad, chwyddodd Dr Atcliffe ffotograff o Cliff Morton a gafwyd gan ei fodryb ac arosod negydd ffotograff o'r benglog arno. Os ydych yn ymddiddori mewn pethau o'r fath, dichon y cofiwch mai'r Athro Glaister a arloesodd y dechneg yn achos Ruxton ym 1935. Roedd y negydd a'r ffotograff yn ffitio'n berffaith. Doedd dim amheuaeth bellach nad Cliff Morton oedd y gŵr a lofruddiwyd.

Glaniodd pla o blismyn ar *Gifford Farm* a dechrau archwilio'r lle'n drylwyr. Buont wrth y gwaith am naw diwrnod. Archwiliwyd pob adeilad gyda'r gofal mwyaf. Gwagiwyd y pyllau silwair a chwalwyd y teisi gwair.

Os ydych yn tosturio wrth George Lockwood, gallaf eich sicrhau nad oedd ef yno i wylio'i fferm yn cael ei datgymalu. Roedd yng ngorsaf yr heddlu yn Frome yn cadw cwmni i'r Arolygydd Judd ac yn cynorthwyo'r heddlu gyda'u hymholiadau. A barnu oddi wrth y dystiolaeth, roedd ef mewn gwell safle i wneud hynny na neb arall. Roedd wedi cael rheswm a chyfle i gyflawni'r anfadwaith. Y rheswm oedd dial am hunanladdiad ei ferch. Roedd yn argyhoeddedig mai Cliff Morton oedd yn gyfrifol am ei beichiogrwydd, ac nid oedd ganddo unrhyw fwriad i gelu hynny rhag yr heddlu. A chyn belled ag yr oedd cyfle yn y cwestiwn, roedd yn wybyddus fod Morton wedi bod yn stelcian o gwmpas y fferm ddiwedd mis Tachwedd. Pwy ond George Lockwood allai fod wedi ei saethu, datgymalu ei gorff a rhoi ei ben yn y gasgen seidr?

Cyfaddefodd Lockwood iddo yrru Morton oddi ar ei fferm ym mis Medi ar ôl ei ddal yn 'ymyrryd' â'i ferch, Barbara. Roedd yn ei feio am ei beichiogrwydd a'i hunanladdiad. Roedd wedi bod yn ffôl wrth beidio â chynnwys ei enw ar y rhestr o'r rhai fu'n gweithio ar y fferm. Ond gwadai iddo ei ladd, a mynnai nad oedd yn berchen ar bistol.

Er yr holl chwilio a chwalu, ni ddarganfuwyd gweddillion y corff yn *Gifford Farm*. Ac ni ddaeth yr arf a ddefnyddiwyd gan y llofrudd i'r fei chwaith.

Ond ni fu'r gwaith yn gwbl ofer. Ar ôl symud y byrnau gwair o daflod y sgubor fechan, sylwodd un plismon llygatgraff ar rywbeth a oedd wedi ymgladdu yn un o'r trawstiau: bwled.

Galwyd Dr Atcliffe i *Gifford Farm*, a threuliodd yntau weddill y diwrnod a'r diwrnod canlynol ar ei ben ei hun yn y daflod, tra oedd Judd yn crwydro o amgylch y buarth fel ceiliog a gollodd ei le ar ben y domen. Pan ddaeth Atcliffe i olau'r dydd o'r diwedd, gwnaeth y datganiad pwysfawr fod ergyd wedi ei thanio yn y daflod. Pobl sy'n dewis a dethol eu geiriau'n bwyllog a gofalus yw patholegwyr fforensig ar y gorau, ond ni allaf beidio â chredu nad oedd elfen o dynnu coes yn y datganiad goramlwg hwnnw. Ar ôl i Judd ddechrau ymbwyllo a rhoi taw ar ei berorasiwn bytheiriol, datgelodd Atcliffe ei ail ddarganfyddiad: roedd olion gwaed ar lawr pren y daflod. Doedd y staeniau ddim yn rhai diweddar, ac ni allai ddweud ar hyn o bryd ai olion gwaed dynol oedd yno, ond roedd ffurf y staeniau, cyn belled ag y gallai farnu, yn awgrymu fod pwy bynnag, neu beth bynnag, oedd yn gyfrifol amdanynt, wedi gorwedd ar y llawr am beth amser gyda tharddle'r gwaed yn agos i'r llawr.

Erbyn hyn, roedd Judd yn gwenu unwaith eto. Gwenodd Atcliffe yn ôl arno a dweud nad oedd yn barod i ddweud dim am y fwled ar hyn o bryd. Roedd wedi tynnu ei llun yn y trawst, ac yna roedd wedi llifio darn o'r trawst a gynhwysai'r fwled er mwyn mynd ag ef i'w labordy i wneud archwiliadau pellach.

Y prynhawn canlynol, daeth ar y ffôn gyda'i adroddiad rhagarweiniol. Gwaed dynol oedd y gwaed; gwaed grŵp O sy'n gyffredin i tua hanner y boblogaeth. Un .45 oedd y fwled, un o fwledi byddin America, ac yn fwy na thebyg roedd wedi cael ei thanio o bistol otomatig.

Gwnaeth y fwled gryn wahaniaeth i'r ymchwiliad. Holwyd George Lockwood am awr arall cyn gadael iddo fynd adref i ailgodi ei deisi gwair. Bellach, Duke Donovan oedd dan amheuaeth. Roed ganddo yntau reswm posibl dros lofruddio Cliff Morton. Roedd wedi bod yn canlyn Barbara. Doedd y ffaith ei bod hi wedi bod yn mynd allan i dreulio rhai nosweithiau yn ei gwmni ddim yn gyfrinach. A gwyddai am yr helynt pan oedd George Lockwood wedi dal Morton yn camdrin ei ferch yn y berllan.

Ac ar ben hynny, roedd Duke wedi cael y cyfle. Roedd ar y fferm ar y dyddiadau tyngedfennol. A chafwyd ar ddeall iddo ddod â dryll i'r fferm, pistol otomatig .45 yn perthyn i fyddin America.

Roedd yr Arolygydd Judd yn casáu milwyr Americanaidd. Os yw hynny'n swnio'n sylw annheg, darllenwch ei hunangofiant. Yn ei farn ef, roeddynt yn distrywio ein diwylliant a hudo ein merched. Does dim sôn o gwbl eu bod hefyd yn ymladd ein brwydrau yn y rhyfel.

Hysbysodd awdurdodau byddin America o'i am-heuon, a chytunwyd y dylid ymchwilio ymhellach i'r mater. Adroddwyd yn gyfrinachol wrth Judd fod Duke a Harry erbyn hyn 'rywle yn Ewrop'. Byddai dod â'r ddau yn ôl i'w holi o ganol maes y gad yn gwbl anymarferol, ond byddai Adran Ymchwil Torcyfraith Byddin America yn delio â'r mater cyn gynted byth ag y dôi cyfle. Nid ymdrech i beri rhwystr oedd hyn. Roedd y senedd wedi penderfynu ar ddull arbennig o weithredu o dan Ddeddf Ymweliad Lluoedd Unol Daleithiau America 1942.

Mae'n rhaid fod Judd yn gandryll. Doedd dim byd amdani bellach ond meithrin amynedd ac aros i'r rhyfel ddod i ben. Aeth yn ôl i *Gifford Farm* ac ailgydio yn fwy trylwyr nag o'r blaen yn ei ymdrechion i ddod o hyd i'r dryll a gweddill y corff. I lawr â'r teisi gwair, a chafodd y silwair gyfle arall i weld golau dydd. Ond ofer fu'r holl lafur.

Rydw i'n credu mai oherwydd na allai feddwl am ddim byd amgenach i'w wneud y penderfynodd yr Arolygydd Judd gael gair â mi.

Roedd hi'n 1945 pan gurodd y plismon ar y drws, a minnau wedi bod yn ôl yn Llundain am fwy na blwyddyn. Roeddwn i wedi cyrraedd yn ôl o Wlad-yr-haf mewn pryd i gael fy nghroesawu gan fomiau ehedeg Hitler. Glaniodd un yn ein stryd ni gan ladd chwech o bobl. Ar ôl y profiad hwnnw, roedd *Gifford Farm* yn ymddangos fel byd arall. Roeddwn i wedi rhoi'r gorau i alaru ar ôl Barbara; mae'n rhyfedd fel mae plentyn yn gallu dygymod â gofid. Ond byddwn yn meddwl llawer am Duke. Roedd popeth wedi digwydd mor gyflym yn y diwedd, ac roeddwn i wedi gorfod gadael heb gyfle i ffarwelio ag ef. Sut, tybed, roedd o wedi dygymod â marwolaeth Barbara?

Fel y soniais, daeth plismon at y drws. Amser cinio oedd hi, a minnau yn y tŷ. Gallwn weld siâp ei helmed drwy'r gwydr, ac es i ateb y drws fy hun, gan gofio mai plismon ddaeth i dorri'r newydd ym 1940 fod fy nhad wedi ei ladd yn Dunkirk. Allwn i ddim meddwl am neb arall fyddai wedi ei ladd, ond doeddwn i ddim eisiau gweld Mam yn llewygu eto.

Yn hytrach na chwysu uwchben fy mathemateg yn nosbarth pump o dan lygaid barcud Miss Coombs, treuliais y prynhawn hwnnw yng ngorsaf yr heddlu. Bu'r Arolygydd Judd yn fy holi am amser maith. Cyn dechrau, soniodd am dân a brwmstan uffern ac am y rhincian dannedd tragwyddol a baratowyd ar gyfer bechgyn bach celwyddog. Roedd Duw yn gwrando ar bob gair, meddai. Ond welwn i neb ond plismones ifanc gyda llyfr nodiadau ar ei glin.

Gallaf gofio aeliau brown trymion Judd hyd heddiw. Roeddynt yn rhyfeddol o aflonydd, yn codi a gostwng yn ddi-baid, y ddwy gyda'i gilydd weithiau a bob yn ail dro arall. Mae'n rhaid fy mod i wedi rhoi cryn syndod iddo. Yn Duke a Barbara roedd ei brif ddiddordeb, a chafodd glywed popeth rydw i wedi adrodd wrthych chithau. Doedd gen i ddim rheswm dros gelu dim. Soniodd o'r un gair am lofruddiaeth nac awgrymu o gwbl fod Duke dan amheuaeth. Credwn mai hunanladdiad Barbara oedd achos yr holi. Ar y diwedd, atgoffodd fi o ddull brawychus yr Hollalluog o ymdrin â phlant na chadwai Ei Orchmynion Ef, a gofyn imi unwaith eto a oedd y cyfan o'm hatebion yn wir. Gallwn ateb yn onest eu bod.

Aeth misoedd heibio, peidiodd y bomiau hedfan ac roedd argoelion fod y rhyfel ar ddarfod. Roedd pawb o blant yr ysgol wedi dychwelyd o Wlad-yr-haf, ac roedd map mawr o gyfandir Ewrop wedi ei osod ar y wal. Lliwiai Mr Lillicrap y tir oedd wedi ei ennill o grafangau'r Almaenwyr yn rheolaidd. Pan gyhoeddodd un diwrnod yng ngŵydd yr holl ysgol fod y Cadfridog Patton a Thrydedd Byddin yr Unol Daleithiau wedi cyrraedd afon Rhein, teimlwn yn sicr fod Duke wrth ei ochr ar flaen y gad.

Un bore, yn ystod wythnosau olaf y rhyfel, gorchmynnodd Mam fi i wisgo fy nillad gorau yn barod i fynd i rywle pwysig iawn. Gwrthododd yn lân â dweud i ble, ac roeddwn wedi llwyr argyhoeddi fy hun ein bod ni'n mynd i sefyll o flaen Palas Buckingham i weiddi 'Hwrê!' am ein bod ni wedi ennill y rhyfel. Yn lle hynny, aeth â fi i *Lincoln's Inn*. Yno, aed â fi i swyddfa lle'r oedd yr Arolygydd Judd a dau swyddog o fyddin America, ynghyd â dyn yn gwisgo wig a gŵn du, yn aros amdanaf. Dyna beth oedd siom. Treuliwyd gweddill y diwrnod yn holi a stilio a gwrando arnaf yn adrodd y stori roedd yr Arolygydd Judd wedi ei chlywed eisoes. Cyn gadael imi fynd, dywedwyd ei bod yn bosibl y byddai'n rhaid imi ymddangos yn y llys cyn bo hir, ond nad oedd dim angen imi boeni cyn belled ag y byddwn yn dal i ddweud y gwir.

Y noson honno, ar ôl imi swnian a swnian, cefais wybod gan Mam fod Cliff Morton wedi ei ladd mewn modd erchyll a bod Duke wedi ei gyhuddo o lofruddiaeth. Roedd yr Americanwyr wedi dod ag ef yn ôl o Magdeburg i Loegr, ac, ar ôl gadael i'r heddlu ei holi, roeddynt wedi cytuno y dylai fynd ar brawf o dan gyfraith Lloegr.

Allwn i ddim credu fy nghlustiau.

Rwyf wedi sôn eisoes imi ymddangos yn y llys i wneud datganiad heb orfod tyngu llw. Mae cofio'r achlysur yn brofiad poenus hyd heddiw. Adroddais yr hyn roedd gen i i'w ddweud ac ateb cwestiynau'r barnwr, a dyna'r cyfan welais i o'r achos yn yr *Old Bailey*. Y munud y daeth fy mherfformiad i ben, cefais fy arwain allan yn syth, ac ni chefais ddim ond cip frysiog ar Duke yn sefyll yn y doc. Byddai'n well gennyf pe na bawn wedi ei weld o gwbl. Edrychai fel dyn a oedd eisoes wedi ei ddedfrydu.

Darllenais yn y cyfamser i Duke gael ei alw gan yr amddiffyniad i roi tystiolaeth a'i fod wedi creu argraff anffafriol hyd yn oed cyn i'r erlynydd ddechrau ei holi. Roedd yn ansicr ynglŷn â dyddiadau, a bu'n ddigon ffôl i wadu iddo gael unrhyw berthynas â Barbara. Hawliai mai dim ond am fod Sally'n amharod i fynd i'r cyngerdd yn y gwersyll gyda Harry oni bai fod Barbara'n dod hefyd, y cytunodd i gadw cwmni iddi'r noson honno. Cytunodd iddo fynd i'r fferm ar y Dydd Diolchgarwch (dyddiad y llofruddiaeth, yn ôl yr erlyniad) gyda'r bwriad o wahodd Barbara i barti yn y gwersyll, ond unwaith eto, mynnai mai er mwyn gwneud ffafr â'i ffrind Harry y gwnaeth hynny.

Cyn belled ag yr oedd yr hyn a ddigwyddodd i Barbara yn y sgubor yn y cwestiwn, cytunodd fy mod wedi dweud wrtho ar y buarth fod Morton yn ymosod ar Barbara, a'i fod yntau wedi brysio i weld drosto'i hun. Pan gyrhaeddodd y sgubor a gwrando, penderfynodd fod beth bynnag oedd wedi digwydd drosodd bellach, a chan na allai glywed unrhyw wylo nac unrhyw arwydd arall o drallod, aeth oddi yno heb ymyrryd. Daliai i fynnu na fu ganddo unrhyw ddiddordeb arbennig yn

Barbara. Ymddangosai fel pe bai'n poeni mwy am fod ei enw da fel gŵr priod yn cael ei bardduo nag a wnâi am ei fod yn cael ei gyhuddo o lofruddiaeth. Atebodd rai o gwestiynau ei dwrnai ei hun yn bur filain, a wnaeth hynny fawr o les i'w achos.

Ni chymerwyd i ystyriaeth yn y llys gyflwr meddwl dyn oedd newydd dreulio bron i flwyddyn yn ymladd ei ffordd drwy Ffrainc a'r Almaen. Yn wir, defnyddiwyd hynny i gryfhau'r achos yn ei erbyn. Gofynnwyd cwestiwn anhygoel o annheg a'i gael i gyfaddef ei fod yn malio mwy am bob un o filwyr yr Almaen a saethwyd ganddo nag a faliai am Cliff Morton. Mae'n wir i'w dwrnai brotestio yn erbyn y cwestiwn, ond erbyn hynny roedd y cyfaddefiad damniol wedi ei wneud. Rwy'n ofni i'r rheithgor gael yr argraff eu bod yn gwrando ar ddyn caled, didostur, yn adrodd stori a oedd yn anodd ei chredu.

Roedd Alice yn gandryll, ac nid oedd modd imi fwrw ymlaen â'r stori. Allai hi yn ei byw ystyried yr achos yn ddiduedd.

'O, chwarae teg,' meddai gan rythu arnaf fel pe bai'r bai i gyd arnaf i, 'os oedd 'nhad yn euog, fel y penderfynodd y llys, *allai* o ddim bod yn ddyn didostur. Roedd o wedi saethu dyn oedd yn treisio merch ddiniwed. Mae'n wir ei fod o'n fyrbwyll ac yn benboeth, ond yn sicr doedd o ddim yn ddidostur. Ac os cafodd o'i grogi am hynny, mae system gyfreithiol y wlad yma'n drewi!'

Ceisiais egluro rhesymeg y ddedfryd iddi. 'Y pwynt ydy nad oedd Duke yn fodlon cyfaddef iddo ladd Cliff Morton. Pe bai o wedi gwneud hynny, byddai wedi cael rhywfaint o gydymdeimlad, er na fyddai hynny wedi newid y ddedfryd. Ond byddai wedi gallu apelio at yr Ysgrifennydd Cartref, ac mae'n bosibl y byddai hwnnw wedi newid y ddedfryd yn garchar am oes.

Rhoddodd gynnig ar gyfeiriad arall. 'Onid oes 'na rywbeth sy'n cael ei alw'n ddynladdiad pan mae rhywun yn lladd yng ngwres y funud ar ôl cael ei gythruddo i'r eithaf.'

Bellach roedd hi wedi troi dau o'r gloch y bore, a dechreuais yn lluddedig ar y dasg o egluro achos yr erlyniad. 'Roedden nhw'n dadlau fod Duke mewn cariad â Barbara a'i fod wedi rhuthro i'r sgubor pan ddywedais i wrtho fod rhywun yn ymosod arni. Yn ôl ei gyfaddefiad ei hun, aeth o ddim i fyny i'r daflod, dim ond gwrando a phenderfynu bod yr ymosodiad drosodd. Yna, yn ôl yr erlyniad, penderfynodd fynd i'r tŷ i nôl y dryll o ddrôr y cwpwrdd. Hynny ydy roedd o wedi cymryd amser i ystyried cyn gweithredu. Oherwydd yr oedi a'r penderfyniad bwriadol hwnnw, ni ellid galw'r hyn a wnaeth o yn ddynladdiad.'

'Ond weithiau mae'n bosibl cyfiawnhau'r weithred o lofruddio.'

'A dyna fydd fy amddiffyniad i os wyt ti'n bwriadu dal ati i ddadlau llawer mwy,' meddwn yn chwyrn. Roeddwn i wedi cyrraedd pen fy nhennyn. Rhoddais orchymyn iddi fynd i'w gwely heb ddweud gair yn rhagor. Roeddwn i wedi cadw fy addewid ac wedi dweud yn union beth oedd wedi digwydd, a doeddwn i ddim yn bwriadu aros ar fy nhraed i ddadlau drwy'r nos.

Cododd yn anfoddog a mynd i fyny'r grisiau.

Eisteddais innau wrth y bwrdd yn smocio am rai munudau, cyn mynd i chwilio am glustog neu ddwy a'u cario i'r stafell sbâr.

Pennod 8

Roeddwn i'n llawer rhy gythryblus fy meddwl i gysgu. Am o leiaf ddwyawr, bûm yn troi a throsi a gofidio'n ofer am bethau na ellid gwneud dim byd yn eu cylch. A phan lwyddais i gysgu o'r diwedd, cwsg pur anesmwyth a gefais. Roeddwn i'n blentyn unwaith eto yn cael fy mhoeni gan leng o hen ddrychiolaethau cyfarwydd: Mr Lillicrap, yn ei helmed ddur a'i chwibanogl yn ei geg; Mrs Lockwood yn chwifio'i slipar fygythiol; a'r Arolygydd Judd mewn car mawr du yn darogan gwae dynoliaeth bechadurus drwy gorn siarad. A ble bynnag y ceisiwn ffoi, roedd tenant parhaol fy holl hunllefau, y barnwr o'r *Old Bailey*, yn aros amdanaf gan grechwenu fel gargoil erchyll.

Pan ddeffroais, roedd hi'n ugain munud wedi naw a gallwn glywed sŵn prysurdeb yn y gegin. Roedd fy ngwestai annisgwyl yn paratoi brecwast. Fy mwriad wrth fynd i fyny'r grisiau yn oriau mân y bore oedd ei chael allan o'r tŷ erbyn naw o'r gloch, ond wrth orwedd yno'n glyd yn arogli'r cig moch yn ffrio, penderfynais y byddai hanner awr wedi deg yn amser llawer mwy gwaraidd i'w bwrw dros fy rhiniog.

Pan gyrhaeddais y gegin, roedd hi'n troi crempog yn y badell ffrio ar y stôf. Roedd hi'n gwisgo jîns a sweter ac roedd ei phlethen yn daclus dwt yn ei lle.

'Bore da,' meddai'n siriol. 'Oes gen ti syrup yn y gegin 'ma?'

'Syrup a bacwn!' Allwn i ddim dychmygu cymysgedd fwy ffiaidd.

'Ie, a chrempogau wrth gwrs.'

'Edrych ar silff uchaf y pantri. Oes gen i amser i shafio?'

'Mae gen ti drwy'r dydd os nad wyt ti'n mynd i fwyta bacwn a chrempog a syrup.'

Rydw i wedi bod yn bleidiol iawn i'r brecwast Americanaidd o'r funud honno. Rhwng y ddau ohonom, diflannodd y cyfan o'r cig moch, pum crempog helaeth a phedair cwpanaid fawr o goffi chwilboeth. Roedd Alice yn llawn bywyd. Soniais ei bod yn edrych fel pe bai wedi cael noson dda o gwsg, ac atebodd iddi gymryd tabled gysgu. Roedd hi wedi codi am saith. Allwn i ddim dyfalu beth oedd hi wedi bod yn ei wneud ers hynny. Roedd y papurau Sul wedi cyrraedd, ond roedd y rheini'n dal yn eu plyg ar ben arall y bwrdd.

'A beth fuost ti'n wneud cyn mynd ati i baratoi brecwast?'

'Chwilota'r lle 'ma.'

Allwn i ddim coelio'r peth a dechreuais gynddeiriogi. 'Wyt ti o ddifri?'

'Wrth gwrs fy mod i.'

'Ydy hynny'n arferiad gen ti pan fyddi di'n cael gwahoddiad i aros yn nhai pobl?'

'Nac ydy, ond roedd hyn yn wahanol.'

Roedd ei hatebion hamddenol yn fy nghyffroi ac yn peri imi fod yn wyliadwrus ar yr un pryd. Roeddwn i ar fin colli fy limpyn yn lân, ac eto roeddwn i eisiau gwybod rhagor. Ymdrechais i swnio mor hamddenol ag y gallwn o dan yr amgylchiadau. 'Ddois ti o hyd i rywbeth diddorol?'

Cymerodd arni ei bod yn ceisio darllen penawdau un o'r papurau Sul, ac atebodd heb godi ei phen, 'Dau lyfr am y llofruddiaeth yn *Gifford Farm* roeddet ti wedi eu cuddio yn dy ddesg.'

'Ac mae'n siŵr na chroesodd o mo dy feddwl di 'mod i wedi eu cuddio nhw i arbed poen i ti.'

Edrychodd arnaf yn sydyn. 'Wyt ti'n meddwl mai rhyw fenyw benchwiban o un o nofelau Jane Austen sy'n mynd i lesmeirio unrhyw funud ydw i?'

'Nac ydw,' atebais yn oeraidd, 'a doeddwn i ddim yn meddwl mai ysbïwraig oeddat ti chwaith.'

Anwybyddodd fi a dweud, 'Mi ddois i o hyd i rywbeth arall.'

Symudodd y bwndel papurau. Yno ar y bwrdd roedd dryll. Un otomatig.

Cydiodd ynddo a'i anelu ataf gan ddefnyddio ei dwy law.

'Be' ddiawl . . . ?'

'Dwêd ti wrtha i, Arthur. Mae o'n edrych fel otomatig o gyfnod y rhyfel, un Americanaidd. Alla i ddim peidio â meddwl mai dryll fy nhad ydy o, y dryll laddodd Cliff Morton.'

Gollyngais ochenaid ddofn. Mae'n rhaid ei bod hi wedi bod yn chwilio a chwalu fel daeargi. Roeddwn i wedi cadw'r dryll mewn hen flwch metel yng ngwaelod y cwpwrdd ffeilio.

Atebais, gan geisio swnio mor ddigynnwrf â phe baem yn trafod crempogau a syrup, 'Rwyt ti'n llygad dy le ynglŷn â'r dryll. Nawr, rho fo i lawr ar y bwrdd.'

Chymerodd hi ddim sylw o gwbl, dim ond dal i'w anelu'n syth ataf.

'Alice,' meddwn i, ac roedd awgrym o gynnwrf yn fy llais y tro hwn, 'dydy hyn ddim yn ddoniol, nid peth i chwarae efo fo ydy dryll.'

Doedd dim ymateb.

Mae'n debyg y dylwn i fod wedi ei herio hi a dweud wrthi am danio. Y tebyg oedd nad oedd y dryll wedi ei lenwi. Roeddwn i wedi cadw'r bwledi yn yr un blwch â'r dryll, ond byddai'n rhaid iddi fod wedi eu llwytho i'r gwagle ar eu cyfer yn y carn. A phwynt arall oedd na fyddai hi ronyn callach pe bai hi'n fy lladd i, ar wahân i'r hyn fyddai'n digwydd iddi hi o ganlyniad i'r weithred.

Fyddech chi wedi mentro?

Na finnau chwaith.

Yn lle hynny, penderfynais fargeinio â hi. 'Rho'r dryll ar y bwrdd, ac mi eglura i bopeth.'

Tynnodd y triger.

Erbyn cyrraedd y frawddeg hon, bydd y darllenydd ystyrlon wedi dod i ddau gasgliad, sef nad oedd bwled yn y dryll, ac nad oedd wahaniaeth gan Alice pe bawn i'n gwlychu fy nhrowsus.

Doedd dim, a wnes i ddim. Ond dim diolch iddi hi am hynny. Wna i ddim ailadrodd y llifeiriant o regfeydd a ddaeth o'm genau.

Rhoddodd y dryll i lawr ar y bwrdd yn bwyllog, a daeth o hyd i'w llais. Siaradodd yn dawel a bygythiol, fel pe bai'n actio mewn hen ffilm gangster. 'Paid â thwyllo dy hun, Arthur, nid smalio bydda i y tro nesaf. Rydw i am glywed y stori i gyd, a dim ond y gwir y tro hwn.'

Roedd hon yn eiliad arwyddocaol yn ein perthynas. Roedd bygythiad y gwn wedi mynd heibio, ond roedd grym ei phersonoliaeth yn aros. Byddai perffaith hawl gen i i wfftio at y ffordd roedd hi wedi cymryd mantais ar fy lletygarwch. Dylwn fod wedi cydio ynddi a'i lluchio allan o'r tŷ. Ond wnes i ddim. Ddywedwn i ddim ei bod hi wedi fy nychryn i. Roedd yr olwg filain ar ei hwyneb a'i geiriau melodramatig yn ymylu ar fod yn ddoniol. Fy rheswm dros ufuddhau iddi oedd fy mod yn awyddus iddi gael gwybod y gwir am y dryll. Roedd yn bwysig i mi ei bod hi'n credu pob gair o'm stori.

Dechreuais drwy ei rhybuddio. 'Bydd yn rhaid i ti feddwl fel plentyn naw oed cyn y gelli di ddeall yr hyn rydw i'n mynd i'w ddweud. Neithiwr, mi soniais i am Cliff Morton yn treisio Barbara a minnau'n ei weld o ac yn dweud hynny wrth Duke. Ac am Duke yn rhedeg i'r sgubor a minnau'n rhuthro i'r tŷ ac adrodd yr hanes drwy fy nagrau wrth Mrs Lockwood a Sally Shoesmith. Dyna oedd diwedd fy rhan i yn yr hyn a ddigwyddodd.'

'Mi arhosaist ti yn y tŷ?'

'Do, fi a Sally. Roeddwn i wedi cael braw ofnadwy.'

'Glywaist ti ergyd?'

'Naddo, ond roedd y felin seidr yn dal i droi, ac mi fyddai sŵn byddarol honno wedi boddi pob sŵn arall.

Ymhen ychydig, daeth Barbara druan i'r tŷ ar fraich ei mam, fel y soniais i. Yn fuan wedyn, aeth Sally allan i'r buarth ac mi es innau i fy stafell wely ac aros yno am weddill y dydd. Gallwn glywed Barbara yn crio yn y stafell nesaf. Roedd yn sŵn torcalonnus. Rwy'n cofio dyheu am i Duke ddod yno i'w chysuro, ond pan edrychais drwy'r ffenestr i lawr i'r buarth doedd y jîp ddim yno.'

'Roedd o wedi mynd? Faint o'r gloch oedd hynny?' holodd Alice.

'Alla i ddim dweud. Cyn iddi nosi, beth bynnag. Roeddwn i'n torri 'nghalon. Yn nes ymlaen, daeth Mrs Lockwood â diod imi. Mi fues i'n hir cyn cysgu wrth gofio'r olygfa ffiaidd ar lawr y daflod a gwrando ar wylofain Barbara. Wn i ddim pa mor hir y bues i'n effro, ond mae'n amlwg 'mod i wedi cysgu yn y diwedd achos rwy'n cofio deffro yn oriau mân y bore yn llawn cyffro. Roeddwn i wedi cofio rhywbeth pwysig ofnadwy: yr anrheg roedd Duke wedi ei rhoi imi.'

'Y cerfiad o'r plismon?'

'Roeddwn i'n cofio lle roeddwn i wedi ei adael o. Roedd o gen i yn fy llaw pan es i i'r sgubor, ac roeddwn i wedi ei roi i lawr ar un o'r byrnau gwair er mwyn dringo i fyny i'r daflod. Roeddwn i wedi rhusio gormod i gofio amdano ar fy ffordd allan. Allwn i ddim goddef bod hebddo, roedd o'n rhywbeth roedd Duke wedi ei wneud i mi'n bersonol.'

'Does dim rhaid i ti egluro,' sibrydodd Alice. 'Rydw i'n gallu deall i'r dim sut roeddet ti'n teimlo.'

Mae'n amlwg i mi gyffwrdd rhyw dant yn ei chalon hi.

Ailgydiais yn fy stori. 'Roedd yn rhaid imi ei gael yn ôl a hynny ar unwaith. Roeddwn i'n dychmygu pob math o drychinebau yn digwydd iddo. Roedd arna i ofn y tywyllwch, ond gwyddwn y byddai Mr a Mrs Lockwood yn codi am hanner awr wedi pump, felly roedd yn rhaid imi drechu fy ofn. Cerddais i lawr y grisiau ar flaenau fy nhraed. Roedd tors ger y drws cefn, ac roeddwn yn falch ohoni. Hyd yn oed wedyn, roeddwn i'n bur ofnus wrth ddynesu at yr hen sgubor, yn arbennig o gofio am fy mhrofiad erchyll yno y diwrnod cynt. Wedi mentro i mewn, gallwn glywed gwichian llygod mawr yn y gwair. Ond doeddwn i ddim am droi yn ôl heb fy ngherfiad, a chrafangiais ar hyd y byrnau gwair i chwilio amdano. Ac fe gefais afael arno. Ond roeddwn i wedi dod o hyd i rywbeth arall cyn hynny.'

Edrychodd Alice ar y dryll.

Nodiais i ddangos ei bod yn gywir. 'Roedd yn gorwedd rhwng dau o'r byrnau. Penderfynais fod rhywun wedi mynd â'r dryll i'r sgubor ac wedi ei golli yno. Rhaid i ti gofio na wyddwn i ddim byd bryd hynny am Morton yn cael ei saethu. A dyma lle mae'n rhaid i ti geisio meddwl fel bachgen naw oed. Dryll Duke oedd hwn, a fi oedd wedi dod o hyd iddo. Felly roedd arna i eisiau ei ddychwelyd iddo'n bersonol, er mwyn cael clod a chanmoliaeth gan y dyn roeddwn i'n hanner ei addoli. Rhoddais y dryll yn fy nghrys, ac yn fuan wedyn cefais afael ar fy ngherfiad gwerthfawr. Roedd ffawd o'm tu a llwyddais i fynd yn ôl i'm stafell heb i neb fy ngweld.'

'Ac fe gadwaist ti'r dryll?'

'Doeddwn i ddim yn bwriadu gwneud hynny. Penderfynais ei guddio am y tro yn y lle gwag o dan ddrôr isaf y gist ddillad yn fy stafell. Amser brecwast, holais a oedd Duke yn debyg o alw y diwrnod hwnnw. Syfrdanwyd fi gan ateb Mrs Lockwood. Go brin y gwelen ni Duke ar gyfyl y lle byth eto, meddai hi. Roedd hi'n swnio mor bendant fel na wnes i ddim amau ei gair am eiliad.'

'Ddywedodd hi pam?' gofynnodd Alice.

'Ddim i mi gofio. Fyddai pobl ddim yn trafferthu i egluro pethau i blant y dyddiau hynny. Felly roedd y dryll yn y stafell, a fyddwn i byth yn gweld Duke eto. Mi fues i'n chwarae â'r syniad o fynd draw i'r gwersyll yn Shepton Mallet a dychwelyd y dryll iddo'n bersonol.'

Ymlaciodd Alice ac ateb gydag awgrym o wên,

'Mae'n amheus gen i fydda fo wedi gwerthfawrogi hynny.'

'Wnes i ddim breuddwydio'r amser hwnnw ei fod o wedi dod â'r dryll o'r gwersyll heb ganiatâd.'

'Mi fyddet ti wedi gallu ei roi yn ôl yn nrôr y cwpwrdd ger y drws,' awgrymodd Alice, ac yna ychwanegodd, 'ond mae'n debyg na fyddai hynny wedi ennill y clod roeddet ti'n chwilio amdano.'

'Digon gwir, ac os nad oedd Duke yn dod yn ôl, doedd arna i ddim eisiau i neb arall gael y dryll. Ond, wrth gwrs, ches i mo'r cyfle i wneud dim. Ychydig oriau wedi i Barbara ei lladd ei hun, daeth Mr Lillicrap mewn tacsi o Frome a mynd â fi oddi yno. Bu'n rhaid i mi gasglu fy mhethau at ei gilydd ar y fath frys nes y bu bron iawn imi anghofio popeth am y dryll. Ar y funud olaf, estynnais ef o'i guddfan a'i lapio yn un o'm crysau a'i wthio i waelod fy nghes.'

Teimlwn nad oedd yn rhaid dweud rhagor, roedd hi eisoes wedi clywed gweddill y stori. Credwn fy mod wedi llwyddo i dawelu rhai o'i hamheuon gwaethaf.

Fodd bynnag, doedd hi ddim wedi ei llwyr fodloni. 'Felly beth ddigwyddodd pan ddaeth yr Arolygydd Judd i Lundain i dy holi ymhen y flwyddyn? Soniais ti am y dryll?'

'Wnaeth o ddim gofyn.'

'Ond mae'n rhaid dy fod ti wedi sylweddoli erbyn amser yr achos yn yr *Old Bailey* fod y dryll yn bwysig.'

'Oeddwn, ar ôl i Mam ddweud yr hanes am Cliff Morton yn cael ei saethu.'

'Oedd arnat ti ofn dweud fod y dryll gen ti?'

'Oedd, yn naturiol,' cytunais, 'ond nid dyna oedd y prif reswm. Roeddwn i am weld Duke yn cael ei ryddhau, er ei fod yn euog. Doeddwn i ddim am i'r heddlu gael gafael ar ei ddryll o.'

'Felly mae'r dryll wedi bod gen ti drwy'r amser?'

'Roedd un o'r planciau yn llawr fy stafell wely yn rhydd, ac fe'i cuddiais o dan hwnnw, i ganlyn amryw o fân gyfrinachau bachgennaidd eraill nad oeddwn am i Mam eu gweld.'

'Ac rwyt ti'n berffaith sicr mai dyma'r dryll a ddefnyddiwyd i ladd Cliff Morton?'

'Dyna'r unig bistol otomatig .45 o eiddo byddin America y cafwyd hyd iddo yn y fan lle digwyddodd y llofruddiaeth.'

Chymerodd hi ddim sylw o'm tipyn coegni. 'Ac roedd bwledi yn y dryll pan ddois ti o hyd iddo?'

'Roedd y bwledi yn dal i fod ynddo nes i mi ddod adre i Lundain. Ond roedd Duke wedi dangos imi sut roedd trin y dryll, ac fe dynnais i bum bwled allan ohono. Yr un math o fwledi â'r un gafodd ei thanio yn y sgubor.'

'Fe'u gwelais i nhw yn y blwch metel.'

'Wel, dyna ni 'te,' meddwn i gan godi ar fy nhraed. 'Does gen i ddim byd arall i'w ychwanegu.'

Rwy'n credu fy mod i ar fin dangos y drws iddi. Roeddwn i wedi treulio oriau yn turio drwy holl gilfachau cudd fy nghof, a doedd y profiad ddim wedi bod yn un pleserus. Nawr, roeddwn i am ddychwelyd i'r presennol a threulio'r Sul yn dawel yn ôl fy arfer. Darllen y papurau, tro bach i lawr i'r dafarn amser cinio, darllen tipyn ar gyfer darlithoedd yr wythnos ddilynol. Ac mae'n debyg y byddwn yn ffonio Einir yn nes ymlaen i geisio cymodi ar ôl y ffrae y noson cynt.

Arhosodd Alice yn ei hunfan, yn rhythu ar y dryll oedd o'i blaen ar y bwrdd. Dylwn fod wedi rhagweld nad ar chwarae bach y cawn wared â hi.

Herciais o gwmpas y gegin i dacluso ychydig ar y lle, gan bendroni ynglŷn â'r ffordd fwyaf effeithiol i'w pherswadio hi i godi ei phac. Teimlwn na fyddai'n dewis deall beth oedd gen i mewn golwg hyd yn oed pe bawn yn cydio ynddi gerfydd ei phlethen a'i llusgo tua'r drws.

'Ga i fynd â thi i lawr i'r orsaf yn y car?' gofynnais.

Does gen i ddim cof a atebodd hi neu beidio, oherwydd y funud honno edrychais drwy'r ffenestr a sylwi ar gar *Ford Anglia* coch yn symud yn araf i gyfeiriad y tŷ. Arhosodd ger y glwyd, a gwelwn ddau ddyn yn syllu drwy'r ffenestr fel pe baent yn ceisio penderfynu a oeddynt wedi dod o hyd i'r tŷ iawn ai peidio. Yna, agorodd drws y gyrrwr, a chamodd gŵr boldew yn gwisgo côt law las a het werdd a phwt o bluen ynddi, allan o'r car. Edrychodd o'i gwmpas unwaith ac yna anelodd ei draed chwarter i dri tua'r drws.

Dyma beth oedd dydd Sul tawel!

Pennod 9

O'i weld wyneb yn wyneb ar garreg y drws, nid ymddangosai fymryn yn fwy deniadol. Dau lygad bach cyfrwys dan dusw o aeliau trwchus, bochau gwritgoch llaesion, nad oedd yr haul wedi cyfrannu gronyn at eu lliw, a gên ar ôl gên yn ymestyn yn ôl i gyfeiriad ei goler. Fel yn achos amryw ddynion o'i fath, ei lais dwfn, melodaidd, oedd y peth mwyaf dymunol yn ei gylch. A rhywle ym mhlygion y cnawd llechai awgrym o wên, fel pe na bai yn ei gymryd ei hun yn orddifrifol.

'Rydych chi'n byw mewn lle godidog, syr.' Cododd y mymryn lleiaf ar ei het gan roi cip cyflym imi ar 'amlinell lom y moelni maith'. 'Digby Watmore, *Life on Sunday*, a chyn i chi sôn, dydw i'n synnu dim na fyddwch chi byth yn darllen y fath sothach.'

Ysgydwais fy mhen. 'Rwy'n credu eich bod chi wedi gwneud camgymeriad.'

Ceisiodd drefnu'r gwrymiau cnawd yn fynegiant o siom. 'Camgymeriadau fil, syr, a fi fyddai'r cyntaf i gydnabod hynny. Ond y cysodwyr sydd i'w beio, nid y gohebwyr. Mae'r ffordd maen nhw'n llurgunio fy storïau yn boen parhaus i mi, ac rydw i'n siarad fel dyn sy'n gallu sillafu '*diarrhoea*' heb gymorth geiriadur.' Arhosodd yn amyneddgar am fy ymateb, a'i lygaid dyfrllyd yn edrych i ganol fy wyneb.

Ymdrechais i swnio'n oddefgar a dweud, 'Gwnewch gymwynas â fi. Ewch i boeni rhywun arall.'

Ni symudodd fodfedd. Edrychodd dros fy ysgwydd a chodi ei het unwaith yn rhagor. 'Wel, ar fy ngwir, y brydweddol Miss Ashenfelter o Waterbury, Connecticut. Dywedwch wrtha i, cariad, ai dyma'r gŵr bonheddig?'

'Dyma'r dyn,' meddai Alice gan roi ei llaw ar fy ysgwydd. 'Rydw i wedi llwyddo i gael gafael arno o'r diwedd.'

Roedd Digby Watmore wrth ei fodd. Edrychodd arnaf o'm corun i'm sawdl am eiliad neu ddwy. 'Yr ifaciwî bach wedi tyfu'n ddyn. Hyfryd iawn. Mae'n stori fydd yn siŵr o blesio'r cyhoedd.'

Roeddwn i wedi cymryd cam yn ôl oddi wrtho ef ac Alice, ac atebais yn bendant, 'Cyn belled ag rydw i yn y cwestiwn, dydy hi ddim yn stori fydd yn plesio unrhyw un. Wn i ddim pwy sy'n gyfrifol am eich denu chi yma, ond y peth calla i chi ydy hel eich traed y funud yma.'

Cododd ei law i'm tawelu. 'Peidiwch â gofidio, gyfaill, wnawn ni ddim crybwyll eich cyfeiriad chi. Fydd dim rhaid i chi ddweud dim, os mai dyna'ch dewis.'

'Dydw i ddim yn bwriadu dweud dim.'

'Dim ond llun bach sydyn ohonoch chi a Miss Ashenfelter. Mae fy ffotograffydd i'n barod yn y car.'

'Ac mi gaiff aros yno.'

Doedd dim osgo symud arno.

Ac yna rhoddodd Alice ei phig i mewn. 'Digby, gadewch i mi gael gair bach preifat efo Dr Probert.'

Gwyrodd y mymryn lleiaf ar ei ben. 'Dichon y byddai hynny'n eithaf syniad. Mi af innau i drafod pethau efo'r gŵr camera.' Trodd mewn cylch sylweddol ac ymlwybro'n ôl i gyfeiriad y car.

Y munud y caewyd y drws, 'Rydw i'n gwybod 'mod i'n haeddu cic yn fy nhin,' meddai Alice. Safai o'm blaen yn cydio'n nerfus yng ngodrau ei sweter. 'Rhaid i ti faddau i mi, Arthur. Roeddwn i wedi ymgolli cymaint yn yr hyn oedd gen ti i'w ddweud nes imi anghofio'r cwbl am Digby. Roeddwn i wedi bwriadu dweud, ar fy ngwir.'

'Mae hi braidd yn hwyr bellach. Hel dy bethau at ei gilydd, dos ato fo i'r car, a dweud wrtho am fynd â thi i rywle digon pell o'r tŷ yma.'

Gwridodd ac yna, 'Na wnaf,' meddai'n haerllug.

Safai o'm blaen fel plentyn herfeiddiol, ac roedd hi'n

gwybod nad oedd gen i'r grym corfforol i'w gorfodi hi.

Tra safwn i'n fud, a phwysedd fy ngwaed yn codi fel roced, dechreuodd unwaith eto. 'Gwranda arna i, Arthur, doeddet ti erioed yn meddwl 'mod i wedi dod i'r wlad yma a chael hyd i ti heb unrhyw help? Mi es i at y papur newydd, y papur roedd Mam wedi cadw toriadau ohono, ac roedden nhw'n barod iawn i helpu. Nhw lwyddodd i ddod o hyd i ti yng Ngholeg y Brifysgol yng Nghaerdydd, a nhw gyflwynodd fi i Digby Watmore. Newyddiadurwr lleol yn gweithio ar ei liwt ei hun ydy Digby, ac yn anfon ambell stori o'r ardal yma i'r papur.'

'O ie,' atebais yn goeglyd. 'Sant o ddyn sy'n barod i fynd i unrhyw drafferth i helpu merch ifanc mewn gwlad estron. A'r unig dâl mae o'n gofyn amdano ydy un ffotograff bach. Wyt ti wedi darllen y rhecsyn papur yna erioed? Mae o'n orlawn o ryw a thrais, ac mae dy ffrind annwyl yn synhwyro stori. Hen stori, mae'n wir, ond fydd o fawr o dro yn rhoi tro newydd yn ei chynffon hi. Alli di ddim dychmygu'r penawdau, *Ymchwil Merch Llofrudd o America. Treisio Merch Mewn Sgubor, Darlithydd Coleg yn Llygad-dyst*. Ai dyna pam doist ti drosodd i'r wlad yma?'

'A lle byddet ti wedi disgwyl imi chwilio am help — *Y Times*?'

'Dos allan o'r tŷ 'ma. Mae gen i waith i'w wneud.' Dechreuais glirio'r bwrdd a mynd â'r llestri i'r sinc.

Safodd yn hir yn ei hunfan, ac yna dywedodd mewn llais lleddf, 'Iawn te, os wyt ti o ddifri.' Aeth allan o'r gegin a dechreuais innau ar y gwaith o olchi'r llestri.

Pan ddaeth yn ei hôl, roedd y bag dillad anferth ar ei chefn yn barod. Os ydych chi'n meddwl fod peth amheuaeth yn fy meddwl i erbyn hynny, rydych chi'n iawn. Roeddwn i'n amau na fyddai hi byth yn llwyddo i gael y bag i mewn i gar Digby.

'Mae'n ddrwg gen i fy mod i wedi achosi cymaint o drafferth,' meddai, 'ond diolch yn fawr am bopeth. Mi af i nawr. Hwyl.'

Ddywedais i ddim gair. Roeddwn i wedi dweud digon yn barod.

Cystal imi fod yn onest, wrth edrych drwy'r ffenestr arni'n gadael, teimlwn rywbeth yn cnoi — euogrwydd, cydwybod, edifeirwch — wn i ddim beth yn hollol. Wedi'r cyfan, roedd y ferch oedd yn cerdded allan o'm bywyd yn ferch i Duke, y gŵr a fu'n gyfaill imi ym misoedd tywyllaf fy mywyd. Doedd y ffaith ei fod yn llofrudd yn lleihau dim ar ei garedigrwydd. Roedd Duke wedi ceisio llenwi'r bwlch ym mywyd bachgen bach oedd wedi colli ei dad yn y rhyfel. Roeddwn innau'n ei addoli fel pe bai'n dad imi. A phan ddois i'n ddigon hen i sylweddoli fod fy nhystiolaeth i yn y llys wedi helpu'r sawl oedd am ei yrru i'r grocbren, roeddwn wedi teimlo fel llofrudd. Ac eto, dyma fi, ugain mlynedd yn ddiweddarach, yn trin ei ferch yn warthus. Troais oddi wrth y ffenestr a chydio yn un o'r papurau newydd; doedd arna i ddim eisiau gweld rhagor. Roeddwn i ar fin eistedd i gladdu fy mhen yn nhudalennau'r *Observer*, pan gofiais rywbeth. Y dryll. Gobeithio nad oedd llygaid busneslyd Digby Watmore wedi sylwi arno ar fwrdd y gegin. Codais gan fwriadu ei roi yn ôl yn ei guddfan, ond doedd y dryll ddim yno.

Alice.

Yr ast ladronllyd.

Cydiais yn fy ffon a'i hercian hi am y drws. Roedd hi wrthi'n cau'r glwyd ar ei hôl.

'Alice!' gwaeddais. 'Rwyt ti wedi mynd â rhywbeth sy'n perthyn i mi.'

Edrychodd yn syn arnaf.

Galwais arni eilwaith a chychwyn tuag ati. Gallwn weld Digby yn agor drws y car yn barod iddi. Byddai *Life on Sunday* wrth eu bodd yn cyhoeddi llun y dryll.

Roedd Alice wedi cau'r glwyd ac yn cerdded at y car. Pum cam, gan ddefnyddio fy ffon fel polyn sgïwr, ac roeddwn innau drwy'r glwyd. Cydiais yn ei braich a chan anadlu'n drwm dywedais yn fygythiol, 'Rydw i am ei gael o'n ôl. Doedd gen ti ddim hawl i'w gymryd o.'

Edrychodd yn oeraidd arnaf. 'A phwy wyt ti i sôn am hawliau? Nid dy ddryll di oedd o yn y lle cynta.'

Rhoddais gynnig ar ffordd arall. 'Rydw i wedi rhoi'r cerfiad pren yn anrheg i ti. Ydy hynny ddim yn ddigon?'

'Mater arall oedd hynny,' meddai Alice. 'Ofn beth sy arnat ti, Arthur?'

Atebais i ddim. Roedd Digby wedi llwyddo i ddod allan o'r car ac roedd yn camu'n drwsgl tuag atom.

'Beth ydy'r broblem?' gofynnodd. 'Alla i fod o unrhyw help?'

'Cadw di dy drwyn allan o'm potes i,' rhybuddiais. Ac yna gofynnais i Alice, 'Fyddet ti mor garedig â dod yn ôl i'r tŷ?'

'A beth ydy'r cyhuddiad yn erbyn y ferch ifanc?' holodd Digby.

'Dos i'r diawl, dydy o'n ddim o dy fusnes di,' atebais yn ffyrnig.

Ystyriodd Alice fy ngwahoddiad yn feddylgar. 'Efallai y gallwn ni daro rhyw fath o fargen,' meddai'n serchus.

Roeddwn i ar fin ei diawlio hithau, ond sylweddolais ei bod hi wedi cael y gorau arnaf. Roedd arna i eisiau cael y dryll yn ôl. Pe bai hi'n ei roi i Digby, byddai fy stori ar flaen y papur mewn llythrennau bras y Sul nesaf. *Dryll Llofrudd yn Nwylo Darlithydd Coleg.* Doedd gen i ddim dewis.

Cychwynnodd Alice a minnau tua'r tŷ, gan adael Digby yn gegrwth ger y glwyd.

Tynnodd ei bag a'i daflu i gornel y gegin. Estynnais innau fy llaw i hawlio'r dryll. 'Gan bwyll, Arthur. Paid ag anghofio fod gen i ddigon o gymorth allan yn y car 'na.'

Ymbwyllais. 'Pa fath o fargen oedd gen ti mewn golwg?'

'Mi hoffwn i ti fynd â fi i Wlad-yr-haf i ddangos y fferm imi.'

Allwn i ddim credu hyn. 'Ond i beth?'

'Does bosib nad wyt ti'n deall erbyn hyn. Rydw i am gael gwybod beth yn union ddigwyddodd yno.'

'Ond rydw i wedi treulio oriau yn dweud wrthot ti.'

Ysgydwodd ei phen. 'Arthur, dydw i ddim yn bwriadu swnio'n anniolchgar, ond alla i ddim credu'r stori. Nid fy mod i'n gweld bai arnat ti, cofia.'

'A pham na elli di ddim coelio?'

Ochneidiodd. 'Wel, y dryll 'na i gychwyn. Fe ddois ti o hyd iddo yn y sgubor.'

'Cywir.'

'Felly mae'n rhaid fod y llofrudd wedi ei ollwng ar ôl iddo saethu Cliff Morton, iawn? Os mai fy nhad oedd y llofrudd, pam ar wyneb y ddaear y byddai'n gwneud peth mor dwp? Byddai ganddo ddigon o synnwyr cyffredin i wybod y byddai'r dryll, un otomatig yn perthyn i Fyddin America, yn dystiolaeth ddamniol yn ei erbyn. Onid y peth call iddo fo fyddai cael gwared â'r dryll yn rhywle arall?'

Siglais fy mhen. 'Roedd arno ofn i rywun arall weld y dryll yn ei feddiant. Roedd o am ddod yn ôl yn nes ymlaen, wyt ti'n gweld, i gael gwared â'r corff ac i lanhau'r gwaed. Felly mae'n rhaid ei fod o wedi taro'r dryll o'r golwg yn rhywle rhwng y byrnau gwair.'

Doeddwn i ddim wedi ei hargyhoeddi. 'Alla i ddim derbyn hynna chwaith, achos wnaeth o ddim dod yn ôl i symud y dryll.'

'Oherwydd 'mod i wedi dod o hyd iddo cyn iddo gael cyfle.'

'Ac mi cadwaist ti o'n slei bach: rydw i'n coelio hynny o leiaf.'

'Diolch o galon i ti.'

Syllodd Alice yn dreiddgar arnaf cyn gofyn, 'Arthur, wyt ti wedi meddwl erioed nad oeddet ti'n helpu fy nhad o gwbl wrth beidio â dweud wrth yr heddlu am y dryll?'

Gwgais wrth geisio deall.

'Pe bait ti wedi rhoi'r dryll iddyn nhw, mi fydden

nhwytha wedi gofyn y cwestiyna rydw i newydd eu gofyn. Yn lle hynny, roedden nhw'n credu ei fod wedi cael gwared â'r dryll ei hun, yn union fel y bydden nhw'n disgwyl i lofrudd wneud.'

Anesmwythais wrth ystyried ei geiriau.

'Dydy hynny ddim yn syniad braf i ti, mae'n debyg?'

'Wel,' atebais yn gloff, 'mae'n ffordd arall o edrych ar y mater. Chroesodd y peth mo fy meddwl i o'r blaen.'

'Oherwydd dy fod ti, fel pawb arall, yn cymryd yn ganiataol bod fy nhad yn euog.'

'Ond roedd o'n euog.'

Edrychodd arnaf yn hir, ond ddywedodd hi ddim rhagor.

Roedd hi wedi gosod ei thelerau, taith seithug i Wlad-yr-haf i brofi nad oedd ei thad yn llofrudd. Mae'n debyg y dylwn fod wedi sylweddoli mai dyna oedd ei bwriad o'r cychwyn. Yn fy marn i, doedd y syniad ddim yn un doeth, ac mi fyddai'n brofiad poenus i'r ddau ohonon ni, ond doedd gen i ddim dewis. Gwastraff amser fyddai ceisio ei darbwyllo. Yr unig obaith gen i oedd ei chael i gytuno â rhai amodau.

'Os cytuna i, rhywbeth rhyngon ni'n dau yn unig fydd o. Dim gair wrth Digby, iawn?'

Cytunodd, 'Gad ti Digby i mi.'

'Dim ffotograffau na dim arall, iawn?'

'Iawn.'

'Fe awn ni yno ac yn ôl heddiw. Fyddwn i fawr o dro yn yr MG.'

'Iawn.'

'A beth bynnag ddaw o'r trip, does arna i ddim eisiau dim rhan yn y peth ar ôl heddiw.'

'Iawn.' Estynnodd ei llaw a dweud, 'Bargen?'

'Pan ga i'r dryll yn ôl.'

Gwnaeth ei gorau i guddio ei gwên wrth ateb, 'Dydy'r dryll ddim gen i, Arthur. Mae o'n ddiogel yn y bocs yn y cwpwrdd ffeilio. Fe'i cadwais yn ei ôl pan oeddwn i'n hel fy mhetha at ei gilydd.'

Pennod 10

Roeddwn i ac Alice yn gwibio yn yr MG coch i gyfeiriad Gwlad-yr-haf.

Ydy hynny'n syndod i chi?

Erbyn hyn, mae'n sicr eich bod chi'n argyhoeddedig fy mod i'n berson cwbl ddiegwyddor, ac felly alla i mo'ch beio chi am feddwl y byddwn i wedi torri fy ngair pan sylweddolais i fod Alice wedi gwneud ffŵl ohonof ynglŷn â'r dryll. Ond wnes i ddim.

Byddai'n hyfryd pe baech chi'n credu fy mod i'n ŵr o egwyddor wedi'r cwbl. Roedd unig ferch Duke wedi gofyn imi ddangos lleoliad y drychineb iddi, ac roeddwn innau'n berson cymwys i'w thywys i'r fan. A dyna'r peth lleiaf allwn i ei wneud i gydnabod fy nyled i Duke.

Byddai'n hyfryd iawn pe baech chi'n credu hynny, ond mae'n berygl eich bod chi'n llawer rhy graff ac yn sylweddoli nad oedd gen i fawr o ddewis tra oedd Digby Watmore o fewn cyrraedd. Does neb yn awyddus i gael ei enw yn y *Life on Sunday*.

Roeddwn i wedi aros yn y tŷ pan aeth hithau allan i gael gair ag ef. Wn i ddim beth fu'r sgwrs rhyngddynt, ond buont yn dadlau'n frwd am tua deng munud. Ar un adeg, daeth y ffotograffydd allan o'r car i ddweud ei farn. Ond Alice gafodd y gair olaf, ac aeth boneddigion cuchiog y wasg ymaith yn waglaw.

Pan ddaeth hi i'r tŷ, rhoddodd gerdyn gydag enw a chyfeiriad Digby arno i mi. Roedd o am i mi ei gael rhag ofn y byddwn yn newid fy meddwl ynglŷn â'r ffotograff. Roedd hithau wedi addo cadw mewn cysylltiad â Digby. Roedd y bygythiad yn amlwg a doedd dim modd osgoi'r daith i Wlad-yr-haf.

Mynnais ei bod yn dod â'i bag dillad gyda hi, gan

awgrymu efallai yr hoffai dreulio ychydig ddyddiau yng Ngwlad-yr-haf. Roedd Alice yn dipyn o ferch, yn wych yn y gwely, ond nid yn fy ngwely i byth eto, diolch yn fawr. Byddai bywyd yn llawer dedwyddach yng nghwmni Einir; hyd yn oed os mai ymarferiad clinigol oedd rhyw iddi hi, o leiaf doedd hi ddim yn treulio gweddill ei hamser yn sôn am ei thad.

Ers peth amser, yr unig sŵn yn y car oedd grwnan cyson y sychwyr ar y ffenestr wrth iddynt ymdrechu i gael y gorau ar y glaw mân cyson. Ond nid y tywydd oedd ar ein meddyliau. Roeddwn i'n dal i gael fy nghorddi wrth feddwl am Digby, pan ddywedodd Alice yn ddirybudd, 'Feddyliais i erioed y byddai o mor olygus.'

Doedd gen i ddim syniad am bwy roedd hi'n sôn, ond doedd Digby ddim ar fy rhestr fer.

'Fy nhad,' eglurodd.

Gwibiodd fy meddwl yn ôl, a chofiais iddi ddod o hyd i'r llyfrau am achos Duke y bore hwnnw. Roedd llun Duke ar glawr un ohonynt. Roedd yn drist meddwl mai dyna lle roedd hi wedi cael yr olwg gyntaf ar ei thad. Wn i ddim beth yw'ch barn chi, ond allwn i ddim peidio â gresynu at y peth. Ac roedd y sefyllfa'n fwy trist am nad oedd hi ei hun yn ymwybodol o'r tristwch. Allwn i ddim llai na thosturio wrthi.

Byddai'n rhaid imi fod yn rhyw fath o anghenfil i droi fy nghefn arni.

Dydw i ddim yn hollol wirion lle mae merched yn y cwestiwn. Ac mi fydda i'n synhwyro pan fyddan nhw'n fy nefnyddio i. Am ddau ddiwrnod, roeddwn i wedi bod yn llechu y tu ôl i fur o siniciaeth, ac roedd hithau wedi mynnu dymchwel y mur dro ar ôl tro.

Aeth ymlaen yn hapus a chyda pheth balchder, 'Dydw i'n synnu dim fod merch fel Barbara wedi cael ei denu ganddo. Mi alla i ddychmygu'r olygfa pan gyfarfu'r ddau am y tro cyntaf, y diwrnod hwnnw pan ddaeth ef a'i ffrind i'r buarth yn y jîp. Rwy'n siŵr ei fod o'n hynod o olygus yn ei wisg filwrol.'

Nodiais a gadael i'r sychwyr lenwi'r tawelwch.

Rai milltiroedd yn nes ymlaen, dechreuodd arni unwaith eto, 'Dim ond am tuag awr y bu'r rheithgor yn ystyried eu dyfarniad. Ydy hynny ddim yn amser hynod o fyr mewn achos o'r fath?'

'Ydy, mae'n debyg.'

Ennyd arall o ddistawrwydd. Roedd hi'n meddwl yn graff ac yn bwyllog. Ac roedd hi'n amseru ei gosodiadau i gyfateb â sŵn yr injan, er mwyn gwneud yn siŵr 'mod i'n clywed.

'Roedd achos yr erlyniad yn un cryf iawn.'

'Eithriadol o gryf.'

'Yr holl fusnes 'na am y dryll a'r fwled. Mi ges i olwg fras arno'r bore 'ma yn un o dy lyfrau di. Mae'n rhaid ei fod wedi creu cryn argraff ar y rheithgor.'

'Siŵr o fod.'

'Roedd ganddyn nhw fwledi eraill oedd wedi eu tanio o'r un dryll, iawn?'

'Iawn.'

'Ble cawson nhw afael arnyn nhw, tybed?'

'Wyt ti'n cofio fi'n sôn neithiwr am y wers saethu gefais i a Barbara gan Duke a Harry?'

'Ydw, wrth gwrs.'

'Wel, fe aeth y plismyn drwy'r cae hwnnw gyda chrib fân i chwilio am y bwledi, ac yna'u cymharu â'r fwled gafwyd yn y trawst yn y sgubor.'

Ochneidiodd Alice. 'Ac fe brofwyd i'r fwled honno gael ei thanio o ddryll fy nhad?'

'Do, y tu hwnt i unrhyw amheuaeth.'

Ystyriodd fy ateb am beth amser, ac yna, 'Felly doedd dim rhaid iddyn nhw gael y dryll i brofi eu hachos.'

'Roedden nhw'n glyfar dros ben.'

Ond doedd hi ddim am ollwng ei gafael. 'Wnaeth y ffaith fod y dryll gen ti drwy'r amser ddim gwahaniaeth o gwbl, felly.'

Atebais yn gwta, 'Rydyn ni wedi trafod y busnes yma o'r blaen.'

Rhoddodd gynnig ar drywydd arall, 'Yr holl wyddoniaeth fforensig 'na, cymharu'r benglog â'r llun o Cliff Morton, y cofnodion deintyddol a'r bwledi, mae'n rhaid fod y rheithgor wedi rhyfeddu.'

Doeddwn i ddim yn hoffi cyfeiriad y sgwrs a cheisiais roi fy nhroed i lawr. 'Mi fyddai'r achos yn erbyn Duke wedi cael ei brofi hyd yn oed heb y dystiolaeth wyddonol. Roedd Duke yn euog, Alice, does dim dwywaith am hynny. Rydw i'n gwybod beth welais i yn y sgubor y diwrnod hwnnw. A Duke oedd y cyntaf i gael gwybod bod Cliff Morton yn ymosod ar Barbara. A'r eiliad y dwedais i wrtho, fe ruthrodd tua'r sgubor.'

'Ac mi gwelaist ti o'n mynd i mewn?'

'Mi redodd i mewn i'r sgubor. Mae'n ddrwg gen i os ydy hynny'n ffaith boenus, ond roedd o'n caru Barbara. A'r cariad hwnnw oedd wrth wraidd y drosedd.'

Siglodd ei phen yn araf. 'Dydy'r stori ddim yn dal dŵr i mi, beth bynnag.'

'Ond pam, yn enw popeth?'

'Mae o'n rhedeg i'r sgubor, iawn? Ac mae'r ferch mae'n ei charu yn cael ei threisio. A beth mae o'n wneud? Ydy o'n llindagu'r dihiryn? Nac ydy, mae'n troi ei gefn ac yn mynd i'r tŷ i nôl ei ddryll. Ydy hynny'n swnio fel ymddygiad dyn sydd mewn cariad?'

'Wel, dyna'r gwahaniaeth rhwng llofruddiaeth a dynladdiad.'

'Ie, ond sut mae egluro'r peth?'

Ochneidiais. 'Mi roddodd yr erlyniad sylw manwl i'r busnes yna. Pan aeth Duke i mewn i'r sgubor, roedd yr ymosodiad ar ben. Gallai glywed lleisiau o'r daflod, Barbara'n wylofain a Morton yn ceisio gwneud yn ysgafn o'r holl beth. Byddai Duke wedi gallu dringo i'r daflod a rhoi curfa orau'i fywyd i Morton, ond doedd hynny ddim yn ddigon o dâl am yr hyn roedd Barbara wedi gorfod ei ddioddef. Dyna pam y rhedodd i'r tŷ i nôl ei ddryll ac yna dringo i'r daflod yn y sgubor.'

'Ac fe saethodd Morton drwy ei ben yng ngŵydd

Barbara? Ai dyna ddywedodd hi wrth ei rhieni?'

'Ddywedodd hi ddim byd wrth ei rhieni. Fe guddiodd Duke y corff yn y gwair, neu y tu ôl i rai o'r byrnau, nes y câi gyfle i ddod yn ôl pan na fyddai neb o gwmpas. Pan ddychwelodd y noson honno, roedd ganddo gynllun yn ei feddwl. Rhaid i ti ystyried y peth o safbwynt milwr oedd yn meddwl y byddai'n cymryd rhan yn yr ymosodiad ar Ewrop yn weddol fuan.'

'Ac roedd o'n gobeithio y byddai'n ddigon pell o'r lle ar fyr o dro.'

'Wrth gwrs ei fod o, a'i broblem gynta oedd cael gwared â'r corff. Gallai ddefnyddio'r jîp i fynd â'r corff oddi yno yn y nos i'w gladdu yn rhywle, neu roi pwysau arno a'i luchio i ryw lyn, ond haws dweud na gwneud. Byddai agor bedd gweddol ddwfn yn golygu oriau o waith, ac nid mater hawdd fyddai hi i ŵr anghyfarwydd â'r ardal ddod o hyd i lyn dwfn, anghysbell — a chwch. Hyd yn oed pe bai'n llwyddo, mae gan gyrff ryw arferiad rhyfedd o ailymddangos. Rhywun yn mynd â'i gi am dro . . .'

'Does dim rhaid i ti fanylu,' torrodd Alice ar fy nhraws. 'Rydyn ni'n dau yn gwybod beth ddigwyddodd. Fe dorrodd ben Cliff Morton i ffwrdd a'i guddio mewn casgen seidr fel na fyddai'r heddlu yn gallu adnabod y corff na gwybod sut roedd o wedi cael ei ladd.'

Roedd pethau'n swnio'n fwy addawol. A barnu oddi wrth yr hyn roedd hi newydd ei ddweud, roedd hi'n dechrau dygymod â'r ffaith fod Duke yn euog. Doedd derbyn y ffaith honno ddim yn hawdd iddi, a gallwn ddeall pam roedd hi'n chwilio am unrhyw reswm dros ddadlau yn erbyn dyfarniad y rheithgor, ond roedd yn rhaid iddi wynebu ffeithiau.

Dyna pam y mynnais fwrw ymlaen i sôn am ddull Duke o guddio olion y llofruddiaeth. 'Roedd tuag ugain o gasgenni yn y tŷ seidr. Rhai wedi eu dychwelyd yn wag o dafarnau'r ardal i gael eu sgwrio ac yna'u hail-lenwi. Hocsedi oedden nhw. Wyt ti'n gwybod beth ydy hocsed?'

'Casgenni mawr,' atebodd Alice yn swrth. 'Fe ddysgais i hynny neithiwr.'

Penderfynais na fyddai ei llongyfarch am dderbyn o leiaf un ffaith yn ddigwestiwn, yn gwbl deg. 'Na nid casgenni mawr, casgenni anferth. Dros bum troedfedd. Os gelli di ddychmygu eu maint nhw, mae'n ddigon hawdd deall pam na fyddai gobaith i unrhyw un weld y pen yng ngwaelod un ohonyn nhw wrth osod caeadau. Fyddai'r un ohonyn nhw'n cael eu hagor hyd y flwyddyn ddilynol, pan gaent eu dychwelyd o'r tafarnau i'w sgwrio a'u hail-lenwi unwaith yn rhagor. Ac roedd Duke yn credu y byddai'n ddigon pell o Wlad-yr-haf erbyn hynny.'

'Ac roedd o hefyd.'

Cafwyd cyfnod maith o dawelwch. Roedd Alice fel pe bai wedi ymgolli yn y golygfeydd oedd yn gwibio heibio, a chanolbwyntiais innau fy sylw ar y ffordd o'm blaen.

Yna'n gwbl ddirybudd, 'Mae'n debyg nad oedd unrhyw obaith y câi ronyn o gydymdeimlad ac yntau wedi torri'r pen i ffwrdd.'

Allwn i ddim anghytuno â hi.

'Sut llwyddodd o i wneud hynny, Arthur?'

'Wn i ddim — bwyell neu lif am a wn i. Roedd digon o offer o'r fath o gwmpas y fferm.'

'Mae'n rhaid ei fod o'n waed drosto.'

'Dydy corff marw ddim yn gwaedu. Mi ollyngodd y pen i un o'r hocsedi, a chario gweddill y corff i'r jîp a mynd i'w guddio yn rhywle neu'i gilydd. Rhywle hynod o glyfar, achos does neb wedi dod o hyd iddo hyd heddiw.'

Yn rhyfedd ddigon, o gofio natur y sgwrs, dyna pryd y penderfynais ei bod yn bryd i ni gael rhywbeth i'w fwyta. Erbyn hyn, roedden ni wedi cyrraedd Frome a throais y car i mewn i faes parcio tafarn ynghanol y dref. Na, nid y *Shorn Ram*, mae'r dafarn honno wedi ei chwalu ers rhai blynyddoedd. Cawsom ginio Sul traddodiadol wrth fwrdd bach i ddau mewn cilfach glyd o'r neilltu.

Ond ni lwyddodd y cinio na'r newid awyrgylch i symud Alice oddi ar ei thrywydd. 'Peth arall sy'n fy mhoeni ydy adwaith teulu'r fferm. Roedden nhw'n gwybod beth oedd wedi digwydd, on'd oedden nhw?'

'Alla i ddim dweud.'

Roedd hi wedi ailafael yn ei damcaniaethu. 'Mae'n siŵr eu bod yn cydymdeimlo i raddau â'r hyn roedd fy nhad wedi ei wneud. Wedi'r cyfan, eu merch nhw oedd wedi cael ei threisio. Efallai eu bod nhw wedi cadw'n dawel er ei fwyn o.'

'Mae hynny'n eitha posibl.'

'Pan gafwyd hyd i'r benglog, Mr Lockwood oedd yn cael ei amau ar y cychwyn, yntê?'

'Digon gwir.'

'Ac yna fe ddaeth fy nhad dan amheuaeth.' Edrychodd yn ddwys arnaf dros ei sbectol.

Awgrymais yn gynnil, 'Efallai y byddai'n haws derbyn y peth pe bait ti'n meddwl amdano fel Duke.'

Atebodd yn chwyrn, 'Mi feddylia i amdano'n union fel rydw i'n dewis. Does arna i ddim cywilydd ei alw'n dad i mi.'

Nid ar chwarae bach y llwyddais i ddal fy nhafod.

Ond roedd rhagor i ddod. 'Roedden ni'n sôn am Mr a Mrs Lockwood. Roedden nhw'n gwybod fod eu merch wedi cael ei threisio, iawn? Roeddet ti wedi dweud hynny wrth Mrs Lockwood, ac roedden nhw wedi gweld ei chyflwr truenus hi.'

Nodiais.

'Ond wnaethon nhw ddim anfon am yr heddlu.'

'Naddo, mae'n debyg.'

'Pam tybed? Wedi'r cyfan, mae treisio merch yn drosedd ddifrifol.'

Doeddwn i ddim wedi meddwl am y peth o'r blaen. Fy nhro fi i ddamcaniaethu oedd hi nawr. 'Mae'n debyg fod llawer o bobl yn cadw'r heddlu allan o achosion tebyg. Efallai nad oedden nhw am i Barbara orfod wynebu'r archwiliad meddygol a'r holl gwestiynau y byddai'n rhaid iddi eu hateb.'

'Efallai wir.' Gwthiodd ei phlât o'r neilltu. 'Ond mae 'na eglurhad arall hefyd, on'd oes 'na? Efallai eu bod nhw'n gwybod fod Cliff Morton yn gorwedd yn farw yn y sgubor.'

Pennod 11

Does dim byd tebyg i law trwm ar do meddal MG am roi taw ar sgwrs. Ar hyd y ffordd i *Christian Gifford* ar ôl cinio, roedd hi'n arllwys y glaw. O dan yr amgylchiadau, roeddwn i'n fy llongyfarch fy hun am lwyddo i gyrraedd y pentref heb unwaith fynd ar gyfeiliorn, ond ches i ddim cystal hwyl ar ddod o hyd i'r ffordd oedd yn arwain i'r fferm. Roeddwn i'n chwilio am yr hen ysgol a siop Miss Mumford. Doedd dim golwg o'r naill na'r llall. Yn eu lle roedd dwy res o dai cyngor unffurf yn wynebu ei gilydd ar draws y ffordd, ac ar ben un rhes roedd siop fodern gyda bwndeli o fasgedi gwifren ger y drws.

Roedd tafarn y *Jolly Gardener* yn dal yn yr un lle, ac yn edrych yn ddigon tebyg i'r hyn roeddwn i'n ei gofio, er nad oeddwn wedi cymryd llawer o sylw o'r lle pan oeddwn yn fachgen naw oed ym 1943. Roeddwn i'n cofio fodd bynnag mai dyma gartref Sally Shoesmith, ffrind Barbara, merch y tafarnwr. Stopiais y car a chroesi'r stryd i holi am *Gifford Farm*. Nid Shoesmith oedd yr enw uwchben y drws.

Roedd y ferch y tu ôl i'r bar yn hynod o groesawus a chymwynasgar, a daeth allan i'r drws i ddangos y ffordd imi. Wnes i ddim holi a oedd y teulu Lockwood yn dal i fyw yn y fferm.

Hyd yn oed pan gychwynnais i fyny'r ffordd tua'r fferm, roedd popeth yn edrych yn wahanol. Yn y fan lle roeddwn i'n cofio'r berllan, roedd tri thŷ gwydr anferth ac roedd seilo gloyw yn codi'n uchel uwchben y gwrych ar y dde. Doedd dim coeden i'w gweld ar gyfyl y lle.

Arafais y car ac edrych o'm cwmpas.

'Wyt ti'n siŵr mai hwn yw'r lle iawn?' gofynnodd Alice.

'Mae'n edrych yn gwbl wahanol,' meddwn gan yrru ymlaen, 'ond dyma'r unig ffem wela i ar y ffordd yma.'

Doedd bod yn ôl ddim fel mynd *Yn ôl i Leifior* yn union, ond teimlais ias yn cerdded i lawr fy nghefn wrth imi syllu drwy ffenestr wlyb y car. Gwelwn glwstwr o adeiladau cerrig cyfarwydd. Roeddynt gryn dipyn yn llai na'r darlun oedd wedi ei drysori yn fy nghof: y tŷ ffem llwm a'r tŷ seidr wrth ei ymyl; y beudai to sinc yr ochr arall i'r buarth; yr adeilad mawr agored lle cedwid peiriannau'r ffem; y brif sgubor gyferbyn â'r tŷ; ac, yn sefyll ychydig ar wahân, y sgubor fechan dyngedfennol.

'Rydyn ni wedi cyrraedd,' sibrydodd Alice yn gyffrous.

Llywiais y car ar draws cerrig anwastad y buarth a'i barcio wrth ochr y tractor a safai yno.

Gwingai Alice yn ei sedd. 'Rydw i'n dechrau teimlo'n nerfus,' meddai.

'Dwyt ti ddim wedi newid dy feddwl?'

'Paid ti â chymryd dy siomi.' Agorodd ddrws y car a chamu allan.

Ddaeth neb i'r golwg i holi pwy oedden ni nac i ofyn beth oedd ein busnes yno. Petrusodd y ddau ohonom ar ganol y buarth yn y glaw trwm am rai eiliadau. Yna, pwyntiais fy ffon at yr adeilad agosaf i'r tŷ a dweud, 'Dyna'r tŷ seidr. Hoffet ti gael golwg arno?'

Dylwn fod wedi sylweddoli bod *Gifford Farm* wedi rhoi'r gorau i gynhyrchu seidr ym 1944. Yn y tafarnau lleol, gellid clywed cyfeiriad achlysurol o hyd at yr hen ddyddiau pan ellid prynu peint o seidr a phen da arno.

Roedd yr hen felin a'r wasg a'r amryfal offer arall a ddefnyddid i gynghyrchu'r seidr wedi diflannu. Adeilad i gadw bwydydd anifeiliaid ydoedd bellach, ac roedd arogl sur y blawdiach yn llenwi ein ffroenau wrth i ni sefyll i gysgodi yn y drws agored.

'Yr adeilad yma oedd y man cyfarfod ar y ffem,'

meddwn i'n atgofus, fel pe bawn wedi treulio oes yn gweithio yno. 'Ar ddiwrnod fel heddiw, byddai pawb yn troi i mewn gan gwyno am y tywydd. Ac ar fore Sul byddai fel tafarn yma, a'r cymdogion i gyd yn taro heibio am sgwrs a pheint o seidr.'

'Fyddai fy nhad yn dod yma weithiau?' holodd Alice.

'Yma ger y drws lle rydyn ni'n sefyll y byddai'n gadael y jîp bob amser.'

Brathodd ei gwefus a throi i ffwrdd. 'Wnei di fynd â fi i weld y sgubor lle digwyddodd y peth?'

Edrychais draw at yr adeilad llwydaidd a safai ar wahân, fel pe bai wedi ei ysgymuno o gymdeithas glòs yr adeiladau eraill. 'Wyt ti'n sicr dy fod ti am fynd yno?'

'Wrth gwrs fy mod i.'

Cydiodd yn fy llaw a'm harwain heibio i'r pyllau glaw ar y buarth lleidiog. Roedd y glaw wedi golchi aroglau arferol y fferm o'r awyr, ond pan agorais ddrws y sgubor llanwyd fy ffroenau ag aroglau llychlyd, atgofus, y gwair. Roedd yr adeilad hwn yn dal i gael ei ddefnyddio i'r un pwrpas.

Ceisiais reoli fy nheimladau. 'Mae'n union fel rydw i'n ei gofio. Yr un arogl, a'r byrnau wedi eu pentyrru ar bennau ei gilydd.'

'Mae'n llawer mwy tywyll nag roeddwn i wedi dychmygu.'

'Dydy hynny'n ddim problem.' Gollyngais ei llaw ac estyn fy nhaniwr sigarets o'm poced.

'Cymer ofal rhag ofn i ti roi'r lle ar dân.'

'Dyna ti.' Daliais y fflam yn uchel a dangos llawr y daflod iddi. Cydiodd yn dynn yn fy mraich wrth glywed rhywbeth yn siffrwd wrth ei hymyl. 'Dim byd ond llygod.' Roedd ei nerfusrwydd yn gwneud imi deimlo'n ddewrach. 'Wyt ti am ddod i fyny i'r daflod? Mae 'na ysgol yma.'

Ystyriodd am eiliad. 'Dos di i fyny'n gynta.'

Erbyn hyn, roeddwn yn falch fy mod i wedi dod. Dyma fi, y tu fewn i'r adeilad roeddwn i wedi dychwelyd iddo mor gyson yn fy hunllefau ar hyd y blynyddoedd. Rhoddais fy ffon i orwedd ar un o'r byrnau a chadw'r taniwr yn fy mhoced. Yna, ymbalfalais i fyny'r ysgol. Roedd yn waith caled, ond roeddwn i'n awyddus i brofi rhywbeth i mi fy hun. Penliniais ar lawr y daflod a chynnau fflam y taniwr unwaith eto. Dringodd hithau'r ysgol yn gyflym a phenlinio wrth fy ochr. Gallwn deimlo'r cryndod yn ei chorff.

Heb gymorth fy ffon, bu'n rhaid imi bwyso fy llaw ar ei hysgwydd er mwyn codi ar fy nhraed. Llithrodd hithau ei braich am fy nghanol. Mae i anabledd, hyd yn oed, ei gysuron achlysurol.

'Os wyt ti'n meddwl sut llwyddais i gyrraedd i fyny yma pan oeddwn i'n fachgen,' meddwn i, 'cofia mai ar ôl hynny y ces i'r polio. Pan oeddwn i'n byw yma, roedd gen i ddwy goes holliach.'

Roedd llawer llai o fyrnau gwair yn y daflod, ac eisteddais ar un ohonynt a cheisio ailgreu'r olygfa a welswn y prynhawn trallodus hwnnw o Dachwedd ym 1943. Symudais y fflam i oleuo ongl y to lle roeddwn i wedi dod o hyd i fwlch i edrych drwyddo, a thros y rhan o'r llawr lle gorweddai Barbara a Cliff Morton.

Eisteddodd Alice wrth fy ochr a dechrau fy holi'n drylwyr, gan ddangos yr hyn a ymddangosai i mi'n ddiddordeb eithafol, neu hyd yn oed yn gywreinrwydd anllad, yn y cwbl a welswn; union safle'r ddau a'r hyn roedden nhw'n wisgo neu ddim yn ei wisgo. Roedd am wybod a oedd Cliff Morton yn gwisgo'i drowsus (doedd o ddim: roedd cofio ei gluniau blewog a'i ffolennau aflonydd yn codi cyfog arnaf) ac a oedd bronnau Barbara yn y golwg (roedd ei blows yn llydan agored a'i bra wedi ei godi i fyny at ei gwddf), oedd hi'n giwsgo persawr (sylwais i ddim), oedd hi'n gwisgo dillad isaf sidan neu rai cotwm (beth wyddwn i?). Atebais bob cwestiwn mor onest ag y gallwn, a disgrifio'n fanwl y ffordd roedd Barbara'n brwydro ac yn dyrnu'r llawr. Does arna i ddim cywilydd dweud i mi ei chael hi'n anodd i ddweud rhai o'r pethau roedd hi'n mynnu eu clywed, ond roedd hi'n eithaf parod i aros yn gwbl ddidaro am fy atebion, ac i ofyn am ragor o fanylion os nad oedd hi wedi cael ei bodloni. Doedd gwyleidd-dra yn llesteirio dim arni.

Roedd hi hefyd yn awyddus i weld yr hyn oedd yn weddill o olion y fwled, a llwyddais i ddod o hyd i'r trawst lle roedd yr arbenigwr fforensig, Dr Atcliffe, wedi llifio'r darn oedd yn cynnwys y fwled, a mynd ag ef i'w labordy. Roedd y bwlch yn y trawst tua llathen o'r llawr, ond doedd dim byd ar ôl i roi unrhyw syniad i ni o ba gyfeiriad nac ar ba ongl roedd y fwled wedi ei thanio.

'Wyt ti wedi gweld digon?'

Nodiodd ei phen i ddynodi ei bod.

Mae dringo i lawr ysgol yn waith llawer caletach na dringo i fyny un i ddyn yn fy nghyflwr i, ac erbyn imi gyrraedd llawr y sgubor roeddwn wedi colli fy anadl yn lân. Awgrymodd Alice y dylwn orffwys am ychydig, ac eisteddodd y ddau ohonom ar un o'r byrnau ger y drws.

'Oedd yr hyn welaist ti'n cyfiawnhau'r daith?'

'Dydy o ddim yn brofiad hawdd ei fesur,' atebodd yn filain, ac yna, fel pe bai'n teimlo iddi fod yn ddianghenraid o finiog ei thafod, ychwanegodd, 'ond rydw i'n ddiolchgar iawn i ti.'

'A beth nesaf?'

'Y Lockwoods.'

'Mae'n siŵr eu bod nhw wedi gadael y fferm ers blynyddoedd.'

'Mi ddof i o hyd iddyn nhw.'

Sylwais ar y defnydd o'r rhagenw unigol. Hyd yma, roedd hi wedi bod yn ddigon parod i dderbyn fy help. Oedd hi nawr yn awgrymu nad oedd ganddi ddefnydd pellach imi? O gofio fy amharodrwydd i'w helpu ar y cychwyn, dylwn fod wedi croesawu unrhyw arwydd o annibyniaeth. Ond os oedd Alice am fwrw ymlaen â'i hymchwil seithug, roeddwn yn dechrau teimlo yr hoffwn innau gael rhan ynddo.

Cydiais yn fy ffon. 'Tyrd, fe awn ni i weld a oes rhywun yn y tŷ.'

Roedd y gwynt yn hyrddio'r glaw i'n hwynebau wrth i ni groesi o'r sgubor at y tŷ. Credais i mi weld y llenni ar un o'r ffenestri'n symud, ond mae'n debyg mai dim ond y gwynt yn curo ar y ffrâm bwdr oedd yn gyfrifol. Er i ni guro'n hir, ddaeth neb i ateb y drws.

'Rhywun arall sy'n byw yma erbyn hyn, mae'n fwy na thebyg,' meddwn i.

'Fyddwn i ddim yn rhy siŵr o hynny,' galwodd Alice, a oedd wedi bod yn cael cip ar gefn y tŷ. Arweiniodd fi i'r cyfeiriad hwnnw. 'Edrych ar hwn — os nad ydy'r profiad yn rhy boenus.'

Yno wrth ddrws y cefn roedd yr hen fangl rhydlyd roeddwn i wedi gorfod plygu drosto dan oruchwyliaeth Mrs Lockwood i brofi blas y sliper.

Gollyngais ochenaid o boen wrth gofio'r achlysur, a gwenodd Alice. Roedd hi'n hen bryd i rywbeth ysgafnu'r awyrgylch.

'Byddai unrhyw deulu newydd wedi lluchio hwn i'r domen sgrap,' meddai Alice. 'Edrych drwy'r ffenestr. Ydy'r gegin yn edrych yn debyg?'

Pwysais fy wyneb ar y gwydr llaith.

Yr eiliad honno clywais ergyd dryll.

'Arglwydd mawr!' meddwn i.

Disgynnodd tameidiau mân o'r cerrig uwch ein pennau fel cenllysg o'n hamgylch.

'Wyt ti'n iawn, Alice?'

Roedd hi wedi tynnu ei sbectol i gael peth o lwch y garreg o gornel ei llygad. 'Ydw, hyd y gwn i.'

'Y diawl lloerig!' Gallwn ei weld yn sefyll ger cornel y tŷ yn ei gôt oel ddu laes yn gwenu fel ynfytyn, a'r dryll yn ei law. Gwaeddais arno, 'Beth uffern wyt ti'n wneud?'

Herciais tuag ato, yn rhy gynddeiriog i ystyried y gallai danio ergyd arall. 'Wyt ti'n fy nghlywed i?'

Yn lle ateb, poerodd ar y llawr brin chwarter modfedd o flaen fy esgid.

Rhuthrodd Alice ar fy ôl. 'Cymer bwyll, Arthur.'

'Gad ti hyn i mi.'

Roeddwn i'n ddigon agos ato i'w adnabod. Roedd yr wyneb wedi tewychu a'r gwallt yn dechrau britho, ac roedd un neu ddau o fylchau rhwng ei ddannedd, ond roedd yn dal yn wyneb cryf golygus na fyddai'n edrych o'i le ar batrwm gwau.

'Mi allat ti fod wedi'n lladd ni.'

'Llygod mawr.'

Doedd dim arwydd o gwbl ei fod wedi fy adnabod.

Llygadodd Alice yn ofalus o'i phen i'w thraed, a chan gyfeirio at y dryll dywedodd yn araf, 'Saethu llygod mawr roeddwn i.'

Cawn fy nhemtio i ychwanegu at y bylchau rhwng ei ddannedd. Rydw i'n dal i allu defnyddio fy nyrnau. Heb ddynnu fy llygaid oddi arno, dywedais wrth Alice, 'Efallai y byddai'n well i ti fynd i'r car.'

'Wyt ti ddim yn deall?' gofynnodd Bernard. 'Roeddwn i'n saethu at ddwy lygoden fawr i fyny ger y bondo 'na. Mae 'na lawer hyd y lle 'ma, rhai gyda phedair coes a chynffon.'

'Dwyt ti ddim yn llawer o saethwr os wyt ti'n dweud y gwir,' atebais.

Roedd Alice yn dal i sefyll yno.

Rhoddodd Bernard y dryll dan ei gesail. 'A beth ydy'ch busnes chi yma?'

'Talu ymweliad.'

'Haws gen i gredu eich bod chi'n tresmasu.'

'Mae hi'n arllwys y glaw, a does gen i mo'r awydd na'r amser i drafod y mater. Tyrd, Alice.'

'Na, Arthur, aros,' meddai Alice. 'Plîs.'

'Paid â gwastraffu dy anadl ar hwn,' meddwn i. 'Dydy'r dyn ddim hanner call.'

Roedd yn rhy groendew i gymryd yr un sylw. Doedd sarhad yn cael dim mwy o effaith arno nag roedd y glaw yn ei gael ar y gôt oel a oedd yn cyrraedd bron hyd ei draed.

'Efallai y gallech chi ein helpu,' meddai Alice yn gwrtais. 'Rydyn ni'n ceisio dod o hyd i'r teulu Lockwood.'

Rhaid cydnabod nad oedd yn gwbl ddisynnwyr chwaith. Rhoddodd yr argraff nad oedd yr enw'n golygu dim iddo, oni bai mai ei dwptra oedd yn gyfrifol am hynny. 'Lockwood? A pha fusnes sydd gennych chi efo nhw?'

'Wyt ti'n gweld?' meddwn i wrth Alice. 'Chei di ddim synnwyr allan o hwn.' Fy ngobaith oedd y byddai'n cytuno i adael cyn dod i wybod pwy yn union oedd y llabwst. Ond doedd hi ddim am ildio.

Dechreuodd egluro'n bwyllog. 'Nhw oedd y bobl oedd yn byw yma yn ystod yr Ail Ryfel Byd, iawn? Chi biau'r fferm erbyn hyn, tybed?'

'Mae'n bosib,' cytunodd Bernard yn llechwraidd.

Allwn i ddim dioddef dim mwy. 'Rho'r gorau iddi, wnei di. Bernard Lockwood wyt ti, a phaid â thrio dadlau. Nawr, ble mae dy rieni? Yn y tŷ?'

Cydiodd yn dynnach yn ei ddryll.

Edrychodd Alice arnaf mewn syndod. 'Hwn ydy Bernard?' Ynganodd y gair yn y dull Americanaidd gyda'r pwyslais ar yr ail sill.

Roeddwn i'n gwylio Bernard yn ofalus. Roedd wedi estyn dwy gatrisen o'i boced. Doedd gen i fawr o amser i ddweud fy neges. Edrychais ym myw ei lygaid a dweud, 'Fi oedd yr ifaciwî ddaeth yma yn ystod y rhyfel. A ffrind i mi ydy'r ferch ifanc. Roeddwn i wedi addo dangos y fferm iddi a'i chyflwyno i dy rieni, os oedd hynny'n bosibl.'

Cyn i Bernard gael cyfle i ateb, agorodd Alice ei cheg fawr. 'Alice Ashenfelter ydw i, a fy nhad oedd y dyn gafodd ei grogi am lofruddio rhywun ar y fferm yma.'

Teimlwn fel ei thagu.

Gallwn weld cyhyrau wyneb Bernard yn tynhau. Gwgodd wrth geisio dirnad yr hyn a glywsai. Gwibiai ei lygaid yn ôl ac ymlaen o'r naill i'r llall ohonom. O'r diwedd poerodd rhwng ei ddannedd. 'Mae honno'n hen stori erbyn hyn. Y peth gorau i chi ydy mynd yn ôl i ble bynnag y daethoch chi ohono ac aros yno.'

Yn rhyfedd ddigon doedd ei eiriau ddim hanner mor fygythiol â'i ddryll, a mentrais ar gynnig arall. 'Gwranda, Bernard. Rydyn ni wedi teithio ar draws gwlad yn unswydd i weld dy rieni. Mi fu'r ddau'n garedig iawn wrtha i yn ystod y rhyfel. Y peth lleia galla i ei wneud ydy dweud gair o ddiolch wrthyn nhw.'

'Mi ddweda i wrthyn nhw dy fod ti wedi galw.'

'Ydyn nhw yn y tŷ?'

Roeddwn i wedi mynd yn rhy bell. Rhoddodd y cetrys yn y dryll a'i anelu i ganol fy wyneb. 'Nawr, i'r tipyn car 'na â chi, ac oddi yma.'

Gan ddal i gadw fy llygaid arno, 'Tyrd, gwastraff amser ydy hyn,' meddwn i wrth Alice.

Mae'n amlwg nad oedd hi'n cytuno. 'Mr Lockwood, rydyn ni wedi dod yma'n gwbl onest . . . '

'Gonest o ddiawl!' torrodd Bernard ar ei thraws yn chwyrn. 'Celwyddgwn uffern ydy'r ddau ohonoch chi!'

Protestiodd Alice yr un mor filain. 'Mae hynna'n gwbl annheg. Rydw i wedi mynd allan o fy ffordd i fod yn onest efo chi.'

Edrychodd Bernard yn wawdlyd arni. 'Gonest? Ac rwyt ti'n dweud mai'r llofrudd oedd dy dad? Ac mai Ashenfelter ydy dy enw di? Dwyt ti ddim mwy o Ashenfelter na finnau, 'merch i. Donovan oedd enw'r llofrudd.'

Penderfynais helpu tipyn arno. 'Mae eglurhad digon syml . . . ' ond adawodd Bernard ddim amser imi orffen.

'Ei ffrind o oedd Ashenfelter, yr un lleia o'r ddau. Harry bydden ni'n ei alw o.'

'All hynny ddim bod yn wir. All o ddim, Arthur.' Cydiodd Alice yn fy mraich ac roedd ei hwyneb yn welw.

Rhuthrodd pob math o bosibiliadau drwy fy meddwl,

ond er mwyn Alice atebais, 'Cyd-ddigwyddiad llwyr, dyna'r cwbl. Paid â phoeni am y peth.'

Ond roedd ei meddwl hithau wedi bod yn brysur hefyd. 'Duke Donovan oedd fy nhad iawn i. Henry Ashenfelter oedd y dyn briododd Mam ym 1947, pan oeddwn i'n blentyn bach, a rhoi ei enw o arna i. Os mai fo oedd yr Harry oedd yn ffrind i Duke, mae'n rhaid ei fod o wedi priodi fy mam ar ôl iddo ddod yn ôl adre o'r rhyfel.'

Doedd Bernard ddim am lyncu hynny chwaith. 'Rhagor o gelwydd. Ond dydw i ddim yn wirion. Mi briododd Ashenfelter Sally Shoesmith.'

'Ffrind Barbara,' meddwn innau.

'Os oeddet ti yma fel rwyt ti'n dweud, mi fyddi di'n sicr o fod yn cofio. Roedd y ddau'n caru fel cwningod hyd y lle 'ma.'

'Ac mi briododd y ddau?'

'Ac maen nhw'n byw fel byddigions yng Nghaerfaddon. Doedd hi'n ddim byd ond merch tafarn y pentre 'ma, ond tasat ti'n ei gweld hi heddiw, prin y bydda hi'n iselhau ei hun i ddweud gair wrthat ti.' Crechwenodd yn slei. 'Er na chait ti fawr o synnwyr o'i phen hi p'un bynnag, yn ôl yr hyn glywais i.'

'Oes rhywbeth yn bod ar Sally, te?'

Poerodd unwaith eto, hyd yn oed yn nes at fy esgidiau y tro hwn. 'Heliwch eich traed oddi yma, y celwyddgwn diawl.

'Tyrd, Arthur,' meddai Alice fel pe bai'n ymladd i gadw'r dagrau draw.

Nodiais ar Bernard a dechrau cerdded i gyfeiriad y car.

Rhoddodd yntau'r dryll yn ei ôl o dan ei gesail.

Gyrrodd Alice a minnau allan o'r buarth heb yngan gair.

Pennod 12

Ochneidiodd Alice a dweud, 'Alla i ddim deall y peth.'

Dywedodd yr un peth o leiaf ddwywaith drachefn cyn i ni gyrraedd gwaelod y ffordd oedd yn arwain o'r fferm.

Stopiais y car y tu allan i'r *Jolly Gardener* a throi i edrych arni. Dyna pryd y sylweddolais y fath drochfa roedden ni'n dau wedi ei chael wrth ymdroi o gwmpas y fferm. Roedd gwallt Alice wedi gwlychu cymaint fel na fyddai neb wedi breuddwydio mai gwallt golau oedd ganddi, ond allwn i ddim bod yn sicr mai'r glaw oedd yn gyfrifol am y cwbl o'r lleithder ar ei hwyneb. Roedd pryder yn crychu'r croen o amgylch ei llygaid. Ceisiodd ddweud rhywbeth, ond ni lwyddodd i dorri gair. Roedd geiriau Bernard Lockwood wedi ei chlwyfo a'i chyffroi i'r eithaf.

Roeddwn i ymhell o fod yn ddigyffro fy hunan. Doeddwn i erioed wedi adnabod merch oedd yn peri imi brofi'r fath amrywiaeth gythryblus o deimladau.

Cydiais yn ei llaw. Roedd hi'n oer fel carreg, a hynny'n llawn cymaint oherwydd effaith y sioc ag oherwydd yr oerfel a'r gwlybaniaeth. 'Mae 'na danllwyth o dân yn y dafarn 'ma,' meddwn i wrthi'n dyner. 'Rydw i'n mynd â thi yno i gynhesu ac i sychu.'

Er ei bod yn tynnu at amser cau a hithau wrthi'n golchi'r gwydrau, roedd y ferch y tu ôl i'r bar yn rhoi'r argraff ei bod yn wironeddol falch o'n gweld. Mae'n debyg ei bod yn falch o weld unrhyw arwydd o fywyd yn y lle. Ei hunig gwsmeriaid oedd dau hynafgwr cefngrwm a eisteddai'n ddisyfl ar stoliau ar y naill ben i'r bar. Heb ymgynghori ag Alice, gofynnais am ddau frandi mawr a mynd â nhw at y lle tân. Daeth y ferch dafotrydd draw atom gan ffwdanu ynglŷn â'n dillad gwlybion a bwrw ati gyda'r pocer i ennyn rhagor o fflamau a gwres o'r tân coed. Holodd a oeddwn wedi llwyddo i ddod o hyd i'r fferm, a diolchais iddi drachefn am ei chymorth. Os oedd hi'n disgwyl clywed rhywbeth o'n busnes yng nghartre'r teulu Lockwood, fe'i siomwyd. Yn lle bodloni ei chwilfrydedd, gofynnais iddi am fenthyg tywel i sychu gwallt Alice.

Mae llawer i'w ddweud o blaid tân coed agored, ac roedd y tân hwn yn ymateb yn rhagorol i driniaeth y pocer. Symudodd y ddwy gath ddu a gwyn yn anfoddog oddi ar y setî ledr, ac eisteddodd y ddau ohonom yn ddiolchgar i adfywio yng ngwres y fflamau. Tynnodd Alice ei sbectol a datod ei phlethen lipa wleb cyn gwyro ymlaen i adael i'w gwallt fanteisio i'r eithaf ar y gwres.

Daeth y ferch yn ôl a rhoi'r tywel imi gyda winc a gair o gyngor i beidio â chamdrin gormod ar Alice. Ar ôl hynny, ni allwn yn hawdd gynnig y tywel i Alice. Dechreuais ar y gwaith a chael mwynhad wrth weld y tresi aur yn raddol adennill eu lliw a'u hansawdd sidanaidd arferol. Yn wir, doedd y dasg ddim yn un amhleserus.

Ar ôl peth amser, estynnodd Alice ei chrib a mynd ati'n bwyllog i gael gwared â'r clymau o'i gwallt. Eisteddais innau'n ôl i fwynhau'r brandi a dechrau ar y geiriau roeddwn i wedi eu hymarfer pan oedd y tywel yn fy nwylo.

'Wyt ti ddim yn meddwl dy fod ti'n cael dy arwain oddi ar y trywydd? Does dim gwahaniaeth o gwbl am Harry. Dydy hwnnw ddim o unrhyw bwys i neb.'

Rhoddodd ei chrib o'r neilltu ac edrych arnaf mewn ffordd a wnaeth imi ofidio na fyddwn wedi mynegi'r peth yn fwy sensitif. Roeddwn yn ei thrin yn union fel pe bai'n un o'm myfyrwyr ail flwyddyn a oedd wedi gwneud tipyn o gawl o'i draethawd. Heb ei sbectol a chyda'i gwallt yn tonni dros ei hysgwyddau, roedd hi'n ferch hynod o ddeniadol.

Rhoddais gynnig arall arni. 'Alice, mae'n amlwg na

fyddi di'n dawel dy feddwl nes byddi di wedi gwneud rhyw synnwyr o'r hyn glywson ni. Does arna i ddim eisiau pwyso arnat ti, ond os hoffet ti siarad am y peth . . . '

Gwenodd arnaf. 'Diolch, Arthur.'

Efallai mai fflamau'r tân, neu'r brandi, neu'r ymddiriedaeth yn ei llygaid gleision, oedd yn gyfrifol, ond os bu amser pan oedd ein cyfathrach ar fin datblygu'n berthynas fwy parhaol, hon oedd y foment. Roeddwn i'n ysu am roi fy mreichiau amdani i'w chysuro a'i chusanu.

Cymerodd eiliad neu ddwy imi hel fy meddyliau at ei gilydd. 'Iawn. Beth am inni gymharu'r hyn rydw i'n ei wybod am Harry â'r hyn rwyt ti'n ei gofio am Ashenfelter? Efallai y gallwn ni weld ai'r un person ydy'r ddau. Y cof sydd gen i ydy bod Harry ryw gymaint yn hŷn na Duke, o gwmpas y pump ar hugain o bosib ym 1943. Roedd o wedi bod yn y fyddin yn hwy na Duke ac wedi bod yn sarsiant ar un adeg, cyn iddo golli ei streipiau am ryw gamwedd neu'i gilydd.'

'Mae'r oed yn ffitio i'r dim,' cytunodd Alice yn frwd. 'Roedd o'n naw ar hugain pan briododd o a Mam.'

'Un eitha byr oedd o, tua phum troedfedd pum modfedd efallai, ond roedd o'n bur llydan gyda gwallt crychiog, melyngoch.'

'Mm.' Meddyliodd yn galed am ychydig. 'Bysedd byrion ac ôl smocio trwm arnyn nhw, ac ewinedd byrion fel pe baen nhw'n tyfu i'r byw?'

'Perffaith!' Roeddwn i'n cofio gwylio dwylo bach ffiaidd Harry yn tynnu dail a mân frigau o wallt Sally yn y berllan. 'Oes rhaid i ni ddweud rhagor?'

Siglodd Alice ei phen. 'Rydw i wedi fy argyhoeddi, ac mi alla i ddychmygu'r hyn ddigwyddodd. Harry oedd ffrind penna fy nhad. Ar ôl dod adre ar ddiwedd y rhyfel, mae'n galw ar Mam i gydymdeimlo a cheisio ei chysuro. Mae hithau'n naturiol yn teimlo'n ddigalon, gwraig weddw ddwy ar hugain oed a babi ganddi i'w fagu. All hi ddim hyd yn oed ddweud fod ei gŵr wedi marw'n anrhydeddus yn y rhyfel. All hi ddim mynd i gwrdd â gweddwon rhyfel eraill, a does ganddi ddim hawl i gael pensiwn. Does dim rhyfedd iddi neidio at y cyfle pan gynigiodd Harry ei phriodi.'

'A does dim rhyfedd chwaith i'r briodas fynd i'r gwellt.'

Syllodd i'r tân a dweud, 'Does dim gwahaniaeth gen i os oedd Harry a fy nhad yn ffrindiau, cachwr gwael oedd o a dim arall.'

'Pa bryd aeth Harry a'i gadael hi?' gofynnais yn betrus.

'Ym 1952, pan oeddwn i'n wyth oed.'

'Rwy'n cofio i ti ddweud ei fod o wedi dod i'r wlad yma ac ailbriodi.'

Trodd i'm hwynebu gan agor ei llygaid led y pen. 'Mae'n rhaid ei fod wedi dod yn ôl i chwilio am Sally, ei hen gariad yng nghyfnod y rhyfel. Wyt ti'n meddwl mai dyna ddigwyddodd, Arthur?'

'Aros i mi gael holi tipyn.' Edrychais i gyfeiriad y bar. Doedd dim ond un o'r cwsmeriaid hynafol ar ôl.

'Oes arnoch chi eisiau rhywbeth arall cyn imi gau'r bar, cariad?'

Doedd yr un ohonom wedi gorffen y brandi. 'Na, dim diolch, ond tybed allech chi'n helpu ni. Roedd y dafarn yma'n eiddo i bobl o'r enw Shoesmith yn ystod y rhyfel.'

'Oedd, fe fuon nhw yma tan y pumdegau, rydw i'n meddwl. Ym mha flwyddyn oedd y Coroni?' meddai'r ferch, gan bwyso ar y bar a'i breichiau ymhleth.

'Oeddech chi'n eu hadnabod nhw?'

'Roedd pawb yn adnabod y Shoesmiths. Teulu o'r pentref oedden nhw ac wedi bod yn byw yma am genedlaethau.'

'A ble maen nhw erbyn hyn?'

'Yn y fynwent, cariad. Hynny ydy, dyna lle mae'r rhieni, mae Sally'r ferch yn dal yn fyw, wel rhyw fath o fyw o leia.'

'Beth mae hynny'n feddwl?'

'Wel, mi wyddoch chi sut mae pobl yn siarad. Mae Sally wedi priodi ac yn byw yng Nghaerfaddon.'

'Ydy o'n wir mai Americanwr ydy ei gŵr hi?'

Roedd hi'n falch o gael troi'r stori a sôn am rywun ar wahân i Sally. 'O ie, a thipyn o dderyn ydy o hefyd. Digon i'w ddweud ganddo bob amser. Mi fydd yn galw yma'n aml ac yn cymryd pob math o hyfdra. Dwylo aflonydd, chi'n gwybod. Yn y busnes prynu a gwerthu hen betha mae o, ac yn ei gwneud hi'n iawn yn ôl pob golwg. *Mercedes* gwyn a thŷ yn y *Royal Crescent*, felly mi all fforddio prynu ambell *Martini* i mi pan fydd o wedi mynd yn rhy bell.'

Gwenais fel y disgwylid imi wneud. 'Oes gennych chi unrhyw syniad pryd y priododd o a Sally?'

'Yn y flwyddyn pan roddodd y teulu'r gorau i gadw'r dafarn 'ma. Roedd honno'n dipyn o flwyddyn am bartïon. Y Coroni, y briodas a'r parti ymddeol.'

'1953,' meddai'r hen ŵr yn ddirybudd.

Edrychais ar Alice.

Roedd hi wedi gwisgo ei sbectol. Edrychodd yn graff arnaf fel pe bai'n ceisio dod i benderfyniad. 'Arthur?'

'Ie?'

'Dydw i ddim yn credu y galla i wynebu Harry ar fy mhen fy hun.'

'Oes rhaid i ti fynd i'w weld o?'

Ochneidiodd. 'Wrth gwrs, mae'n rhaid imi. Mi ddylai allu ateb fy nghwestiynau i gyd.'

'Rwyt ti am imi fynd â thi i Gaerfaddon?'

Ar fy ffordd allan, diolchais i'r ferch y tu ôl i'r bar a phrynu *Martini* iddi. Siriolodd yr hen ŵr drwyddo a dwaud mai peint arall o seidr gymerai o. Allai o ddim bod wedi ennill peint rhwyddach ers blwyddyn y Coroni.

Pennod 13

Fel tipyn o hanesydd sy'n ymddiddori'n bennaf yn yr Oesoedd Canol, does gen i fawr i'w ddweud wrth bensaernïaeth Georgaidd unffurf Caerfaddon. Ond wrth ddynesu at y ddinas yr hwyrnos hydrefol honno, cefais gip arni oddi ar y tir uchel i'r de, ac fe'm swynwyd yn lân. Stopiais y car ac aeth y ddau ohonom allan i edmygu'r olygfa. Roedd llafn o heulwen hwyr wedi torri drwy'r cymylau trymion ac yn goleuo patrwm cymhleth yr amryfal lefelau o adeiladau yn loyw eglur. Ac o gysgodion y bryniau cylchynol, roedd goleuadau'r strydoedd, yn ddisglair fel perlau, i gyd yn arwain tua chanolbwynt y darlun, yr Abaty, dan ei lifoleuadau.

Safwn i ac Alice ochr yn ochr. Doedd hi ddim wedi ailblethu ei gwallt ar ôl gadael y dafarn. Cydiais yn ei llaw a'i thynnu'n nes ataf. Wrth iddi droi i edrych arnaf, gwyrais fy mhen i'w chusanu.

Camodd yn ôl yn frysiog fel pe bai rhyw haint arnaf.

Hon oedd y ferch oedd yn aros yn noeth amdanaf yn fy ngwely y noson cynt.

'Beth sy'n bod?' gofynnais.

Yn lle ateb, cymerodd gam arall ymhellach oddi wrthyf.

Gwenais yn ansicr arni. 'Paid â phoeni am y peth.'

'Rhaid i ti faddau i mi, ond alla i ddim ymlacio tra mae'r holl bethau yma ar fy meddwl i.'

Felly, i mewn â ni i'r car a gyrru i lawr y rhiw tua chanol y ddinas. Dydw i ddim yn un am fynnu cael fy ffordd fy hun gyda merched, a dydw i ddim yn un i iselhau fy hun i erfyn arnyn nhw chwaith. Anghofia'r peth, meddwn i wrthyf fy hun. Er hynny, doeddwn i ddim yn dawel fy meddwl.

Ond nid hwn oedd yr amser i bendroni; fe fydden ni'n cyrraedd y *Royal Crescent* mewn munud neu ddau, a doedden ni ddim wedi trafod sut roedden ni am fynd ynglŷn â phethau pan fydden ni wyneb yn wyneb â'r Ashenfelters. Roeddwn i wedi cael cip yn y llyfr ffôn yng nghyntedd y *Jolly Gardener* ac wedi treulio eiliad yn dod o hyd i rif tŷ Harry. Dydy llyfrau ffôn y wlad hon ddim yn enwog am nifer y tudalennau a neilltuir ar gyfer y cyfenw Ashenfelter. Doeddwn i ddim yn disgwyl croeso mor ergydiol gan yr Ashenfelters â chroeso Bernard yn *Gifford Farm*, ond gallwn ddychmygu y byddai pethau'n ffrwydro pe bai Alice yn mynnu dannod i Harry y ffordd roedd o wedi mynd a gadael ei mam a hithau. Stopiais y car cyn cyrraedd y *Royal Crescent*.

'Nawr, pan welwn ni'r bobl yma,' meddwn i, 'mae'n rhaid i ni gofio nad yw'r un o'r ddau wedi gweld y naill na'r llall ohonom ni ers pan oedden ni'n blant. Efallai mai cadw'n dawel fyddai orau i ti ar y cychwyn.'

'Peidio â dweud pwy ydw i?'

'Wel, does dim rhaid i ti fynd allan o dy ffordd i ddweud wrthyn nhw. Go brin y byddai hynny'n gwneud pethau'n haws.'

Edrychai'n bur amheus. 'Mae hynny'n swnio braidd yn dan-din. Mae'n well gen i fod yn onest efo pobl.'

'Fel roeddet ti'n onest efo mi pan ddoist ti i fwyta dy ginio ar yr un bwrdd â fi ddydd Gwener?'

'Fe ddywedais i fy enw,' protestiodd yn chwyrn.

'Do, a dyna'r cyfan.'

'Roedd arna i eisiau dod i dy adnabod yn gyntaf.'

'Ac ennill fy hyder?'

'Wel, ie, ond . . . ' Doedd ganddi ddim ateb am unwaith.

Ceisiais egluro. 'Yr hyn rwyt ti am ei gael o'r cyfarfod yma sy'n bwysig — a chymryd eu bod nhw adre ac yn fodlon siarad â ni o gwbl. Os mai aduniad teuluol sydd gen ti mewn golwg, popeth yn iawn, ond os wyt ti'n gobeithio dysgu rhagor am Duke ac am yr hyn ddigwyddodd ym 1943, mi fyddai'n talu'n well i ti wneud fel rydw i wedi awgrymu.'

Ar ôl cnoi ei chil ar yr hyn ddywedais i am beth amser, cytunodd.

Os nad ydych chi'n gyfarwydd â'r lle, mae'n well imi ddweud fod y *Royal Crescent* yn sefyll ar godiad tir ac yn edrych i lawr ar y ddinas ar draws erwau o barc. Rhes o ddeg ar hugain o dai trillawr ar ffurf bwa, a'r ffasâd yn cynnwys cant a phedair ar ddeg o golofnau Ionig. Gyrrais yn araf i lawr y ffordd nes cyrraedd tŷ Harry. Roedd golau i'w weld drwy'r llenni.

Harry ddaeth i'r drws.

Ymddiheurais am darfu arno ac egluro imi yrru yno o *Christian Gifford* yn unswydd i'w weld. Fi, meddwn, oedd yr ifaciwî yn *Gifford Farm* ym 1943 y bu ef a Duke mor garedig wrtho.

Ni chafodd fy natganiad dramatig yr effaith roeddwn i wedi gobeithio amdani.

'Taw â sôn,' meddai'n gwbl ddidaro. Pe bai'r Mab Afradlon wedi cael croeso mor llugoer, mae'n sicr y byddai'r diwydiant cibau moch wedi bod ar ei ennill.

Roedd y blynyddoedd wedi troi'r Jimmy Cagney roeddwn i'n ei gofio, yn debycach i Edward G. Robinson. Roedd gwrymiau o dan ei lygaid y tu ôl i wydrau trwchus ei sbectol. Roedd ei un gên wedi tyfu'n ddwy, ymdrech o bosibl i wneud iawn am y gwallt na thyfai o gwbl ar ei gorun. Doedd Harry ddim yn arbennig o olygus pan gwrddais ag ef ym 1943, ond o leiaf bryd hynny roedd yn ffraeth a bywiog ac yn barod iawn ei wên.

'Amser anodd iawn i bob un ohonon ni oedd hwnnw,' meddwn i. Fûm i erioed yn feistr ar y grefft o fân siarad, ond roedd hwn yn gystal cyfle â'r un i fwrw prentisiaeth. 'Wn i ddim beth fyddwn i wedi ei wneud heb gyfeillgarwch y ddau ohonoch chi.'

'Ac felly?'

'Felly pan glywais eich bod yn byw yng

Nghaerfaddon, allwn i ddim peidio â dod draw i'ch gweld chi unwaith eto.' Efallai y byddwn i wedi cael mwy o groeso pe bawn wedi dweud mai un o Dystion Jehofa oeddwn i.

'A phwy ddwedodd 'mod i'n byw yma?' holodd, fel pe bai'n awyddus i ddial arnynt ar y cyfle cyntaf posibl.

'Y bobl yn y dafarn. Fe ddwedon nhw eich bod chi wedi dod yn ôl i'r wlad yma ar ôl y rhyfel i briodi Sally. Sut mae Sally, gyda llaw?'

Syllodd arnaf yn amheus, 'Wyt ti'n nabod Sally?'

'Roedd hithau'n un o'r criw fyddai'n gweithio yn y berllan, on'd oedd hi?'

Aeth yn ôl at fy nghwestiwn cyntaf gan synhwyro dihangfa. 'Dydy Sally ddim yn teimlo'n rhy dda, felly wna i ddim gofyn i ti ddod i mewn.'

Roeddwn i ar fin rhoi'r ffidil yn y to a gwahodd Alice i flaen y llwyfan. Efallai y câi ei datganiad hi fwy o effaith arno.

'Pwy sy 'na, Harry?' Daeth Sally i'r golwg drwy ddrws ym mhen draw'r cyntedd mewn gŵn gwisgo gwyn a slipars pinc.

O leiaf fe gymerais i'n ganiataol mai Sally oedd hi. Roedd hi'n gwisgo sbectol dywyll ac roedd ei gwallt cringoch wedi troi'n lliw oren synthetig. Yn wahanol i Harry, roedd hi wedi colli pwysau ers y dyddiau heulog hynny yn y berllan pan fyddai ei chlebar siriol yn llonni'r cwmni. Doedd hi'n ddim ond croen am asgwrn.

Daliodd Harry ei afael ar y drws gan ateb dros ei ysgwydd, 'Does dim rhaid i ti ddod allan. Mi alla i ddelio â'r rhain.'

Wrth lwc, chymerodd Sally ddim sylw ohono. 'Ydw i'n eu nabod nhw?' Edrychodd arnom dros ysgwydd ei gŵr.

'Beth ddwedaist ti oedd dy enw?' gofynnodd yntau'n anfoddog.

Doeddwn i ddim wedi dweud, ond fe ddwedais nawr.

Ailadroddodd yntau fy enw fel pe bai hi'n fyddar, ac

ychwanegu, 'Yr ifaciwî oedd yn aros ar fferm y Lockwoods yn ystod y rhyfel.'

'Nid y bachgen bach digri hwnnw o Lundain fyddai'n dilyn Barbara fel oen llywaeth?' meddai Sally gyda thinc o'r hen ddireidi yn ei llais. 'Wel, ar fy ngwir. Ac mae o wedi dod â'i gariad efo fo i'n gweld ni. Lle mae dy feddwl di, Harry, yn gadael iddyn nhw sefyll ar garreg y drws. Dewch i mewn i chi gael rhywbeth i'w yfed.'

Ildiodd Harry'n gyndyn am yr eildro. Cododd ei ysgwyddau fel pe bai'n golchi ei ddwylo o'r holl fusnes, a gadael i Sally ddod heibio iddo i ysgwyd llaw â ni. Cyflwynais Alice iddynt, ond gan ofalu peidio â defnyddio ei chyfenw. Rwy'n sicr nad oedd gan Harry unrhyw syniad pwy oedd hi. Merch fach wyth oed oedd Alice pan welsai hi ddiwethaf.

Roeddwn i wedi disgwyl clociau wyth niwrnod a hen ddodrefn derw hyd y lle, ond arweiniodd Sally ni i stafell wedi ei dodrefnu mewn dur, gwydr a lledr gwyn. Dim ond y lle tân marmor a'r nenfwd addurnedig oedd yn awgrymu unrhyw hynafiaeth. Roedd Sally, mae'n amlwg, yn hen gyfarwydd ag ymateb pobl wrth gerdded i mewn i stafell oedd wedi ei dodrefnu mor ddoniol o anaddas. 'Mae pawb yn meddwl bod colled arnon ni'n llenwi stafell fel hon efo dodrefn modern, ond mae Harry'n hoffi cael rhywle i ddianc oddi wrth ei fusnes.'

'Oes gennych chi siop yma yng Nghaerfaddon?' gofynnais.

'Nac oes,' atebodd Harry, gan wneud imi ofidio fy mod i wedi crybwyll y peth.

Unwaith eto, daeth Sally i'r adwy. 'Mae gan Harry dair warws. Dwy ym Mryste ac un yn Llundain.'

'Beth gymeri di i yfed?' gofynnodd Harry, a oedd yn amlwg wedi penderfynu mai dyna'r ffordd gyntaf i gael gwared â ni.

Roedd wedi anwybyddu Alice a throais innau ati i'w chynnwys yn y cwestiwn.

Gwenodd Alice yn ansicr. Roedd hi'n amlwg ar

bigau'r drain. 'Sudd oren, os gwelwch yn dda, os oes gynnoch chi beth.'

'Galwyni o'r stwff,' meddai Harry, fel pe bai'n beio rhywun am hynny. 'A beth gymeri di?'

'Wisgi a soda, plîs.'

Cerddodd tua'r drws a galwodd Sally ar ei ôl, 'Mi gymera i fodca a . . . ' Ond roedd Harry wedi cau'r drws ar ei ôl, gan ei hanwybyddu. Dywedodd Sally wrthym am eistedd a chynnig sigarets i ni. Taniodd un iddi ei hun a sefyll ger y lle tân gydag un o'i choesau noethion yn ymwthio allan o'i gŵn gwisgo. 'Mae Harry'n ddyn pwysig iawn yn y busnes hen bethau,' meddai. 'Rydych chi'n ffodus iawn ei fod o gartref.' Mater hawdd fyddai anghytuno, ond bwriodd Sally ymlaen â'i stori. 'Mae o'n teithio llawer i brynu hen ddodrefn ac ati, ac yna'n eu hallforio nhw i America.' Sylwodd ar fy esgidiau. 'Rydw i'n gweld eich bod chi wedi cael diwrnod yn y wlad.'

Roeddwn i wedi sylwi ar y carped gwyn, ond wedi anghofio popeth am gyflwr ein hesgidiau. Roedd ôl fy nhraed yn arwain o'r drws at y gadair lle'r eisteddwn.

Sylwodd Alice ar fy mhenbleth ac atebodd yn fy lle. 'Do, rydyn ni wedi bod i weld y fferm lle roedd Arthur yn aros yn ystod y rhyfel.'

'Americanes ydych chi!' meddai Sally. 'Mi fydd Harry wrth ei fodd.'

Cefais gryn anhawster i gredu hynny, ond ailgydiais yn y sgwrs. 'Dydy'r fferm ddim wedi newid rhyw lawer.'

'Ar wahân i'r berllan,' meddai Sally, gan dynnu'n ddwfn ar ei sigaret. 'Maen nhw wedi codi'r coed i gyd o'u gwreiddiau.'

'Mae hynny'n ddigon dealladwy,' atebais. 'A dweud y gwir, roedd o'n syndod i mi weld bod y Lockwoods yn dal i fyw yno.'

'Pobl od ydyn nhw,' meddai Sally. 'Fuoch chi'n siarad efo nhw?'

'Dim ond efo Bernard, y mab.'

'Bernard sy'n ffermio'r ddwy fferm erbyn hyn. Mae'r hen gwpwl yn edrych ar ôl yr ardd ger y tŷ, a dyna'r cwbl.'

'Ydych chi'n cadw mewn cysylltiad â nhw?'

Ysgydwodd ei phen. 'Roedd Barbara druan yn werth y byd, ac mae ei mam wedi galw yma am gwpanaid o goffi, ond does gen i ddim i'w ddweud wrth y ddau ddyn.'

'Fyddwch chi'n galw yn y pentre weithiau?'

'Byddaf, bob cyfle ga i. Rydw i'n nabod cymaint o bobl yno. Mi fydd Harry'n galw yn y dafarn ynglŷn â'i waith o bryd i'w gilydd. Gwaith ydy popeth i Harry.' Tynnodd ei bysedd drwy ei gwallt. 'Mi fydda i'n hiraethu am yr hen ddyddiau.'

'Ydych chi'n cofio cynaeafu'r afalau yn y berllan?'

'O, ydw. Mi gawson ni lawer o hwyl yr amser hwnnw.'

'Yn dweud eich ffortiwn efo hadau afalau.'

Gwenodd arnaf. 'Wyt ti'n cofio hynny?'

'Ydw, rydw i'n cofio Barbara'n hollti afal a chael tri hedyn. Tincer, teiliwr, milwr.'

Ciliodd y wên o wyneb Sally. 'Ac fe holltodd hi'r drydedd garreg, y milwr, efo'r gyllell, y greadures fach. Roedd hi'n torri'i chalon yn lân, a hithau'n feichiog a phopeth.'

'Oeddech chi'n gwybod ei bod hi'n feichiog?'

'Fyddwn i a Barbara byth yn celu unrhyw gyfrinach oddi wrth ein gilydd. Roedden nhw'n cynllunio i briodi.'

'Ond sut gallen nhw? Roedd ganddo fo wraig a phlentyn yn barod.'

Ysgydwodd Sally ei phen, 'Nac oedd, siŵr iawn.'

'Gartref yn America.'

Roedd sŵn traed Harry yn dynesu at y drws.

Atebodd Sally'n frysiog mewn llais isel, 'Rwyt ti wedi camddeall popeth.' Yna, trodd i wynebu'r drws a dweud yn uchel, 'Mi gawson ni law trwm iawn yma drwy'r prynhawn, on'd do, Harry?'

Chymerodd Harry ddim sylw. Roedd fel pe bai yn ei hanwybyddu drwy'r amser.

127

Doeddwn i ddim yn barod i barhau â'r sgwrs. Roeddwn i'n pendroni ynglŷn â'r hyn a ddywedodd Sally. Byddwn wedi hoffi cael gwybod rhagor, ond gallwn synhwyro oddi wrth y ffordd roedd hi wedi ymateb na fyddai hynny'n ddoeth yng ngŵydd Harry.

Estynnodd Harry'r diodydd i ni. Edrychodd Sally ar ei gwydr, 'Beth ydy peth fel hyn?'

'Sudd oren,' meddai Harry heb edrych arni, 'yr un fath ag i'r ferch ifanc yma.'

'Sudd oren o ddiawl!' meddai Sally gan gychwyn am y drws. 'Mi roith diferyn o fodca dipyn o gic ynddo fo.'

Symudodd Harry'n hynod o sionc o ddyn o'i faint, a chydio yn ei garddwrn. 'Sudd oren a dim fodca,' meddai.

Edrychodd Sally'n filain arno cyn tynnu ei llaw yn rhydd a rhedeg o'r stafell.

'Mae'r cwpwrdd wedi ei gloi,' galwodd Harry ar ei hôl, ac yna eglurodd yn gwbl ddianghenraid, 'Dydy hi ddim i fod i yfed alcohol.'

Bu distawrwydd anesmwyth am beth amser. Teimlwn fy mod i wedi gwneud fy rhan, ac mai tro Harry oedd hi i gychwyn sgwrs y tro hwn. Roeddwn i'n benderfynol o beidio â'i helpu.

Bu'n rhaid iddo ildio. 'Ac rwyt ti'n cofio Duke?'

Nodiais.

'Bachgen da oedd Duke,' meddai'n fyfyriol. 'Druan ohono fo.'

Ddywedais i'r un gair, a bu'n rhaid i Harry ddal ati. Roedd yr hyn a ddywedodd yr un mor ysgytwol â'r hyn roedd Sally wedi ei ddweud rai munudau cyn hynny.

'Mi ddylai fod yn fyw heddiw.'

'Beth ydych chi'n feddwl?' holodd Alice yn gynhyrfus.

'Dim ond yr hyn ddwedais i, cariad. Doedd Duke ddim yn euog, ac mi fyddwn i wedi gallu ei achub o.' Cododd Harry i estyn sigâr o lestr ar y silff ben tân, a bu'n rhaid i ni aros tra oedd yn mynd drwy'r ddefod o'i thanio.

Ceisiais gyfleu nad oeddwn i'n barod i lyncu ei stori ar chwarae bach. 'Rydych chi'n dweud y byddech chi wedi gallu ei achub o, ond wnaethoch chi ddim.'

Gwgodd Harry drwy'r mwg. 'Sut gallwn i? Ble roeddwn i ym 1945 pan oedd Duke o flaen ei well? Roeddwn i yn rhywle ar gyrion Berlin. Welais i mo Duke ar ôl i ni lanio yn Normandi, fe gafodd ein hunedau ni eu gwahanu. Y tro cynta i mi glywed am y peth oedd yn Awst '45, a hynny mewn sgwrs dros beint o gwrw. Digwydd taro ar y *padrè* 'ma oedd yn ein gwersyll ni yng Ngwlad-yr-haf, a hwnnw'n gofyn oeddwn i'n cofio Duke Donovan, bachgen tal o Efrog Newydd fyddai'n arfer cyfansoddi a chanu caneuon. Oeddwn i'n gwybod eu bod nhw wedi mynd â fo i Loegr a'i grogi? Roedd y peth yn uffern o sioc i mi.'

'Ac roeddech chi'n meddwl mai chi ddylai fod yn brif dyst yr amddiffyniad?' gofynnais yn goeglyd.

'Rwyt ti'n dechrau deall pethau,' atebodd yntau, yr un mor goeglyd.

Erbyn hyn, roedd Alice yn eistedd ar flaen ei chadair yn gwrando'n astud rhag iddi golli gair o'r hyn oedd gan Harry i'w ddweud. 'Sut gwyddoch chi nad oedd fy nhad yn euog?' meddai.

Dyna ddiwedd ar ein cytundeb ni i beidio â datgelu pwy yn hollol oedd Alice, ond allwn i mo'i beio hi. Roedd hi wedi cyffroi cymaint nes iddi gyfeirio at ei thad yn gwbl ddifeddwl.

Doedd Harry ddim yn cysgu. 'Pwy gythraul wyt ti?'

Dyna pryd y sylweddolodd Alice beth roedd hi wedi ei ddweud, a doedd ganddi ddim syniad sut i ateb. Edrychodd yn ddryslyd arnaf, ac atebais innau ar ei rhan. 'Merch Duke ac Eleanor Donovan.'

Pesychodd Harry'n nerfus. 'Wel ar f'enaid i! Merch Elly? Ti ydy merch Elly? Ond pam gythraul na fyddech chi wedi dweud?'

Roedd hi'n bryd imi fod yn onest. 'Doedden ni ddim yn siŵr beth fyddai'ch ymateb chi.'

Doedd yntau ddim yn siŵr sut roedd o am ymateb chwaith. Roedd fel pe bai'n cloffi rhwng dicter a rhyw lun ar deimladrwydd. 'Alla i ddim credu hyn. Fe briodais i ei mam hi, oeddet ti'n gwybod hynny? Fi ydy ei llystad hi.' Cymerodd gam neu ddau i gyfeiriad Alice, fel pe bai'n teimlo fod rhyw ystum tadol yn ddyladwy. Aeth cyn belled ag estyn ei law fel pe bai am gyffwrdd ei hysgwydd, ond newidiodd ei feddwl. Gollyngodd ei law yn araf a gofyn, 'Ac sut mae Elly erbyn . . . '

Unwaith yn rhagor, atebais ar ran Alice. 'Mae hi wedi marw.'

'O, na,' meddai Harry gan ymdrechu i ddangos teimlad nad oedd erioed wedi trafferthu i'w ddangos tuag at Alice o'r blaen. 'Mae'n ddrwg iawn gen i . . . Beth ddigwyddodd?'

'Damwain car rai misoedd yn ôl.'

Ysgydwodd ei ben yn drist, 'Soniodd neb wrtha i.'

Atebais yn giaidd, 'Ydy hynny'n syndod o gofio eich bod chi wedi mynd a'u gadael nhw?'

Anwybyddodd fi. 'Alice, fy nghariad i, os oes rhywbeth y galla i ei wneud . . . '

Chododd hi mo'i phen i edrych arno, 'Dim ond dweud hanes fy nhad wrtha i.'

Nodiodd Harry ei ben a chydio yn ei wydr, 'Mae'n well i mi gael diod arall yn gynta. Oes ar un ohonoch chi eisiau un?'

Aeth allan a'n gadael ar ein pennau'n hunain.

Cynigiais fy ngwydr i Alice, 'Gymeri di lymaid o hwn?'

Ysgydwodd ei phen.

Rhybuddiais hi, 'Paid â disgwyl gormod oddi wrth Harry. Dydw i ddim yn sicr faint o goel i'w roi arno fo.'

Wn i ddim a glywodd Harry fi'n mynegi fy marn ai peidio, ond fe ddaeth yn ôl i'r stafell yr eiliad honno, ac roedd yn awyddus i ailgydio yn ei stori.

'Iawn, Alice, os wyt ti eisiau'r gwir am dy dad, rwyt ti wedi dod at yr union ddyn. Roedden ni'n dau yn ffrindiau ers oesoedd, yn perthyn i'r un clwb pêl-fâs pan oedden ni'n fechgyn. Ydy hynny'n dy synnu di?' Aeth drwy'r mosiwn o daflu pêl. 'A byddai dy fam yn dod i'n gweld ni'n chwarae. Roedd hi a Duke yn yr un ysgol. Eleanor Beech. Gwallt golau fel ti, a'r un mor ddeniadol. Wel, bron iawn beth bynnag. Mi allwn i ddangos lluniau ohoni i ti.'

'Mi wnaiff geiriau'r tro yn iawn,' meddwn i'n biwis.

'O, wel, chi sydd i ddweud. Cariad Duke oedd Elly Beech, ond mi fyddwn innau'n mynd â hi allan weithiau.' Gwenodd wrth gofio. 'Wel, nid mynd â hi allan yn hollol. Prynu hufen iâ a soda iddi hi ambell waith, a chael cerdded adre efo hi wedyn. Roedd Duke yn dalach na fi, ac yn llawer mwy golygus, nid fod hynny'n llawer o gamp. Roedd y merched i gyd yn gwirioni ar Duke.' Oedodd am ychydig i ni gael amser i werthfawrogi ein bod ym mhresenoldeb gŵr gwylaidd a mawrfrydig. Yna ychwanegodd, 'Roeddwn i flwyddyn neu ddwy yn hŷn na fo, a mwy profiadol. Roeddwn i'n gallu gwneud i Elly chwerthin a chael hwyl. Mae'n wir nad ydw i ddim yn dal iawn, ond ches i erioed drafferth lle mae merched yn y cwestiwn.'

Naddo, meddyliais, chest *ti* ddim trafferth efallai, ond mi roist ti ddigon o drafferth a phoen i dy wragedd.

Dechreuodd Harry sôn am ei yrfa yn y fyddin. Roedd wedi ymuno ym mis Rhagfyr 1941, y diwrnod ar ôl i America ddod i mewn i'r rhyfel. 'Roeddwn i'n ddigon hirben i sylweddoli mai'r rhai cyntaf i wirfoddoli fyddai'n dod yn eu blaenau yn y fyddin. Ar ôl deunaw mis, roeddwn i'n sarsiant. Rhoddais yr un cyngor i Duke, ac mi ymunodd yntau y munud roedd o'n ddigon hen ym '42. Roedd arno eisiau'r arian er mwyn priodi Elly, ac fe briodon nhw rywbryd ym '43.'

Gallai Alice fod yn fwy manwl. 'Y pumed o Ebrill.'

Gwenodd Harry'n dadol arni. 'Diolch, cariad, rwyt ti'n siŵr o fod yn iawn, achos doedden nhw ddim wedi bod yn briod am fwy na rhyw fis neu ddau pan gawson ni ein symud i Shepton Mallet, Lloegr. Ym mis Mehefin roedd hynny. A thwll o le oedd o hefyd, croes garreg, carchar a phum mil ohonon ni yn y gwersyll heb affliw o ddim i'w wneud i ladd yr amser. Dydy hi'n ddim syndod 'mod i wedi colli fy nhair streipen am ddod â merched i mewn i'r gwersyll yn y nos.'

Cefais fy nhemtio i droi arno unwaith yn rhagor, ond doeddwn i ddim am ei fwrw oddi ar ei echel. 'Dydw i erioed wedi bod yn Shepton Mallet,' meddwn i.

'Paid â thrafferthu mynd,' meddai Harry, gan brysuro ymlaen. 'Felly, dyna lle roeddwn i'n soldiwr cyffredin unwaith eto ac, yn naturiol, fe ddechreuais i a Duke dreulio llawer o amser yng nghwmni'n gilydd. Roeddwn i'n dal yn gyfeillgar efo'r sarsiant oedd yn gyfrifol am foduron y gwersyll, a mater hawdd oedd benthyca jîp i fynd i grwydro'r wlad.'

'A beth am Duke?' gofynnais. 'Beth oedd hanes Duke?'

'O, roedd Duke yn un o'r goreuon. Roedd pawb yn hoff o Duke. Roedd o'n ganwr da ac yn cyfansoddi ei ganeuon ei hun, ac roedd unrhyw un oedd yn gallu gwneud unrhyw beth i'n diddanu ni yn cael ei werthfawrogi mewn lle fel Shepton Mallet.'

'Rwy'n cofio Barbara'n canmol Duke ar ôl iddi ei glywed yn canu mewn cyngerdd yn y gwersyll.'

'Wyt ti'n wir? Mi alla i gredu hynny hefyd, mi fydda Duke wedi gallu ennill bywoliaeth yn ysgrifennu caneuon. Roedd o'n hoff iawn o gynnwys rhai o eiriau Gwlad-yr-haf yn ei ganeuon, ac mi fyddai wrth ei fodd yn gwrando ar bobl yr ardal yn siarad.'

'Byddai, mi wn i. Mi fyddwn i'n casglu rhai o'r geiriau dieithr byddwn i'n eu clywed iddo fo. Roedd ganddo fo restrau ohonyn nhw.'

Tynnodd Harry ar ei sigâr ac edrych arnaf gyda gronyn mwy o barch. 'Rydw i'n cofio'r rhestri hynny. A dweud y gwir, roedden nhw'n ddefnyddiol iawn pan oeddwn i'n mynd allan efo Sally.'

'Oeddech chi'n cael trafferth i'w deall hi'n siarad?'

'Nac oeddwn, siŵr iawn, dim byd felly. Ond roedd ei rhieni'n ei chadw hi'n gaeth iawn, doedden nhw ddim yn fodlon iddi fynd allan efo un o filwyr America ar ei phen ei hun. Os oedd pedwar yn y grŵp, roedd hynny'n wahanol, felly mi berswadiais i Duke a Barbara i ddod allan efo ni.' Gwenodd yn gyfrwys. 'Mi ddwedais y byddai'n gyfle da iddo glywed rhagor o dafodiaith yr ardal, ac mi gytunodd Duke.'

Gwenais yn ôl arno, 'Naddo!'

'Ar fy ngwir i ti. Dim gair o gelwydd.'

Doedd ei stori ddim yn gwneud synnwyr. Roeddwn i wedi gwylio Barbara'n cerdded i lawr y ffordd o'r fferm bob nos yr hydref hwnnw, gan ddweud wrth ei rhieni ei bod hi'n mynd i gyfarfod Sally, a minnau'n gwybod yn iawn mai mynd i gwrdd â Duke roedd hi. Byddai'n galw yn fy stafell wely'n aml ar ôl cyrraedd yn ôl, yn hapus fel y gog a'i hwyneb yn writgoch gan gusanau. Roeddwn i'n *gwybod*, ac roeddwn i wedi dioddef curfa am gadw'r gyfrinach. Fyddwn i ddim wedi dioddef slipar Mrs Lockwood am ddim byd.

'Efallai mai fo oedd yn tynnu eich coes *chi*,' awgrymais.

'Wel, roedd o'n gwybod ei fod o'n gwneud ffafr â mi,' cytunodd Harry. 'Un felly oedd Duke, y ffrind gorau fu gen i erioed.'

Roedd Harry'n benderfynol o beidio â deall. 'Roedd Duke a Barbara'n gariadon.'

Clywais Alice yn rhoi ochenaid fer.

'Dim o'r fath beth,' meddai Harry'n wyllt.

'Ond y nefoedd fawr, roedd hi'n disgwyl ei blentyn o!'

Gwelais Alice yn gwingo yn ei chadair. Anwybyddais hi. Dadl rhyngof fi a Harry oedd hon.

Taflodd Harry ei sigâr yn ffyrnig i'r lle tân a rhuthro tuag ataf a'i wyneb yn fflamgoch. 'Cod ar dy draed a dweud hynna!' gwaeddodd yn fy wyneb.

Atebais mor bwyllog ag y gallwn. 'Fe ddylech chi

ddarllen hanes yr achos. Yn ôl yr archwiliad post-mortem, roedd hi'n feichiog ers dau fis.'

Cydiodd yn fy sweter a cheisio fy nghodi o'r gadair, ond cydiais innau yn ei fraich i'w rwystro. Mae gen i freichiau ac ysgwyddau cryfion. Rydw i'n gorfod dibynnu mwy arnyn nhw na'r rhan fwyaf o bobl.

Wn i ddim pa mor hir y bydden ni wedi bod yno'n ymryson fel dau garw a'u cyrn ymhleth, oni bai i Alice gipio fy ffon yn sydyn a rhoi pwniad galed i Harry yn ei asennau. Gollyngodd ei afael a chamu'n ôl gan droi'r bwrdd a pheri i weddill fy wisgi dasgu dros y carped gwyn.

Roedd Alice ar gefn ei cheffyl. Safai yno â'i llygaid yn melltennu. 'Dyna ddigon o'r lol yna,' cyfarthodd ar ei llystad.

Rhwbiodd Harry ei ochr yn rwgnachlyd. 'Doedd ganddo fo ddim hawl i siarad fel'na am fy ffrind gorau fi,' meddai fel plentyn pwdlyd.

Edrychodd Alice yn ddilornus arno. 'Dydy'r busnes teyrngarwch 'ma ddim yn gweddu i ti, Harry.'

Roeddwn i'n cael blas ar ei pherfformiad hi, ond y funud nesaf roedd hi wedi troi i'm hwynebu. 'A phaid titha â'i blagio fo efo'r siarad gwirion 'na. Rydyn ni wedi dod yma i wrando, nid i gweryla. Fy musnes i ydy hyn, a dydw i ddim yn bwriadu i ti na neb arall sbwylio petha i mi.'

Sôn am fod yn ddiolchgar! Teimlwn fy nghasineb tuag ati'n ffrydio'n ôl. Er mwyn ceisio helpu'r ferch benstiff, afresymol, yma, roeddwn i wedi aberthu fy mhenwythnos, wedi colli cwsg, wedi tynnu un o ddynion y wasg i 'mhen, wedi gyrru milltiroedd i berfeddion Gwlad-yr-haf, a wynebu gwylltineb ffermwr arfog.

Gallwn fod wedi ei hatgoffa y byddai hi'n dal i sefyll ar garreg y drws pe bai hi wedi mynd o gwmpas pethau yn ei ffordd ei hun.

Llwyddais i fygu fy nghynddaredd, a rhythais arni gan geisio cyfleu fod fy stôr o gydymdeimlad wedi ei ddisbyddu. 'Os mai dy fusnes di ydy o, rhyngddot ti a dy botes o hyn allan.'

Mae'n rhaid imi gydnabod na chythruddodd fy ngherydd yr un gronyn arni. Hi oedd wrth y llyw bellach, ac roedd pob arlliw o nerfusrwydd wedi llwyr ddiflannu. Gwthiodd ei gwallt yn ddiamynedd oddi ar ei thalcen, a phwyntio at y bwrdd â'r ffon oedd yn dal yn ei dwylo. 'Cod y bwrdd 'na, Harry,' gorchmynnodd.

Ufuddhaodd Harry heb yngan gair.

Pennod 14

'Beth am i ti eistedd i lawr?' Wedi i Harry dderbyn yr awgrym mor ufudd â chi bach, edrychodd Alice yn herfeiddiol arno. 'Roeddet ti'n ymffrostio y byddet ti wedi gallu dweud rhai pethau o bwys pe bait ti wedi cael cyfle i fod yn y llys. Wel, dyma dy gyfle di. Rydw i am glywed yr hyn sydd gen ti i'w ddweud am yr hyn ddigwyddodd yn ystod yr wythnosau hynny ym 1943.'

Fel bargyfreithiwr profiadol yn croesholi tyst, cafodd Harry i adrodd ei stori. Clywodd amdano ef a Duke yn fy nghyfarfod i yn siop Miss Mumford, yn gyrru yn y jîp i *Gifford Farm*, yn cwrdd â Barbara ac yn cynnig dod i helpu yn y berllan.

'Pam?' gofynnodd Alice ar ei draws.

Cododd Harry ei aeliau yn ddryslyd, ac ni wyddai sut i'w ateb. Roedd hi wedi mynd â'r gwynt o'i hwyliau'n llwyr.

'Pam roeddech chi'n cynnig helpu?'

'Wel, roedden ni'n falch o gael rhywbeth i'w wneud yn ein hamser sbâr, yn lle cicio'n sodlau yn y gwersyll yn Shepton Mallet. Ac roedden ni wedi cael addewid am beint neu ddau o seidr am ddim a . . . a chyfeillgarwch.'

'Felly Barbara oedd yr atyniad?'

'Ie, ar y cychwyn, am wn i. Roedd hi'n ferch eithriadol o bert. Croen claerwyn, bochau gwritgoch, gwallt fel y frân. Merch hyfryd iawn, ond roedd hi'n gwybod sut i gadw rhywun hyd braich.' Ac i derfynu'r folawd ychwanegodd, 'Mi wyddwn i o'r cychwyn na chawn i byth lwyddiant efo hi.'

'Ond beth am Duke?' Pe bai angen prawf o'i hunan-reolaeth, roedd i'w ganfod yn glir yn y ffordd y gofynnodd hi'r cwestiwn. Duke oedd yr enw y tro hwn, heb unrhyw argoel o'r teimladrwydd a glywid pan fyddai'n cyfeirio at 'fy nhad'.

Siglodd Harry ei ben. 'Roedd Duke yn ŵr priod.'

'Fel cannoedd o fechgyn eraill o America fyddai'n chwilio am ferch lle bynnag bydden nhw,' meddai Alice. 'Rydw i am i ti fod yn gwbl onest efo mi, Harry.'

'Edrychodd Duke ddim ar ferch arall yr holl amser buodd o yn y wlad yma.'

Heb godi ei llais, atebodd Alice yn bwyllog, 'Dydy hynna ddim yn hollol wir, nac ydy Harry? Fe aeth o â Barbara i gyngerdd yn y gwersyll.'

Doedd Harry'n elwa dim ar hunanfeddiant Alice. Cododd ei lais i brotestio'n wichlyd. 'I fy helpu fi y gwnaeth o hynny.' Ac yna llifodd y geiriau allan. 'Roedd hynny ugain mlynedd yn ôl pan fyddai merched ifanc parchus yn mynd allan fesul dwy er mwyn bod yn ddiogel rhag hwrgwn fel fi. Allwn i ddim mynd â Sally allan heb gael rhywun i gadw cwmni i'w ffrind hi. Dyna pam daeth Duke efo ni. Roedd o'n gyrru'r jîp a'i ddwylo'n ddiogel ar y llyw a Barbara'n eistedd wrth ei ochr yn dal ei bag llaw ar ei glin. Prin iawn roedden nhw'n siarad â'i gilydd. Yn y sedd gefn roedd pethau'n digwydd.'

'Ac ar ôl y noson honno?'

Edrychodd Harry'n hurt arni.

'Fydden nhw ddim yn cyfarfod yn ddirgel?' gofynnodd Alice.

'Arglwydd mawr! Yn lle?'

'Ar hyd y ffyrdd o amgylch y fferm. Barbara'n mynd allan am dro a Duke yn aros amdani yn y jîp.'

'Pwy sydd wedi bod yn dweud y sothach yma wrthot ti, Alice?'

Atebodd Alice ddim. Edrychodd hi ddim i'm cyfeiriad innau chwaith.

'Gwranda,' meddai Harry. 'Mi fyddai Duke yn treulio'i gyda'r nosau yn ysgrifennu llythyrau at Elly. A phe bai o wedi bod yn mynd allan yn y nos, mi fyddwn i'n gwybod am y peth, ac mi fyddwn i wedi mynd gydag o.'

'Efallai na soniodd o ddim wrthot ti.'

'Dim perygl, a ph'un bynnag fydda fo ddim wedi gallu mynd ymhell. Cofia di mai fi oedd yr un oedd yn gallu cael benthyg y jîp.'

Aeth Alice yn ei blaen yn gwbl ddigyffro, 'Gad i ni sôn am rywbeth arall, 'te. Fe fuoch chi'ch dau yn saethu ar y fferm efo Mr Lockwood a'i fab.'

Doedd Harry ddim am ddadlau y tro hwn. Gwenodd. 'Os galli di alw'r peth yn saethu. Yr unig ddryll oedd gen i a Duke oedd un .45 rhyngddon ni'n dau, pistol otomatig. Saethon ni ddim byd. A chyn i ti ofyn, naddo, ddaeth Barbara ddim efo ni.'

'Ond fe ddaeth hi efo chi dro arall.'

'Roedd hynny'n wahanol. Roedd Duke wedi addo i'r bachgen y byddai'n ei ddysgu i danio'r .45.' Trodd Harry ei lygaid arnaf. 'Ydw i'n iawn?'

Cytunais.

Aeth yn ei flaen, 'Do, fe ddaeth Barbara efo ni ac fe daniodd pob un ohonon ni ychydig o ergydion at hen dun.'

'Ac yna?'

'Mi gadwon ni'r dryll yn nrôr cwpwrdd lle byddai'r ffermwr yn cadw ei ddrylliau.' Crechwenodd yn slei. 'Roedd y .45 hwnnw fel potel *Coke* — doedd dim modd ei ddychwelyd.'

'Ac felly mi fyddai unrhyw un wedi gallu mynd â'r dryll o'r drôr ar ddiwrnod y llofruddiaeth?'

Doedd gan Harry ddim i'w ddweud.

Ond doedd Alice ddim wedi gorffen o bell ffordd. 'Beth am y busnes gwneud seidr? Mi fuost ti a Duke yn y fferm amryw weithiau yn ystod y cyfnod hwnnw.'

'Do.'

'Ac mi welsoch chi Mr Lockwood yn rhoi cig dafad yn y casgenni?'

'Do.'

'Ac roeddech chi yno pan ddwedodd Bernard ei fod wedi gweld beic Cliff Morton mewn ffos yn rhywle ar y fferm?'

Roedd Harry'n fwy llafar y tro hwn. Pwyntiodd un o'i fysedd pwt ati. 'A dyna beth arall. Prin bod Duke, mwy na finnau, wedi cyfarfod y bôi roedden nhw'n dweud iddo'i saethu. Y tro cynta' buon ni yno'n helpu yn y berllan, mi fuodd 'na ryw helynt. Mae'n debyg fod Morton wedi ceisio cymryd mantais ar Barbara. Fe ddangoswyd y gât iddo fo, a dyna'r tro cynta a'r ola' i ni ei weld o.'

Allwn i ddim peidio â thorri i mewn. Roedd ateb Harry yn gwbl amherthnasol. 'Dydy'r ffaith nad oedd Duke yn adnabod y dyn nac yma nac acw. Fe'i saethodd o am ei fod o wedi ymosod mor ffiaidd ar Barbara.'

Edrychiad deifiol o gyfeiriad Alice oedd fy ngwobr am feiddio ymyrryd. 'Wnei di adael hyn i mi?' gofynnodd, cyn rhoi ei sylw i Harry unwaith yn rhagor. 'Y prynhawn hwnnw, roeddet ti a Duke wedi dod i'r fferm i wahodd Barbara a Sally i barti.'

'Parti Diolchgarwch,' meddai Harry. 'Ac unwaith eto, cyn i ti ofyn, fy syniad i oedd o. Roeddwn i am gael cyfle arall i fynd â Sally allan. Efallai y bydd hi'n anodd gen ti gredu ar ôl yr hyn welaist ti rai munudau yn ôl, ond roedd Sally wedi gwirioni amdana i'r dyddiau hynny. A'r noson honno oedd fy nghyfle i. Y cwbl oedd rhaid imi ei wneud oedd trefnu pethau i gadw tad a mam Sally'n hapus. Felly fe berswadiais i Duke i fod yn bartner i Barbara yn y parti, a doedd hynny ddim yn hawdd, coelia di fi. Oni bai am y caneuon yn iaith Gwlad-yr-haf roedd o'n ceisio eu cyfansoddi, fyddwn i ddim wedi llwyddo. Doedd o ddim yn sicr ynglŷn â rhai geiriau.'

'Ac mi ddwedaist tithau y byddai Barbara'n gallu ei helpu?'

'Rwyt ti wedi'i gweld hi.'

'Ac rwyt ti'n berffaith sicr nad oedd dim byd arall rhwng y ddau?'

'Duke a Barbara?' Choelia i fawr!'

'Ond beth am Barbara? Efallai ei bod hi â'i llygad arno fo.'

'Mae'n amheus gen i. Rydw i'n meddwl mai gwneud ffafr â'i ffrind, Sally, roedd hithau.'

Edrychodd Alice yn feddylgar. 'Efallai y dylwn i ofyn i Sally.'

'Ie. Pam lai?' Croesawai Harry'r gobaith y câi lonydd tra byddai hi'n arthio ar rywun arall.

'Dydw i ddim wedi gorffen efo ti eto. Roeddech chi wedi galw am Sally ar eich ffordd i'r fferm?'

'Oedden.'

'Ac?'

Ochneidiodd Harry, doedd dim dihangfa i fod. 'Doedd hi'n gwybod dim am y parti cyn hynny. Doedd hi erioed wedi clywed am ein ffordd ni o ddathlu Diolchgarwch, ac roedd hi wrth ei bodd. Dwedais ein bod ni ar ein ffordd i nôl Barbara, ac roedd hynny'n bodloni ei rhieni. Fe aeth Sally i wneud ei hun yn barod, ac roedden ni'n tri yn cyrraedd y fferm mewn llai nag awr.'

'A phan gyrhaeddoch chi *Gifford Farm*?'

Tynnodd Harry ei sbectol a rhwbio ei lygaid wrth i'r atgofion lifo'n ôl. 'Roedd pawb mewn hwyliau da yn y fferm hefyd, nid am ei bod hi'n Ddiolchgarwch, ond am fod y llwyth olaf o afalau yn mynd drwy'r felin, a honno'n chwyrnu a rhygnu dros y lle. Roedd yr hen Lockwood wedi rhoi digon o seidr i bawb, ac wedi gyrru'r gweision adre'n gynnar. Ac roedd Mrs Lockwood wedi paratoi scons a hufen ac yn cynnig rhai i ni, ond roedd arnon ni eisiau dweud wrth Barbara am y parti yn gynta, er mwyn iddi gael gwneud ei hun yn barod.'

'Ac mi sonioch am y parti wrth y Lockwoods?'

'Doedd dim rhaid i ni. Roedd Sally yno yn ei ffrog orau.'

'Mae'n rhaid ei bod hi'n rhynnu.'

'A hithau'n eistedd ar fy nglin i? Ond i ateb dy gwestiwn di. Fe egluron ni am y parti ac roedden nhw'n berffaith fodlon. Felly fe aeth Duke a finnau i chwilio am Barbara. Roedd hi yn un o'r caeau yn godro, meddai ei mam. Ond doedd dim golwg ohoni, a doedd y gwartheg ddim wedi eu godro. Felly yn ôl i'r tŷ â ni rhag ofn ei bod hi wedi cyrraedd o ryw gyfeiriad arall, ond doedd hi ddim yno.' Pwyntiodd yn sarhaus i'm cyfeiriad i. 'Mi all o ddweud y gweddill wrthot ti.'

Ond doedd o ddim am gael dianc mor rhwydd. 'Rydw i wedi clywed ei fersiwn o,' meddai Alice yn chwyrn. 'Wedi dod yma i glywed dy stori di rydw i.'

'Wyt ti eisiau clywed y cwbl?'

'Oes, wrth gwrs. Pob manylyn.'

'Rwyt ti'n mynd i gael dy siomi,' rhybuddiodd Harry.

'Fi sydd i benderfynu hynny.'

Wrth wrando arni, roeddwn i'n gymysgedd o ddicter ac edmygedd. Roedd hi'n trin Harry'n feistrolgar, yn ei gadw dan ei bawd ac ar yr un pryd yn llwyddo i beidio â'i wylltio'n ormodol. A'r hyn oedd yn fy synnu oedd ei bod hi'n cofio pob tamaid o'r stori ddigon aflêr roeddwn i wedi ei hadrodd yn oriau mân y bore hwnnw. Ac roedd hi nid yn unig yn cofio'r stori, roedd hi wedi gosod pob digwyddiad yn ei union drefn. Allai cyfrifiadur ddim bod wedi prosesu'r wybodaeth yn well. Mae'n wir fy mod i'n dal yn flin wrthi am droi arnaf fel y gwnaeth hi, ac am beidio â herio rhai o'r pethau cyfeiliornus roedd Harry wedi eu dweud, ond allwn i ddim peidio â chydnabod ei bod hi wedi llwyddo i'w gael i siarad yn llawer rhwyddach nag y byddwn i wedi ei wneud.

Ac er ei holl wadu, ar y diwedd y daeth rhai o'r manylion mwyaf diddorol.

'Doedd gen i ddim rhan o gwbl yn yr hyn ddigwyddodd,' meddai. 'Sally ddwedodd wrtha i am yr hyn oedd wedi digwydd i Barbara, ac roedd hi wedi clywed gan Mrs Lockwood.'

'Y stori i gyd ddwedais i,' meddai Alice. 'Roeddet ti'n sôn am y gwartheg heb eu godro a dim golwg o Barbara yn unman.'

Rhoddodd Harry ei sbectol yn ei hôl ar ei drwyn, ac ysgwyd ei ben yn ddryslyd. 'Ond rwyt ti'n gwybod beth ddigwyddodd. Mi ddaeth y bachgen ar draws Cliff Morton yn treisio Barbara yn y sgubor a rhedeg allan i ddweud wrth y person cynta welodd o. Duke fel y digwyddodd pethau.'

'Nage, Harry,' meddai Alice yn bwyllog. 'Nid dyna rydw i am ei glywed. Mae arna i eisiau gwybod beth roeddet ti'n ei wneud.'

Roedd hi'n amlwg fod Harry'n ei chael yn anodd i ailgreu'r sefyllfa. Gwingodd yn ei gadair. 'Wel, roeddwn i'n chwilio am Barbara.'

'Ble roeddet ti'n chwilio?'

'Yn y beudái. Ac mi gymrodd dipyn o amser i chwilio drwy bob un o'r corau.'

'Ac wrth gwrs, ddoist ti ddim o hyd i ddim byd. Glywaist ti rywbeth?'

Oedodd Harry am ysbaid. 'Roedd y felin seidr yn dal i droi.'

'Felly, fe glywaist ti'r felin. Unrhyw beth arall?'

'Naddo.'

'Ac ar ôl chwilio'r beudái, beth wedyn?'

'Yn ôl i'r tŷ.'

'Felly, fe groesaist ti'r buarth?'

'Do.'

'Welaist ti rywun?'

'Barbara a'i mam. Roedden nhw'n cerdded o'm blaen i at ddrws y gegin. O, maen nhw wedi dod o hyd iddi, meddyliais. Y cwbl sydd ei angen nawr yw i Duke ddweud wrthi am y parti. Roeddwn i ar gychwyn i chwilio am Duke pan synhwyrais i fod rhywbeth o'i le. A dyma fi'n cymryd golwg arall ar y ddwy ohonyn nhw. Dim ond o'r cefn roeddwn i'n eu gweld nhw, ac roedden nhw ar fin mynd o'r golwg drwy'r drws erbyn hynny.

Roedd braich Mrs Lockwood am ysgwydd ei merch, ac roedd gwallt Barbara dros y lle i gyd. Roedd hi'n dal ei phen yn ôl ac yn ysgwyd fel pe bai hi'n cael sterics.'

'Oedd hi'n sgrechian?'

Cododd Harry ei ysgwyddau. 'Sut gwn i? Roedd y felin gythraul yn byddaru pawb. Cyn belled ag y gallwn i weld, Mrs Lockwood oedd yn ei chynnal hi. Fe aethon nhw i mewn i'r gegin. Roeddwn i'n sefyll yno yn methu gwybod beth ddylwn i wneud nesa, pan ddaeth Sally allan.'

'O'r gegin?'

'Ie, dyma hi'n rhedeg ata i ac yn dweud bod rhywun wedi ymosod ar Barbara. Pwy? meddwn i, ond doedd hi ddim yn gwybod. Roedd hithau wedi cynhyrfu drwyddi ac eisiau imi fynd â hi adre'r funud honno. Ble mae Duke? meddwn i. Wyddai hi ddim, a dyma hi'n fy nhynnu fi i gyfeiriad y jîp. Anghofia amdano fo, a dos â fi adre, meddai hi. Roeddwn i wrthi'n dweud na allwn i ddim mynd hebddo fo, pan ddaeth Duke i'r golwg heibio i'r tŷ seidr a dweud ei bod hi'n well i ni fynd. Mi aeth yn syth i mewn i'r jîp a thanio'r injan.'

'Sut olwg oedd arno fo?' gofynnodd Alice.

'Golwg bell, benderfynol rywsut.'

'A beth am ei ddillad o? Oedd gwaed arnyn nhw? Oedd o'n edrych fel pe bai o wedi bod yn ymladd?'

'Sylwais i ddim fod unrhyw beth o'i le.'

'Oedd ei fotymau o'n agored?'

'Nac oedden, mi fyddwn i wedi sylwi ar beth felly'n syth.'

'A sut roedd o'n ymddwyn?'

'Braidd yn od,' addefodd Harry. 'Rydw i'n cofio meddwl hynny ar y pryd. Mi ofynnais i oedd o'n gwybod beth oedd wedi digwydd i Barbara. A dyma fo'n ateb, fel pe bai o'n gwybod y cwbl am y peth, nad oedd dim byd y gallen ni ei wneud. Roeddwn i'n gandryll. Arglwydd mawr, Duke, meddwn i, mae 'na ddigon y gallwn ni ei wneud. Fe allwn ni gael gafael ar y diawl 'na sy wedi camdrin Barbara. Anghofia am y peth, meddai Duke, a thyrd i mewn i'r jîp. Roedd Sally yn y jîp yn barod ac roedd hithau'n crefu arna i hefyd. Felly mi es i atyn nhw i'r jîp.'

Roedd Alice wedi bod yn gwrando'n eiddgar. Safai yno â'r ffon yn ei dwylo. 'Rydw i am ddeall hyn yn iawn,' meddai wrth Harry. 'Ai dyma'r union eiriau ddefnyddiodd Duke? *Does 'na ddim byd y gallwn ni ei wneud. Anghofia am y peth. Tyrd i mewn i'r jîp.*'

'Roedd hynny flynyddoedd yn ôl,' plediodd Harry.

'Ond mae'n bwysig i ti wneud dy orau glas i gofio.'

'Wel, rydw i bron iawn yn sicr. Efallai fy mod i wedi gadael rhyw reg neu ddwy allan.'

'Ond ac eithrio hynny, dyna ddwedodd o?'

'Ie.'

Safodd yno'n synfyfyrio gan edrych i fyny ar y nenfwd am beth amser. Yna, nodiodd ar Harry. 'Ac yna?'

'I ffwrdd â ni yn y jîp.'

'I ble?'

Roedd y straen o geisio cofio i'w weld yn glir ar wyneb blinedig Harry erbyn hyn. 'Fe ddwedais i mai Duke oedd yn gyrru. Pan gyrhaeddon ni'r groesffordd, fe roddodd ei droed i lawr, ac i ffwrdd â ni i gyfeiriad Shepton Mallet. Chofiodd o ddim byd am Sally. Roedd hi a fi yn y sedd gefn. Pan welodd hi beth oedd yn digwydd, dyma Sally'n galw ar Duke i stopio. Allai hi ddim meddwl am fynd i barti ar ôl yr hyn oedd wedi digwydd i'w ffrind. Fe gydiais i yn ysgwydd Duke a gofyn iddo aros.'

'Wnaeth o?'

'Dim nes roedden ni wedi mynd hanner y ffordd i Shepton Mallet, a hyd yn oed wedyn roedd o'n benderfynol o beidio troi'n ôl.'

'Pam?'

Ochneidiodd Harry. 'Beth wn i? Wn i ddim beth oedd yn ei gorddi fo. Wedyn mi ddechreuodd droi arna i. Beth ddiawl sy'n bod arnoch chi'ch dau? medda fo.

144

Does gynnoch chi ddim byd i boeni amdano. Does dim rhaid i chi ddibynnu arna i na Barbara i fwynhau eich hunain. Gwnewch yn fawr o'ch cyfle.'

'Doedd o ddim yn gweld y cyflwr roedd Sally ynddo?'

'Allwn i ddim cael unrhyw synnwyr ohono fo.'

'A beth am Sally?'

'Sally? Roedd hi wedi dychryn gormod i ddweud dim. Mae'n siŵr ei bod hi'n meddwl am yr hyn oedd wedi digwydd i Barbara.'

'A beth ddigwyddodd?'

'Ar ôl dadlau am beth amser, doedden ni ddim callach, ac mi aeth Duke allan o'r jîp a dweud ei fod yn mynd i gerdded yn ôl i'r gwersyll.'

'Wnaeth o?'

'Do, dim ond tua thair milltir. Ac mi es innau â Sally adre yn y jîp. A dyna ddiwedd y stori.'

Ond roedd gan Alice ei syniadau ei hun am hynny. 'Welaist ti Duke wedyn y noson honno?'

'Naddo, a phe bawn i wedi ei weld o, go brin y bydden ni wedi siarad.'

'Pa bryd cyrhaeddaist ti'n ôl i'r gwersyll?'

'Alla i ddim dweud yn fanwl. Mi ges i beint neu ddau yn y *Jolly Gardener*, ac mi fues i'n gyrru o gwmpas yn y jîp am dipyn i edrych pwy welwn i. Ond ches i ddim lwc y noson honno.'

'Oedd hi cyn hanner nos?'

'O, oedd.'

'A beth ddwedwyd y tro nesa gwelaist ti Duke?'

'Am yr hyn oedd wedi digwydd? Dim byd. Dim gair o gwbl.'

'Doedd pethau ddim yn dda rhyngoch chi?'

'Rhywbeth felly. Wnaethon ni ddim torri gair am wythnosau lawer.'

'Dim hyd yn oed ar ôl i Barbara ei lladd ei hun.'

'Naddo, dim hyd yn oed yr amser hwnnw. Ond fisoedd yn ddiweddarach, pan oedden ni wedi cael ein symud i Colchester, mi grybwyllais i'r peth. Roedd

Duke wedi clywed am farwolaeth Barbara hefyd. Ond doedd arno fo ddim eisiau trafod y peth.'

'Mi alla i ddeall hynny,' meddai Alice mewn llais a awgrymai ei bod hi wedi gorffen holi Harry am y tro. Cododd ei gwydr oddi ar un o'r byrddau ac yfed llymaid neu ddau.

Yn rhyfedd ddigon, o gofio'r driniaeth roedd o wedi ei chael, doedd Harry ddim yn barod i adael pethau ar hynny. Roedd fel pe bai'n teimlo y dylai ddweud rhywbeth yn rhagor i'w gyfiawnhau ei hun. Estynnodd hances o'i boced a sychu ei dalcen, cyn ychwanegu, 'Wyddost ti, pan glywais i am y llofruddiaeth ac am Duke yn cael ei grogi, allwn i ddim credu'r peth. Alla i ddim disgrifio sut roeddwn i'n teimlo. Ar ôl y misoedd o ymladd yn Ewrop, dyma'r sioc yma o glywed am Duke. Roeddwn i ar goll yn lân. Mi gymerodd wythnosau imi ddygymod â'r peth — dim ond i dderbyn bod Duke wedi cael ei grogi. Doedd Duke erioed yn llofrudd.'

Chwythodd Harry ei drwyn yn swnllyd. Roedd hi'n amlwg fod yr hyn roedd wedi bod yn ei ddweud wedi effeithio arno. Ar ôl iddo feistroli tipyn ar ei deimladau, dywedodd, 'Ymhen amser mi ddarllenais i lyfr am yr achos, *The Somerset Skull*, gan ryw newyddiadurwr o Sais.'

'Barrington Miller,' meddwn i'n ddilornus. 'Gwaith siswrn a phast os buodd 'na un erioed.'

'Ie, mae'n debyg,' cytunodd Harry, 'ond dyna lle cefais i hanes yr achos, a gweld nad oedd unrhyw sail i'r achos yn erbyn Duke. Eiddigedd rhywiol? Chlywais i erioed y fath sothach. Wnaeth Duke erioed gyffwrdd blaen ei fys yn y ferch. Os oedd hi'n feichiog, coeliwch chi fi, doedd a wnelo Duke ddim byd o gwbl â'r peth. Rydw i wedi dweud wrthoch chi'n union sut roedd pethau rhwng Duke a Barbara.'

Ddywedais i'r un gair, ac roedd Alice yn dawel hefyd. Efallai ei bod hi'n cael ei gwynt ati cyn dechrau ar Sally.

'A dyna i chi'r swyddog 'na o'r fyddin ddaeth i'r llys i

sôn am gymeriad Duke,' dechreuodd Harry arni'n gwynfanllyd unwaith eto. 'Doedd o ddim yn gwybod y nesa peth i ddim am y dyn. Yr hyn oedd ar ei feddwl o oedd fod Duke wedi dwyn .45 o'r gwersyll ac wedi bod yn benthyca jîp heb ganiatâd. Soniodd o ddim ei fod o'n ŵr ffyddlon ac yn un o'r cymeriadau mwyaf addfwyn yn ei holl fyddin o i gyd.' Chwythodd ei drwyn unwaith yn rhagor. 'Mae'n ddrwg gen i. Does arnoch chi ddim eisiau clywed hyn, mae'n siŵr. Ond mae arna i eisiau egluro fy safbwynt i. Ar ôl darllen yr holl sothach yn y llyfr hwnnw, roedd yn rhaid imi benderfynu beth ddylwn i ei wneud. Roeddwn i gartre yn America erbyn hynny. Beth allwn i ei wneud i glirio enw Duke? Anfon llythyr i'r *Times* yn Llundain? Ysgrifennu at yr Arglwydd Brif Ustus? Beth bynnag wnawn i, allwn i ddim dod â Duke yn ôl. A wyddost ti beth wnes i, Alice 'nghariad i?'

'Dod o hyd i fy mam i,' meddai Alice yn ddiemosiwn.

'Ie, yn hollol. Helpu'r rhai oedd ar ôl. Roedd Elly mewn cyflwr truenus. Dim gwaith, dim pensiwn, a phlentyn i'w fagu. Ac roedd ganddi gywilydd ofnadwy o'r hyn roedd Duke wedi ei wneud. Y peth cynta wnes i oedd ei darbwyllo hi nad oedd ganddi unrhyw reswm dros gywilyddio, a'i sicrhau hi fod Duke wedi ei grogi ar gam. Ac yna fe briodon ni. Rwy'n gwybod nad oedd hi'n llawer o briodas, ond mi fu'n help mawr i Elly ar amser anodd. Mi gytunon ni beth i'w wneud ynglŷn â Duke — peidio codi helynt o unrhyw fath, peidio ag anfon llythyr i'r *Times*, peidio crybwyll ei enw, hyd yn oed. A wyddost ti pam? Ie, er dy fwyn di, cariad. Ac fe barchais i ddymuniad dy fam.' Ar ôl cael hynny oddi ar ei feddwl, cododd Harry o'i gadair a gofyn, 'Gwydr pwy sy'n wag?'

Roedd Alice wedi gwrando'n gwbl ddigyffro ar ei apêl emosiynol. A nawr, anwybyddodd ei ymdrech i droi'r stori. 'Os nad wyt ti'n meindio, Harry, fe hoffwn i gael gair arall efo dy wraig di.'

'Ar bob cyfrif,' meddai Harry, gan brysuro drwy'r drws.

Rhoddodd Alice fy ffon yn ôl imi. 'Mae gen i ryw deimlad y bydd Mrs Ashenfelter yr Ail yn fwy parod i agor ei chalon i ti,' meddai.

Ond fel y digwyddodd hi, doedd Sally ddim mewn unrhyw gyflwr i agor ei chalon i neb. Daeth Harry yn ei ôl a'i wyneb yn ddwys i gyhoeddi, 'Dim lwc, mae arna i ofn. Chewch chi na neb arall ddim gair efo Sally heno. Fe lwyddodd hi i dorri'r clo ar y cwpwrdd diodydd, ac mae hi wedi gwagio potelaid a hanner o fodca.'

Pennod 15

Roedden ni'n dau yn eithaf llwglyd. Dim llawer o broblem, meddech chi. Mae'n amlwg na fuoch chi'n chwilio am bryd o fwyd yng Nghaerfaddon ar nos Sul ym mis Hydref. Roedd pob tŷ bwyta ar gau, a doedd dim croeso yn y gwestai i'r sawl nad oedd yn aros yno. Dylid cyfieithu 'Gwesteion yn unig' i'r Lladin, a'i ymgorffori'n rhan o arfbais y ddinas. Ar ôl hir chwilio, llwyddodd Alice a minnau i gael mynediad anfoddog i stafell ddiraen mewn gwesty bychan diolwg gyda'r enw rhyddieithol *Annual Cure*. Ni oedd yr unig ddau yn y stafell, a doedd hynny'n peri fawr o syndod i mi.

Daliai Alice i bendroni am yr hyn a glywsai yng nghartref yr Ashenfelters tra oeddwn innau'n astudio'r fwydlen seimlyd. Cyn imi ddod i unrhyw benderfyniad, fe'n hysbyswyd yn swta mai'r unig beth oedd ar gael oedd pysgodyn a sglodion.

Cyn i'r bwyd ein cyrraedd, cododd Alice a mynd allan o'r stafell i chwilio am stafell y merched. Arhosais innau ar fy mhen fy hun wrth y bwrdd yn ceisio rhoi trefn ar y cyfan roeddwn i wedi ei glywed yn ystod y dydd. Roeddwn yn sicr y byddai Alice am drafod y cyfan yn drylwyr, ac roedd rhaid i mi fod yn barod i wynebu ei chwestiynau a'i dadansoddi treiddgar.

Hoffwn ddweud dau beth am Alice.

Yn gyntaf, roedd hi'n berson peryglus i fod yn ei chwmni. Gallai'n hawdd fod wedi peri i Bernard Lockwood ein saethu wrth ddatgan mor fyrbwyll mai hi oedd merch Duke Donovan. Ac roedd hi wedi bod yn hynod o ryfygus wrth drin Harry fel y gwnaeth hi.

Ar y llaw arall, roedd ei dulliau wedi bod yn

149

llwyddiannus. Roedden ni wedi dod o hyd i Harry, ac wedi cadarnhau mai ef oedd ei llystad. Roedden ni wedi dod i wybod ei fod yn briod â Sally Shoesmith, ac roedden ni wedi clywed rhywbeth am berthynas Duke a Barbara; yn ôl Harry doedden nhw ddim yn gariadon. Doedd y ffaith fy mod i'n gwybod nad oedd hynny'n wir ddim yn ei wneud ronyn yn llai arwyddocaol. Roedd yn profi na ellid dibynnu ar Harry a oedd naill ai'n camgymryd neu'n celu rhyw reswm dros ystumio'r ffeithiau.

Ond trafod Alice roeddwn i. Roeddwn i'n deall ei chymhellion hi. Roedd hi wedi fy nefnyddio fi ac wedi chwarae ar fy nheimladau'n gwbl wyneb-galed. Ac eto, roeddwn i'n barod i dderbyn hynny oherwydd fy mod i, er gwaetha'i holl oriogrwydd, wedi canfod personoliaeth ddengar. Roedd hi'n ddeallus, yn hyblyg, yn ystyfnig o benderfynol, a neilltuol o ddewr. Merch anghyffredin, wahanol.

Fe gofiwch imi sôn am y ffordd y teimlwn wrth sychu ei gwallt o flaen y tân yn y dafarn. Ond a bod yn gwbl onest — ac rydw i wedi bod yn onest efo chi hyd yma — dim ond y fi oedd yn teimlo felly. Doedd Alice ddim wedi rhoi unrhyw arwydd ei bod yn teimlo'r un fath.

Wel, efallai nad yw hynny'n hollol gywir chwaith. Roeddwn i wedi profi un gwefr o agosatrwydd rhyngom. Oes, mae croeso i chi wenu, ond nid at ein hagosatrwydd yn y gwely rydw i'n cyfeirio. Alla i ddim gwadu nad oedd hwnnw'n brofiad mor wefreiddiol ag unrhyw beth roeddwn i wedi ei brofi yn fy oes, ond profiad cwbl gnawdol oedd o.

Profiad arall sydd gen i mewn golwg. Ydych chi'n cofio pan oedden ni'n camu dros byllau'r glaw ar fuarth *Gifford Farm*, iddi gydio yn fy llaw i? Ac iddi roi ei braich amdanaf yn y sgubor? Bryd hynny, roedd argoelion perthynas yn seiliedig ar gyd-ddeallwriaeth a pharch, a hyd yn oed hoffter.

Ond beth aeth o chwith rhwng hynny a'r amser y

ceisiais roi cusan iddi ar y daith i Gaerfaddon? Beth achosodd yr oeri a'r newid agwedd?

Fy nhuedd oedd olrhain y newid yn ôl i'r sgwrs yn nhaflod y sgubor. Doeddwn i ddim wedi bod yn orawyddus i ateb pob un o'i chwestiynau ynglŷn â rhai o fanylion ymosodiad Cliff Morton ar Barbara. Wnes i ddim gwrthod ateb, ond roeddwn i'n teimo'n bur chwithig ac anghyfforddus, ac efallai fod Alice wedi cael yr argraff fy mod i'n ceisio celu rhywbeth.

Felly, os oeddwn i'n mynd i adfer rhywfaint ar ein perthynas, byddai'n rhaid imi wneud ymdrech i fod yn fwy adeiladol wrth drafod yr hyn roedden ni wedi ei weld a'i glywed.

Dyna'n hymweliad â *Gifford Farm*. Doedd Bernard ddim wedi ceisio celu nad oedd yn falch o'n gweld ni. Anghofio digwyddiadau'r gorffennol oedd ei agwedd, ac fe allwn i gydymdeimlo ag agwedd felly. Dyna fy agwedd innau hefyd, cyn i Alice fy ngorfodi i ailfyw'r digwyddiadau, ond yn wahanol i Bernard doeddwn i ddim wedi defnyddio dryll i gael gwared arni.

Oedd, roedd awydd Bernard a'i rieni i anghofio yn gwbl ddealladwy. Mae'n rhaid fod yr ymosodiad ar Barbara a'i hunanladdiad wedi bod yn brofiad hunllefus. Ac yna'r cwest, a'r benglog yn y gasgen, a diwedd eu busnes cynhyrchu seidr, heb sôn am y plismyn yn heidio hyd y fferm i chwilio am gorff, a'r amheuaeth mai George Lockwood oedd y llofrudd. A hyd yn oed ar ôl i Duke gael ei gyhuddo, roeddynt wedi gorfod bod yn dystion yn y llys ac ail-fyw'r holl brofiadau chwerw unwaith yn rhagor, a hynny'n gyhoeddus.

Ond roedd un peth yn fy mhoeni wrth feddwl am yr achos yn yr *Old Bailey*. Tybed oedd y Lockwoods, yn eu hawydd i gael diwedd ar yr holl fusnes mor fuan â phosibl, wedi cael eu temtio i orliwio'u tystiolaeth yn erbyn Duke? Tystiolaeth fforensig oedd sail achos yr erlyniad, ynghyd â pheth tystiolaeth anuniongyrchol gan y Lockwoods a minnau. Rhyngom, llwyddwyd i greu darlun o Duke fel cariad dialgar. Dydw i ddim yn awgrymu eu bod nhw wedi dweud anwiredd bwriadol, ac yn sicr doeddwn i ddim yn credu'r hyn glywson ni gan Harry, ond fe allen nhw fod wedi camddehongli rhai pethau ynglŷn ag ymddygiad Barbara.

Ac roedd hyn yn dod â fi at Harry.

Roedd fersiwn Harry o'r stori yn gwbl anhygoel. Yn ôl Harry, doedd gan Duke ddim o gwbl i'w ddweud wrth Barbara. Roedd wedi cael trafferth i'w berswadio i fynd â hi allan, ac roedd Duke yn y gwersyll yn Shepton Mallet yn ysgrifennu llythyrau at ei wraig ar y noseith-iau rhamantus hynny pan âi Barbara allan i grwydro ffyrdd gwledig yr ardal. Ar brynhawn y llofruddiaeth, roedd ymddygiad Duke wedi bod yn ddigon od, ond yn sicr doedd o ddim wedi ymddwyn fel dyn oedd newydd danio bwled drwy ben dyn arall.

Allwn i ddim dychmygu pam roedd Harry wedi gwyrdroi'r ffeithiau yn y fath fodd.

Ac eto, efallai bod rhyw awgrym yn yr hyn ddywedodd o am Duke ac yntau'n fechgyn, a'r ddau ohonynt wedi gwirioni ar Elly, mam Alice. Mae'n wir fod Harry wedi cyfeirio at y peth yn ddigon hwyliog, ond tybed sut roedd o'n teimlo pan ddewisodd Elly Duke yn gariad, a'i briodi ymhen amser? Oedd yna chwerwedd o dan yr wyneb? Rhyw eiddigedd yn dal i'w gorddi?

Os nad oedd yn teimlo felly, pam roedd o wedi neidio at y cyfle i briodi Elly?

Tybed a oedd Harry, ffrind pennaf Duke, fel y galwai ei hun, wedi manteisio'n gwbl fwriadol ar ei gyfle pan oeddynt ymhell o'u cartrefi i annog Duke i gael perthynas ag un o'r merched lleol. Efallai mai ei fwriad drwy'r amser oedd rhoi gwybod i Elly nad oedd ei gŵr wedi bod yn ffyddlon iddi. Fyddai hi ddim yn anodd iddo fanteisio ar unigrwydd gŵr sensitif fel Duke. *Dim ond er mwyn i mi gael cyfle i fynd â Sally allan, Duke.* Ac yna yng nghlust Sally: *Bachgen swil iawn ydy Duke, ond mae o wedi gwirioni'n lân ar dy ffrind Barbara.* Ychydig o anogaeth o gyfeiriad Barbara, a dyna'r fflam wedi ei chynnau.

Ond, wrth gwrs, fe aeth popeth o chwith. Cliff Morton yn ymosod ar Barbara, Duke yn lladd Morton yn ei wylltineb, a Barbara yn ei thrallod yn ei lladd ei hun. Mae'n siŵr fod y cyfan yn sioc i Harry ar y pryd, ond doedd o ddim yn un i golli cyfle. Ac wedi i Duke gael ei grogi ac iddo yntau ddychwelyd adre, fuodd o fawr o dro cyn mynd i weld y weddw druan fel cyfaill awyddus i'w chysuro.

Roedd yr eglurhad yn gweddu i'r ffeithiau a'r personoliaethau. Roedd hefyd yn egluro pam roedd Harry wedi bod mor ddigroeso ac mor amharod i drafod y llofruddiaeth. A phan orfodwyd ef gan Alice i wneud hynny, roedd wedi mynnu nad oedd unrhyw berthynas rhwng Duke a Barbara.

Oni bai am Sally, fydden ni ddim wedi cael mynd gam ymhellach na'r drws.

A dyna Sally wedyn. Os oedd fy namcaniaeth i'n dal dŵr, mae'n rhaid bod ganddi hithau ran yn y peth. Ac eto, roedd hi wedi ein gwahodd ni i'r tŷ pan oedd Harry ar fin cau'r drws yn ein hwynebau. Roedd hi'n amlwg nad oedd pethau'n rhy dda rhyngddynt, yn arbennig pan aeth Harry allan o'r stafell a hithau ar fin dweud rhywbeth am berthynas Duke a Barbara. Beth oedd Sally wedi ei ddweud pan oedden ni'n sôn am y busnes o ddefnyddio afal i ddweud ffortiwn, ac am Barbara yn hollti'r drydedd garreg — y milwr? *Roedd hi'n torri ei chalon yn lân a hithau'n feichiog a phopeth . . . Doedden ni ddim yn celu unrhyw gyfrinach oddi wrth ein gilydd. Roedden nhw'n cynllunio i briodi.* A phan ddywedais innau fod gan Duke wraig a phlentyn yn America, roedd hi wedi ymddwyn fel pe na bai'n gwybod am hynny. *Rwyt ti wedi camddeall popeth,* meddai hi. Sally druan. Mae'n debyg nad oedd Harry erioed wedi dweud y gwir wrthi.

Byddwn wedi hoffi cael gair arall efo Sally.

Cyn i mi hel rhagor o feddyliau, daeth Alice yn ei hôl. Cefais fy siomi pan welais ei bod hi wedi ailblethu ei gwallt, a'i bod yn edrych yn fwy dwys nag erioed. Ac yn gwbl groes i bopeth roeddwn i wedi ei ddysgu am ymddygiad merched, doedd hi ddim wedi manteisio ar y cyfle i roi lliw ar ei gwefusau. Doedd dim awgrym o anogaeth i mi yn yr hyn a welwn. Yn wir, teimlwn wrth edrych arni fod rhywbeth gwaeth i ddod, a fu dim rhaid imi aros yn hir.

Edrychodd arnaf am ysbaid fel pe bai wedi penderfynu ei bod yn hen bryd i ni ddod i ryw fath o ddealltwriaeth, ac yna, 'Rydw i'n mynd i aros yma heno. Rydw i wedi trefnu i gael stafell yma i mi fy hun am y nos.'

'Beth?'

Allwn i ddim credu fy nghlustiau. Roeddwn i'n syllu ar y pentwr o boteli saws coch ar y silff yng nghornel y stafell, a'r saws wedi cramennu o amgylch caead pob un ohonynt. Byddai'n rhaid i unrhyw un a fyddai hyd yn oed yn ystyried treulio noson yma fod yn wallgof.

'Pam, er mwyn popeth? Ac yn y twll yma o bob man.'

Chynigiodd hi ddim ateb.

'Ydw i wedi dweud rhywbeth i dy ddigio di?'

'Dim byd yn arbennig.'

'Wel, beth te?'

Cyn iddi gael cyfle i ateb, fe gyrhaeddodd y bwyd. Roedd y pysgodyn a'r sglodion yn fwy seimlyd na'r fwydlen, er efallai eu bod fymryn yn llai seimlyd na barclod y ferch a'u lluchiodd o'n blaenau. Cydiodd yn un o'r poteli saws anghynnes a'i tharo ar ganol y bwrdd cyn diflannu heb dorri gair.

Ceisiais swnio mor dringar ag y gallwn, 'Alice, mi hoffwn i gael gwybod beth sydd wedi dy gythruddo di.'

Caeodd ei gwefusau'n dynn, heb gynnig gair o eglurhad.

'Dydw i ddim yn bwriadu dy adael di yn y twll lle yma

oni bai fod gen ti ryw reswm, a hwnnw'n rheswm da iawn hefyd.'

Gwthiodd ei phlât o'r neilltu. Doedd hi ddim wedi cyffwrdd ei bwyd.

Roedd rhyw agendor o ddieithrwch wedi agor rhyngom. 'Wyt ti ddim yn meddwl bod gen i hawl i gael gwybod?'

Roedd ei hedrychiad yn ymylu ar fod yn ddirmygus, ond doeddwn i ddim yn bwriadu ildio. 'Mae a wnelo hyn â rhywbeth ofynnaist ti i mi'r prynhawn 'ma, on'd oes?'

Distawrwydd eto, ond o leiaf fe nodiodd i ddangos ei chytundeb.

'Rhywbeth ynglŷn â'r hyn ddigwyddodd yn y daflod yn y sgubor?'

'Ie.'

Felly, roeddwn i'n iawn. Roedden ni'n ôl ynghanol manylion yr ymosodiad ar Barbara.

Mae'n rhaid ei bod wedi sylwi ar gyhyrau fy wyneb yn tynhau. Sylwais innau ar y rhybudd yn ei llygaid hithau.

'A pham na soniaist ti am y peth o'r blaen?'

'Yr hyn ddwedodd Harry sydd wedi agor fy llygaid i.'

'Harry? Palu celwyddau roedd hwnnw.'

Treuliodd rai eiliadau yn rhoi min ar ei choegni. 'Sut rwyt ti wedi llwyddo i fod yn gymaint o arbenigwr ar bwyso a mesur cymeriadau pobl, Arthur? Rhyw ddawn reddfol ydy hi? Rhan o dy athrylith gynhenid di, efallai? Neu dim byd ond rhagfarn ddall sy'n golygu na elli di ddim ymddiried mewn unrhyw berson o America?'

Gwenais yn watwarus. 'Harry sydd gen ti dan sylw?'

'Nid Harry'n unig. Fy nhad hefyd.'

'Ddwedais i erioed air yn erbyn dy dad.'

'Ond doeddet ti ddim yn barod i'w gredu pan oedd yn dweud rhywbeth nad oeddet ti eisiau ei goelio.'

'Beth, er enghraifft?'

'Y ffaith nad oedd unrhyw berthynas o bwys rhyngddo a Barbara.'

'Ddwedodd o hynny?'

'Do, yn y llys. A hynny ar ei lw.'

'Roedd o'n ddryslyd erbyn hynny.'

'Arthur, mae'r ffaith wedi ei chofnodi. Mi ddarllenais i'r peth yn un o dy lyfrau di. Doedd dim byd o bwys rhyngddyn nhw. Dyna ddwedodd o.'

'Wel, mae'n dibynnu beth mae perthynas o bwys yn ei olygu. Mi fyddwn i'n meddwl fod cyflwr Barbara yn rhywbeth o bwys.'

Sythodd yn ei chadair cyn ymateb yn chwyrn. 'Dyna ti eto. Dyna'r math o sothach roeddet ti'n ei ddweud wrth Harry. Wn i ddim pam rhwystrais i o rhag dy dagu di. Wyt ti'n meddwl o ddifrif mai fy nhad oedd yn gyfrifol am ei chyflwr hi?'

Roedd yn ddigon dealladwy ei bod hi am amddiffyn ei thad. Roedd gen innau feddwl y byd o Duke, ond allwn i ddim anwybyddu'r gwir er cymaint roedd o'n fy mrifo fi. 'Roedd rhywun yn gyfrifol, Alice. Ac nid merch oedd yn mynd allan efo pob Twm, Dic a Harri oedd Barbara.'

'Dydw i ddim yn amau hynny. Yr hyn rydw i'n gwrthod ei dderbyn ydy mai fy nhad oedd yn gyfrifol.'

Pwysais yn ôl yn hamddenol yn fy nghadair cyn gofyn, 'A phwy wyt ti'n feddwl oedd y tad?'

'Cliff Morton. Rwyt ti wedi dweud hynny dy hun.'

'Dweud wnes i beth oedd yn cael ei ddweud yn yr ardal ar y pryd ym 1943.' Gwyrais ymlaen. 'Roedd hi ddau fis yn feichiog pan fu hi farw ddiwedd Tachwedd. Ac roedd hi wedi bod yn canlyn Duke ers mis Medi.'

Ysgydwodd Alice ei phen fel pe bai'n teimlo nad oedd unrhyw bwynt iddi wrando arnaf.

Symudais innau rai o'r sglodion gwelw o gwmpas fy mhlât tra oedd hi'n cnoi cil ar yr hyn a glywsai, ac yna ailgydiais yn fy ymresymiad. 'Mae'n debyg dy fod ti'n meddwl am yr hyn ddigwyddodd yn y berllan pan ddangoswyd y glwyd i Cliff Morton. Wyt ti'n meddwl ei bod hi wedi mynd yn feichiog ar ôl yr hyn ddigwyddodd y prynhawn hwnnw? Mae'n wir ei bod hi wedi cyffroi tipyn, a'i rhieni hi hefyd, a bod ôl cusanau ar ei gwddf a'i

hysgwyddau hi. Ond dydy dweud bod Cliff Morton wedi
ei threisio hi bryd hynny ddim yn gwneud synnwyr. Mi
fyddai digwyddiad o'r fath wedi codi llawer mwy o
helynt. Yr argraff ges i oedd ei fod o wedi cydio ynddi a'i
chusanu ym mhen draw'r berllan, a dyna'r cyfan.'

'A hithau'n fodlon iddo fo wneud hynny?'

'Barbara'n fodlon? Wrth gwrs nad oedd hi.'

Cododd Alice ei haeliau. 'Pam rwyt ti mor sicr?'

Oedd hi'n mynd allan o'i ffordd i fy ngwylltio i, tybed?
Penderfynais beidio â'i boddhau, ac atebais gan hanner
chwerthin, 'Roedd hi'n ffieiddio'r dyn. Doedd o ddim
yn gymeriad dymunol o gwbl. Bob amser yn osgoi
gwaith ac yn rhy llwfr i fynd i'r fyddin fel bechgyn eraill.
Roedd yr holl deulu yn casáu'r dyn.'

'Ond roedden nhw'n fodlon ei gyflogi i weithio yn y
berllan.'

'Doedd dim llawer o ddewis. Roedd prinder llafur yr
amser hwnnw.'

Edrychodd arnaf gan chwarae â'i chyllell ar y lliain
bwrdd plastig. Doeddwn i ddim wedi ei hargyhoeddi.

'Os wyt ti'n disgwyl imi gredu fod Barbara wedi
gadael i Cliff Morton ei . . . ei . . . '

'Alli di ddim cael dy hun i'w ddweud o hyd yn oed,'
meddai Alice mewn llais a oedd yn gymysg o ddirmyg a
thosturi. 'Arthur, roeddet ti'n addoli'r ferch. Roedd
hi'n garedig wrthot ti, ac roeddet ti'n edrych arni fel
rhyw fath o angyles. Wela i ddim bai arnat ti. Rydw i'n
cofio i minnau wirioni ar bobl hŷn na mi pan oeddwn i'n
blentyn. Ond nid plentyn naw oed wyt ti erbyn hyn. Er
mwyn Duw, gad i ni drafod hyn fel oedolion. Rydw i'n
sicr dy fod ti'n camgymryd ynglŷn â Barbara. Mi greda i
ei bod hi a Cliff Morton yn gariadon.'

'Paid â siarad mor wirion.'

'Gad imi orffen. Beth am edrych ar rai ffeithiau syml?
Tipyn o fathemateg elfennol. Roedd Barbara ddau fis
yn feichiog pan fuodd hi farw, iawn? Pa bryd yn union y
lladdodd hi ei hun?'

'Dydd Sul, y degfed ar hugain o Dachwedd.'

'Felly mae'n rhaid ei bod hi wedi beichiogi ddiwedd Medi neu ar ddechrau mis Hydref.'

'Siŵr o fod.'

'Ac roedd hi'n ddiwedd Medi pan ddaeth fy nhad i'r fferm am y tro cyntaf?'

'Oedd.' O leiaf roedden ni'n gallu cytuno ar rai pethau. Tynnais asgwrn pysgodyn o'm ceg a'i osod ar ochr fy mhlât. Roeddwn i'n dechrau cael rhyw arlliw o'r hyn oedd ar ddod, er nad yw dynion ddim mor gyfarwydd â rhifo wythnosau a misoedd.

Aeth Alice ymlaen, 'Ac os ydw i wedi deall dy stori di'n iawn, y tro cynta iddyn nhw dreulio amser yng nghwmni ei gilydd oedd noson y cyngerdd i ddathlu Diwrnod Columbus.'

Roeddwn i'n cael llawer mwy nag arlliw o'r hyn roedd hi'n anelu ato erbyn hyn.

'Ar y deuddegfed o Hydref y mae Diwrnod Columbus, ond yr arferiad yw ei ddathlu ar yr ail ddydd Llun yn y mis.' Arhosodd i mi gael amser i ddehongli arwyddocâd y ffaith. 'Wyt ti'n gweld, Arthur, allai'r cyngerdd hwnnw ddim bod wedi ei gynnal cyn yr wythfed o'r mis fan gyntaf.'

Syllais yn syn arni. Pam nad oeddwn i wedi gweithio hynny allan drosof fy hun? Cymerais anadl ddofn a chytuno, gyda hynny o urddas oedd yn bosibl, 'Allai Duke ddim bod yn dad i'r plentyn.'

'Diolch, Arthur.' Edrychodd arnaf dros ei sbectol, fel athrawes amyneddgar yn edrych ar blentyn araf oedd wedi dangos fflach o ddeall twriaeth am y tro cyntaf. 'Felly, pwy oedd y tad tybed?'

Roedd fy ateb yn llawn atgasedd, 'Y diawl Morton 'na. Mae'n rhaid ei fod o *wedi* ei threisio hi yn y berllan.'

'Ond rwyt ti newydd ddweud nad ydy hynny ddim yn gwneud synnwyr,' meddai Alice yn bigog.

'Mae'n amlwg 'mod i'n camsynied,' meddwn i'n anfoddog.

'Na, rydw i'n credu dy fod ti'n iawn y tro cyntaf. Rwy'n gwybod nad wyt ti'n mynd i hoffi clywed hyn, Arthur, ond yr eglurhad amlwg yw fod Barbara a Cliff Morton yn gariadon.' Cododd ei llaw i'm tawelu. 'A chyn i ti golli dy limpyn yn llwyr, ateb hyn i mi. Pa bryd oedd y tro cyntaf i ti sylwi ar Cliff Morton?'

'Y bore hwnnw yn y berllan, mae'n debyg.'

'Beth am i ti geisio cofio'r amgylchiad yn fanwl?'

Ceisiais gelu fy niffyg amynedd. Roedd hi'n fy nhrin i mewn modd oedd yn f'atgoffa o'r ffordd roedd hi wedi croesholi Harry Ashenfelter. Os oedd hi am i mi fod yn dyst, fyddai hi fawr o dro yn sylweddoli nad oeddwn i'n rhoi llawer o goel ar ei damcaniaeth ddiweddaraf hi. Atgoffais hi'n oeraidd, 'Rydw i'n credu dy fod ti wedi clywed hyn o'r blaen. Pan oedden ni'n cael hoe tua chanol y bore, a Mrs Lockwood wedi dod â the i ni i'r berllan y sylwais i arno. Roedd amryw o'r bobl oedd yno'n gweithio yn ddieithr imi, ond fe sylwais i ar Morton oherwydd iddo fynd â chwpanaid i Barbara ac eistedd wrth ei hochr. Ond dydy hynny'n profi dim.'

'Ac roeddet tithau'n flin am fod hynny'n torri ar draws dy gynlluniau di ar gyfer Barbara a Duke. Dyna pam y sylwaist ti arno, yntê?'

Ond roeddwn i'n barod i ddadlau. 'Cynlluniau? Doedd gen i ddim cynlluniau ar eu cyfer nhw, a wnes i ddim erioed i hybu'r berthynas rhyngddynt.'

Aralleiriodd ei sylw. 'Ond roedd gen ti feddwl mawr o'r ddau, ac mae'n siŵr dy fod ti'n gobeithio y bydden nhw'n dod yn ffrindiau.'

Allwn i ddim dadlau y tro hwn.

Aeth Alice yn ei blaen, 'A beth am ddigwyddiadau'r prynhawn hwnnw? Os ydw i wedi deall yn iawn, fe ddiflannodd Barbara yn dawel i rywle ym mhen draw'r berllan lle nad oedd neb yn gweithio.'

'*Yn dawel?*' protestais. 'Mae hynny'n gwyrdroi'r holl ddigwyddiad.'

'Wnaeth rhywun ei llusgo hi yno yn groes i'w hewyllys?'

'Wel, naddo, ond . . . '

'A chlywaist ti mohoni hi'n sgrechian chwaith? Tybed ai mynd yno o'i gwirfodd wnaeth hi i gyfarfod Cliff?'

'Efallai,' cytunais yn bur anfoddog, gan geisio cyfleu nad oedd gen i fawr o feddwl o'r awgrym.

Chymerodd hi mo'r sylw lleiaf. 'Ac rwyt ti'n eitha sicr nad oedd y Lockwoods yn hoff o Cliff?'

'Chlywais i neb yn dweud gair da amdano pan fyddai ei enw'n digwydd cael ei grybwyll. Yn hollol i'r gwrthwyneb yn wir.'

'Felly, pe bai gan Barbara ddiddordeb ynddo, fydden nhw ddim wedi bod yn rhy hapus, 'na fydden?'

'Beth yn union wyt ti'n ei awgrymu?'

'Esboniad posibl ar yr hyn ddigwyddodd y prynhawn hwnnw. Mae croeso i ti fy nghywiro fi os ydw i'n camsynied, ond fel hyn rydw i'n cofio dy glywed ti'n ei ddisgrifio. Pan oeddech chi'n cael te y prynhawn hwnnw, dyma Mrs Lockwood yn sylwi nad oedd Barbara yno, ac anfon ei gŵr i ben pella'r berllan i chwilio amdani. Yn weddol fuan wedyn, dyma Cliff Morton yn ymddangos o'r cyfeiriad hwnnw, yn neidio ar ei feic a diflannu heb ddweud gair o'i ben wrth neb. Yna, dyma Barbara'n dod i'r golwg, yn ddagreuol a'i gwallt wedi ei ddatod, o'r un cyfeiriad a'i thad ar ei sodlau. Ac fe redodd hi heibio i'w mam ac i'r tŷ.' Oedodd Alice am eiliad, ond allwn i ddim anghytuno â'r hyn roedd hi wedi ei ddweud. 'Fyddet ti ddim yn cytuno fod ymddygiad Barbara'n debycach i rywun wedi cael ei ddal ar ryw berwyl drwg, yn hytrach nag i ymddygiad merch oedd newydd gael ei chamdrin yn groes i'w hewyllys?'

Unwaith eto, ni lwyddais i ddod o hyd i ateb. Fel roedd Alice wedi fy atgoffa, roeddwn i wedi dweud fy hun nad oedd y syniad fod Barbara wedi cael ei threisio y prynhawn hwnnw yn gwneud synnwyr. Ond roedd ei heglurhad hi'n dal dŵr — pe bai rhywun yn gallu llyncu'r syniad gwrthun fod Barbara a Morton yn gariadon.

Daeth y ferch yn ei hôl i gipio'r platiau oddi ar y bwrdd, a llwyddais i ofyn am goffi i'r ddau ohonom. Roeddwn i'n falch o unrhyw esgus i geisio torri ar rediad y sgwrs.

Ond doedd dim gobaith denu Alice oddi ar ei thrywydd. 'Alla i ddim peidio â meddwl am yr hyn ddwedodd Sally pan oeddech chi'n sôn am Barbara a'r garreg yn yr afal. Dweud wnaeth hi dy fod ti wedi camddeall pethau, yntê? Ac roedd hi a Barbara yn gyfeillion agos?'

'Oedden.'

'Felly, os oedd rhywun yn gwybod cyfrinachau carwriaethol Barbara, Sally oedd honno. Pan holltodd Barbara'r afal yn ddau, fe gafodd hi ddwy garreg: tincer, teiliwr. Pan holltodd hi un o'r haneri hynny chafodd hi ddim carreg o gwbl, ond pan holltodd hi'r hanner arall fe ddaeth hi o hyd i un garreg: milwr. Gwranda, wnei di, Arthur. Roedd y garreg honno wedi ei thorri'n ddau ac roedd hynny'n poeni Barbara, roedd o'n arwydd drwg. Rwy'n credu dy fod ti wedi dweud bod rhywun wedi ei gweld hi'n crio y prynhawn hwnnw.'

'Mae hynny'n ddealladwy,' meddwn i. 'Roedd pobl Gwlad-yr-haf yn ofergoelus iawn yn yr oes honno. Ac yn rhyfedd ddigon, fe ellid dweud ar ryw ystyr ei fod yn argoel o'r hyn oedd yn mynd i ddigwydd i Duke.'

'Nid i Duke,' meddai Alice.

Syllais yn hurt arni.

'I Cliff Morton, Arthur.'

Ysgydwais fy mhen, 'Ond Duke oedd y milwr.'

'Nid yr un roedd Barbara'n meddwl amdano. Roedd Cliff newydd dderbyn gwŷs i ymuno â'r fyddin. Am Cliff roedd hi'n meddwl. Roedd o ar fin ei gadael i fynd i'r fyddin. Ei chariad, Cliff. A phan holltodd hi'r garreg yn yr afal, roedd hi'n meddwl mai arwydd na fyddai'n dod yn ôl yn fyw oedd hynny. Alli di ddim deall hynny,

Arthur? Fyddai hi ddim wedi colli dagrau dros fy nhad. Doedd hi ddim ond newydd ei gyfarfod o.'

Allwn i yn fy myw ddod o hyd i wall yn ei hymresymu. Os oeddech chi'n fodlon derbyn fod perthynas rhwng Barbara a Cliff, roedd yn esboniad cwbl dderbyniol.

'Wyt ti'n deall nawr pam roedd Sally'n dweud dy fod ti wedi camddeall popeth?' meddai Alice, fel pe bai am danlinellu'r pwynt.

'Iawn,' meddwn i, ond doeddwn i ddim wedi fy argyhoeddi, 'ond os oedd Barbara mor hoff o Morton, pam aeth hi i'r cyngerdd yng nghwmni Duke?'

'Lluchio llwch i lygaid ei rhieni, efallai. Roedden nhw'n filain yn erbyn Cliff. Mae'n fwy na thebyg eu bod wedi gwahardd iddi fynd ar ei gyfyl o ar ôl yr hyn ddigwyddodd yn y berllan. Felly, roedd hithau'n cymryd arni ei bod hi'n mynd allan efo un o'r milwyr Americanaidd.'

Dyna lle gwnaeth hi gamgymeriad. Roedd hi'n ferch alluog, ac roedd hi wedi llunio fersiwn bur gredadwy o'r digwyddiadau, ond roedd hi wedi llithro'r tro hwn.

'Cymryd arni?' gofynnais yn lled goeglyd.

'Ie, cymryd arni, Arthur. Fel y dwedodd Harry, doedd dim byd o bwys ym mherthynas y ddau.'

'Fyddai Barbara ddim yn dweud ei chyfrinachau wrth Harry. Fi oedd yr un y byddai hi'n ymddiried ynddo. Noson y cyngerdd roeddet ti'n sôn amdano, y tro cynta iddi fynd allan efo Duke, fe ddaeth hi i fy stafell wely i ddweud yr hanes.'

Ochneidiodd Alice gan astudio ei hewinedd, 'Ie, rydw i'n cofio i ti sôn.'

Ond doeddwn i ddim am adael iddi anwybyddu'r peth mor rhwydd. 'Roedd hi'n llawn cynnwrf y noson honno.'

'Oedd, mae'n siŵr, roedd hi wedi mwynhau'r cyngerdd. Mae'n siŵr nad oedd merched y wlad yn cael llawer o gyfle i fynd i unman yn ystod y rhyfel.'

'Alice,' meddwn i yn y llais awdurdodol y byddwn i'n ei ddefnyddio wrth drafod myfyrwyr anystywallt. 'Rydw i wedi gwrando'n amyneddgar iawn arnat ti. Nawr, gwranda di arna i am ychydig. Nid am y cyngerdd yn unig roedd Barbara'n sôn. Fe soniodd hi am y ffordd roedd hi'n teimlo ynglŷn â Duke. Roedd hi'n teimlo'n llawn balchder pan aeth ar y llwyfan i ganu. Roedd hi'n hoff ohono: y ffordd gwrtais roedd o wedi ei thrin, y ffaith ei fod yn gymeriad tawel, gwylaidd; roedd o'n gwbl wahanol i'w syniad hi o filwr Americanaidd. Roedd o'n swil, ond llawn hiwmor. Ac fe ddwedodd ei bod yn bwriadu gweld llawer mwy ohono.'

'Dy ddefnyddio di roedd hi,' meddai Alice yn gwta. 'Does gen ti ddim rheswm dros ddweud hynny.'

'Roedd arni eisiau i'w rhieni feddwl ei bod wedi anghofio am Cliff ac yn gwirioni ar Duke, a dyna pam roedd hi'n gwneud yn siŵr dy fod ti'n credu hynny.'

Ysgydwais fy mhen. 'Rwyt ti'n gwneud camgymeriad. Byddai'n mynd allan i'w gyfarfod bob gyda'r nos.'

'Wyt ti'n siŵr o hynny? Welaist ti nhw erioed? Mynd i gyfarfod Cliff roedd hi, siŵr iawn. A chyn i ti ddechrau sôn am Mrs Lockwood yn dy guro di, wyt ti wedi meddwl erioed ei bod hi eisiau clywed fod Barbara'n mynd allan efo Duke, yn hytrach na'r pwdryn lleol, Cliff Morton? Meddylia di am hynny, Arthur.'

Ac fe wnes i. Fel llawer iawn o'r hyn roedd hi wedi ei ddweud, roedd yn tarfu arnaf am ei fod yn herio'r hyn roeddwn i wedi ei gredu ar hyd y blynyddoedd, ac eto allwn i ddim gwadu nad oedd yn gwneud rhyw fath o synnwyr. Allwn i ddim peidio â chofio'r rhegi a'r diawlio yn y tŷ seidr y bore hwnnw pan ddywedodd Bernard ei fod wedi gweld beic Morton yn rhywle ar y fferm. Roedd ymateb y teulu wedi fy rhyfeddu.

Gosodwyd dau gwpan pygddu ar y bwrdd o'n blaenau. Roedd dŵr llugoer ynddyn nhw a llwy de yn sownd wrth ryw stwff brown gludiog yn eu gwaelod. Doedd defnyddio'r llwy i droi'r hylif yn egnïol yn gwneud y nesaf peth i ddim gwahaniaeth iddo. Roedd gan y ddau ohonom ormod o bethau ar ein meddyliau i feddwl am gwyno.

Roedd gan y ddau ohonom syniadau gwahanol ynglŷn â'r modd y byddai'r sgwrs yn dod i ben. Hyd yma, Alice oedd wedi arwain y drafodaeth, a minnau'n dilyn yn anfoddog o hirbell. Ar y cychwyn, roedd ei damcaniaeth yn swnio'n gwbl anhygoel, ond roedd wedi llwyddo i oresgyn pob un o'm dadleuon yn ddianaf, gan swnio'n fwy credadwy o funud i funud. Ond roeddwn i'n berffaith hyderus fy mod wedi cadw fy nadl orau hyd y diwedd, ac y byddai'n rhaid i Alice ystyried ei syniadau pan glywai honno.

Ar ôl cael cyfnod o dawelwch, dechreuais arni'n ofalus. 'Wyddost ti, Alice, pe bai rhywun yn gorfod dewis rhwng dy fersiwn di a'm fersiwn i o'r stori, rydw i'n siŵr y bydden nhw'n ei chael hi'n eitha anodd, oni bai am un peth: does dim modd osgoi'r ffaith fod Barbara wedi cael ei threisio gan Morton.'

Gwelwn ei llygaid yn fflachio y tu ôl i wydrau ei sbectol. Ond ddywedodd hi yr un gair.

Roedd fy hyder i'n cynyddu. 'Mae'r ffaith honno'n gwrthbrofi'r cyfan rwyt ti wedi ei ddweud.'

Roedd mwy nag awgrym o ddirmyg yn ei llais pan atebodd. 'A gair pwy sydd gennyn ni i ddweud fod Barbara wedi cael ei threisio? Dy air di'n unig.'

Felly, meddyliais, mae hi'n gwrthod derbyn 'mod i'n dweud y gwir. 'Roedd fy ngair i'n ddigon da i'r barnwr a'r rheithgor yn yr *Old Bailey*. Felly fe ddylai fod yn ddigon da i titha.'

Atebodd yn fwy pwyllog nag roeddwn i wedi disgwyl iddi wneud, 'Gwaith y barnwr a'r rheithgor oedd gwrando ar achos o lofruddiaeth, nid achos o drais. Holodd neb fawr ddim am y treisio. Chafwyd dim tystiolaeth feddygol am hynny. Fe dderbynion nhw air plentyn naw oed.'

'Efallai mai naw oed oeddwn i bryd hynny, ond rydw

i'n naw ar hugain erbyn hyn ac rydw i'n dy sicrhau di
'mod i wedi gweld Barbara'n cael ei threisio.'

Gwenodd Alice, ond doedd dim cyfeillgarwch yn ei
gwên. 'Y prynhawn 'ma, mi ges i ddisgrifiad manwl gen
ti o'r hyn welaist ti yn y sgubor. Y ffordd roedd y ddau yn
gorwedd, y sŵn roedden nhw'n ei wneud, a'u symud-
iadau. Dydw i ddim yn hawlio bod yn arbenigwraig ar
ryw, ond rwy'n sicr bod gen i well syniad na thi o'r hyn
mae merch yn ei deimlo, a doedd dim byd yn dy
ddisgrifiad di nad oedd yn nodweddiadol o garu
nwydwyllt. Doedd ei dillad hi ddim wedi eu rhwygo, ac
roedd hi'n griddfan. Oes gen ti ryw amgyffred sut mae
merch yn teimlo pan mae hi'n cyrraedd penllanw'i
huchafbwynt rhywiol, 'ta wyt ti erioed wedi sylwi?'

'Ond roedd hi'n dyrnu'r llawr, Alice.'

Ochneidiodd Alice yn ddiamynedd. 'Arthur, pe bai
hi'n cael ei threisio nid y llawr fyddai hi'n ei ddyrnu.
Byddai'n ceisio dyrnu a chripio a chrafu'r dyn oedd yn
ymosod arni.'

Edrychodd yn ymbilgar arnaf gan ddisgwyl fy ngweld
yn dangos rhyw arwydd o ildio i'w dadl. Ond doeddwn i
ddim am gael fy narbwyllo.

Rhoddodd gynnig arall arni. 'Mae'n ddealladwy i ti
gael dy ddychryn pan oeddet ti'n blentyn wrth weld dau
oedolyn yn caru'n awchus, ond does bosibl nad wyt ti'n
ddigon aeddfed erbyn hyn i allu dadansoddi'r hyn
welaist ti'n rhesymol.'

Doeddwn i ddim yn teimlo'n barod i ddadansoddi
unrhyw beth. Doedd dim rheswm pam y dylwn i
wrando ar ei dehongliad hi o bethau. Roeddwn i yno yn
y fan a'r lle ac wedi gweld popeth â'm llygaid fy hun.

Roedd fy niffyg ymateb yn ei chythruddo, a gwyrodd
ymlaen i'm hwyneb yn herfeiddiol. 'Dwed rywbeth arall
wrtha i, 'te. Pam roedd Cliff Morton ar y fferm oni bai
fod Barbara wedi ei wahodd yno?'

Atebais i ddim.

Ond roedd ganddi ragor o gwestiynau. 'Pam aeth

Barbara i fyny i'r daflod? Wyt ti'n meddwl fod Cliff Morton wedi gallu llusgo merch fferm gref fel hi i fyny yno yn groes i'w hewyllys? A phan redodd fy nhad i'r sgubor, pam rwyt ti'n meddwl na wnaeth o ymyrryd â nhw?'

'Am fod yr ymosodiad ar ben.' Roedd gen i ateb i'r cwestiwn olaf, o leiaf. 'Fe aeth o i'r tŷ i nôl ei ddryll.'

Daeth golwg wahanol i'w hwyneb. Rhythodd arnaf yn galed a chyhuddgar. 'Dydy hynny ddim yn wir, nac ydy? Doedd ganddo fo ddim rheswm i wneud hynny. Fe glywson ni beth ddwedodd Harry, ac fe ddwedodd Sally dy fod ti wedi camddeall popeth.'

'Beth wyt ti'n ei awgrymu?'

'Arthur, dyma i ti beth ydw i'n dddweud. Fe welais ti'r ddau yn caru. Dy Barbara annwyl di'n gorfoleddu ym mreichiau Cliff Morton. Plentyn eiddigus, anaeddfed, oeddet ti ac wedi ffieiddio, ac am fwrw dy lid ar y dyn oedd yn mynd â serch dy arwres di. Fe redaist i'r tŷ a chydio yn y dryll. Roeddet ti'n gwybod sut i'w ddefnyddio. Ti, Arthur, oedd yr un aeth i fyny i'r daflod yn y sgubor a saethu Cliff Morton.'

Pennod 16

Go brin y byddwch chi'n synnu clywed i mi adael y stafell a cherdded allan o westy'r *Annual Cure*. Gadewais arian i dalu am y pryd, estyn bag Alice Ashenfelter o'r car a'i ollwng yn y cyntedd a gyrru i ffwrdd.

Pe bai unrhyw yrrwr arall ar y ffordd y noson honno wedi gwneud rhywbeth i'm tarfu, byddai ei einioes ef a minnau wedi bod yn y fantol. Roeddwn i'n llawer mwy na milain, roeddwn i'n lloerig, gandryll, ulw.

Roeddwn i hanner y ffordd adre cyn i'm cynddaredd ddechrau troi'n fewnblyg. Roeddwn i wedi synhwyro trwbwl ac wedi ei anwybyddu, a hynny am ei fod yn bedair ar bymtheg oed a chanddo wallt golau, a'i fod yn barod i aros amdanaf yn fy ngwely.

Oeddwn, roeddwn i wedi llyncu'r abwyd.

Bellach, roedd hi'n rhy ddiweddar imi geisio dianc drwy ruthro'n fyrbwyll ar hyd y draffordd. Roedd y syniad mai fi oedd wedi lladd ei thad wedi gwreiddio'n gadarn yn ei hymennydd, ac roedd hi am ddial. Doedd y ffaith nad oeddwn i ond naw oed ar y pryd yn cyfrif dim. Byddai'n rhaid imi ddioddef.

Ac roedd gen i eithaf syniad sut roedd hi'n bwriadu mynd o gwmpas pethau. Fyddai hi fawr o dro yn cael gafael ar Digby Watmore. Doedd gan *Life on Sunday* ddim cymaint â hynny o ddiddordeb mewn ffeithiau. Fydden nhw fawr o dro yn setlo fy nhynged i gyda'u hensyniadau. Ffotograffau o'r benglog, dryll Colt .45 a minnau. Ac ar yr un tudalen, darlun atyniadol o Alice drallodus uwchben y pennawd, *'Fe ddois o hyd i'r dryll yng nghartref Dr Probert.'*

Yn unol â dull cyfiawnder Prydeinig o geisio gwneud iawn am ei ffaeleddau heb golli ei urddas, ceid archwiliad hirfaith, answyddogol ar y cychwyn, ac yna câi ei symud yn raddol o ddwylo'r heddlu i afael cyfreithwyr ac yna i grafangau gwleidyddion. Ac yn y cyfamser, yr un mor raddol a thrylwyr, byddai'r brifysgol yn bwyllog drefnus yn fy amddifadu o'm hamryfal gyfrifoldebau, grŵp tiwtorial fan hyn, sedd ar bwyllgor fan draw, rhagor o waith darlithio allanol ar draul darlithio i fyfyrwyr gradd, nes byddai fy safle yn mynd yn gwbl annioddefol. Yn raddol bach, ac yn hynod o dringar, byddwn wedi cael fy mwrw o'r neilltu.

Byddai'n rhaid gwneud rhywbeth ynglŷn ag Alice. Roedd yn rhaid imi weithredu ar unwaith a hynny mewn modd cadarnhaol.

Roeddwn yn ôl yn y tŷ erbyn naw, a'm gweithred gadarnhaol gyntaf oedd arllwys gwydraid mawr o wisgi i mi fy hun a'i yfed ar fy nhalcen. Yna chwiliais ar fy nesg ymhlith y papurach dibwys a ddaethai drwy'r post y diwrnod cynt am rywbeth roeddwn i wedi ei luchio yno cyn cychwyn am Wlad-yr-haf: cerdyn Digby Watmore. Fel roeddwn i'n tybio, gŵr lleol oedd y newyddiadurwr boldew. Codais y ffôn a deialu ei rif.

Roedd Digby gartref. Ac oedd, roedd yn fy nghofio. Na fyddai, fyddai ganddo ddim gwrthwynebiad o gwbl i'm cyfarfod am sgwrs. Gallai fod yng Nghas-gwent mewn llai na hanner awr, a byddai'n edrych ymlaen at fy nghwrdd unwaith eto yn nhafarn y *Copper*.

O gofio mai fy nghyngor olaf iddo oedd y dylai fynd i'r diawl, roedd naill ai'n hynod faddeugar neu'n gwbl broffesiynol.

Roedd yn aros amdanaf ger drws y dafarn yn ei got law las a'i het werdd, â'i lygaid bychain yn disgleirio'n eiddgar. Roedd chwys ar ei dalcen. O ddyn o'i faint, mae'n rhaid ei fod wedi symud yn eithriadol o gyflym i gyrraedd yno o fy mlaen.

Wna i ddim cynnig gwobr i neb sydd wedi dyfalu mai yfwr cwrw oedd Digby. Cyfeiriais ef at fwrdd yn y gornel bellaf oddi wrth y bar, a gosod peint o'i flaen.

Fel y gellid disgwyl, roedd ar dân i wybod sut roeddwn i ac Alice wedi treulio'r diwrnod.

Doedd dim pwynt celu'r ffaith ein bod ni wedi mynd ar daith i Wlad-yr-haf. Un o'm rhesymau dros fod yma yn ei gwmni oedd rhoi fy fersiwn i o'r stori iddo cyn i Alice gael ei chyfle.

'Ail-fyw dyddiau'r rhyfel,' meddai Digby'n atgofus. 'Wyt ti'n cofio'r merched hynny gafodd eu hanfon i weithio ar y tir? Fe es i allan efo un ohonyn nhw. Choeliet ti byth y cyhyrau oedd gan y ferch honno.' Yna, ychwanegodd yn ddidaro, 'Welaist ti rywun roeddet ti'n ei adnabod?'

'Bernard, y mab. Ond doedd o ddim yn arbennig o groesawus.'

'Mae'r Lockwoods yn dal i fyw yno felly?'

'Ydyn, yn ôl pob golwg. Ond welson ni mo'r hen ffermwr na'i wraig.'

'O, dyna biti, mae'n siŵr y byddet ti wedi cael croeso ganddyn nhw. Sut olwg oedd ar y lle?'

'Popeth yn edrych yn llai . . . mwd ymhobman.'

'Dwyt ti ddim yn swnio fel pe bait ti wedi dy fwynhau dy hun,' meddai Digby.

'Doeddwn i ddim yn mynd yno i fwynhau fy hun,' atebais, gan ychwanegu'n gyflym. 'Syniad Alice oedd o.'

Ysgydwodd cnawd Digby i arwyddo ei fod yn canfod rhyw ddoniolwch yn y sefyllfa. 'O ie, un awyddus yw Miss Ashenfelter. Merch bert iawn hefyd. A synnwn i ddim nad ydy hi'n un gwerth gwneud cymwynas â hi.'

'Doedd gen i ddim byd o'r fath mewn golwg, os mai dyna wyt ti'n ei awgrymu,' meddwn i'n gwta.

'Chymerwn i mo'r byd ag awgrymu'r fath beth, gyfaill,' sicrhaodd Digby fi. 'Gwobr yn hytrach na ffafr, efallai?'

Anwybyddais ei gwestiwn.

'Roedd hi wedi treulio'r nos yn dy dŷ di pan gyrhaeddon ni acw'r bore 'ma, on'd oedd hi?'

'Digon gwir,' meddwn i. 'Roedd hi'n hwyr iawn arni'n cyrraedd.'

Fel y gweddai i un o ddynion y *Life on Sunday*, dim ond un peth oedd ar feddwl Digby. 'Ac ar ôl diwrnod gyda'ch gilydd yn y wlad, ble mae hi ar hyn o bryd? Yn cael bath hamddenol, braf cyn mynd i gynhesu'r gwely'n barod i ti?'

Felly, doedd hi ddim wedi ei ffonio hyd yn hyn. 'Roedd hi'n yfed coffi pan adewais i hi,' atebais, heb grybwyll ymhle yn union roedd hi'n yfed ei choffi. 'Fe hoffwn i gael gwybod un neu ddau o betha am Alice gen ti.'

Siglwyd y cnawd unwaith yn rhagor. 'Fyddwn i ddim yn meddwl fod 'na lawer ar ôl i ti ei wybod.'

'Dim byd o'r fath,' meddwn i, gan ddiystyru ei wên anllad. 'Fe gyrhaeddodd hi o America a gofyn am weld cofnodion y *Life on Sunday* ar yr achos, a'r munud nesa mae ganddi hi ohebydd a ffotograffydd ar ei galwad. Beth sy'n digwydd, Digby? Ydy hi'n talu i ti?'

'Paid â gofyn i mi, frawd. O Lundain rydw i'n cael fy nghyfarwyddiadau.'

'A sut mae'r papur yn gobeithio elwa ar hyn?'

'Stori ddiddorol, dyna'r cwbl. Merch ifanc ddeniadol. Merch i lofrudd a grogwyd yn y wlad yma, yn dod yr holl ffordd o America i geisio darganfod beth yn union ddigwyddodd i'w thad hi. Stori afaelgar, fel y dwedais i.'

'Mae 'na rywbeth mwy na hynny. Fe aethoch chi i'r holl drafferth i ddod o hyd i mi. Pam? Dim ond plentyn oeddwn i ym 1943.'

'Plentyn neu beidio, roeddet ti'n dyst allweddol,' meddai Digby.

'A beth oeddech chi wedi obeithio ei gael gen i, 'te?'

'Hi oedd yn awyddus i dy gyfarfod ti.'

'Mae hi'n argyhoeddedig fod ei thad wedi cael ei gyhuddo a'i grogi ar gam.'

'Felly roeddwn i'n deall.'

'Dwyt ti ddim yn swnio fel pe bait ti'n synnu. Y papur roddodd y syniad hwnnw yn ei phen hi?'

Ymdrechodd Digby i ymddangos yn hollol ddigynnwrf.

Ymdrechais innau i reoli fy nicter. 'Ydy'r rhecsyn papur 'na sy'n dy gyflogi di yn ymddwyn mor gwbl anghyfrifol bob amser? Mae'r ferch yn ffanatig llwyr, ac yn gwneud y cyhuddiadau mwyaf afresymol. Ar un cyfnod heddiw roedd hi'n argyhoeddedig mai *fi* oedd y llofrudd. Plentyn naw oed!'

'O, chwarae teg. Mae hynny'n mynd braidd yn bell,' cytunodd Digby'n rasol.

Allwn i ond gobeithio mai'r un fyddai ei agwedd pan glywai'r cyhuddiad o enau Alice ei hun. 'Mae dweud y fath beth yn enllib peryglus, a phe bawn i'n meddwl am eiliad ei bod hi o ddifrif, fe fyddwn i am gael gwybod beth ydy cysylltiad dy dipyn papur di â'r peth.'

Gwyrodd Digby ei ben a chymryd dracht swnllyd o'i gwrw.

Ar ôl gwneud y pwynt pwysig hwnnw, dechreuais swnio fel dinesydd cydwybodol. 'Yr hyn sy'n fy mhoeni fi ydy mai nid dyma'r ffordd i fynd ati i fwrw golwg arall ar achos Donovan, a chymryd bod 'na unrhyw gyfiawnhad dros wneud hynny o gwbl.'

'Digon posibl,' cytunodd Digby.

'Fel dyn sy'n gyfarwydd â delio â throseddau a throseddwyr, rwyt ti'n gwybod hynny'n eithaf da,' meddwn i. 'Dychmyga fod rhyw dystiolaeth yn dod i'r fei sy'n awgrymu fod camgymeriad wedi ei wneud, a bod dyn wedi cael ei grogi ar gam. Oes 'na unrhyw beth y gellid ei wneud yn gyfreithiol i adfer ei enw da?'

Tybiais i mi ganfod fflach o gywreinrwydd yn y llygaid bychain. 'Damcaniaeth yn unig ydy hyn?'

'Wrth gwrs.'

'Wel, mae'n dibynnu.'

'Yn dibynnu ar beth?'

'Wel, ar ansawdd y dystiolaeth i gychwyn.'

'Does dim modd dadlau yn ei herbyn.'

Crychodd Digby ei drwyn yn amheus. 'Fyddai hawlio hynny ddim yn beth doeth. Ydyn ni'n sôn am dystiolaeth fforensig neu dyst newydd neu beth?'

'Awn ni ddim i fanylu am hynny nawr, dim ond dweud fod achos eithriadol o gryf dros hawlio gwrandawiad newydd.'

Gwenodd. 'Dydy'r hyn sy'n eithriadol o gryf i ti a fi, frawd, ddim yn mynd i argyhoeddi'r Swyddfa Gartref ar chwarae bach.'

'Ai dyna'r ffordd i fynd o'i chwmpas hi? Gwneud cais i'r Swyddfa Gartref?'

'Fe allet ti roi cynnig arni.'

'Ond dwyt ti ddim yn swnio'n rhyw obeithiol iawn.'

'Wel, mi wn i'n bersonol am dri theulu sydd wedi bod yn crefu ar y Swyddfa Gartref ers blynyddoedd.'

'Beth fyddet ti'n ei awgrymu, 'te?'

Gwagiodd ei beint ac edrych yn awgrymog i waelod y gwydr, 'Wel, dydw i ddim wedi cael digon o wybodaeth eto i allu dweud.'

Tra oeddwn i'n sefyll wrth y bar, ceisiais bwyso a mesur y sefyllfa. Doedd gen i fawr o awydd siarad â'r wasg, ond roeddwn i'n sicr mai dyna fyddai Alice yn ei wneud ben bore yfory.

Dros yr ail beint, adroddais hanes y diwrnod heb gelu dim o'r hyn roeddwn i ac Alice wedi ei ddarganfod. Ond wnes i ddim sôn am ein sgwrs yn yr *Annual Cure* nac egluro pam roedd Alice yn treulio'r nos yn y fath dwll o le. Gwrandawodd yn astud heb dorri ar fy nhraws o gwbl, ac eithrio i ollwng rhech atseiniol — ddamweiniol, gobeithio.

Mae'n rhaid ei fod wedi ei foddhau i ryw raddau, oherwydd wedi i mi ddod i ddiwedd fy stori, cododd yn drwsgl ac ymlwybro at y bar i ail-lenwi ein gwydrau. Pan ddaeth yn ôl, gofynnodd beth roeddwn i'n bwriadu ei wneud nesaf.

'Dyna pam rydw i yma,' eglurais. 'Oes 'na unrhyw

bwynt mewn ailgodi'r holl beth os nad ydw i'n mynd i lwyddo yn y diwedd?'

Ystyriodd Digby'n ddwys cyn cynnig ateb. 'A bod yn gwbl onest, mae'r siawns o gael pardwn brenhinol i Donovan, os mai dyna sydd ar dy feddwl di, yn eithriadol o fychan. Mae'n un o'r achosion clasurol, fel rwyt ti'n gwybod. Mae pob copa gwalltog sydd wedi bod ar gyfyl coleg yr heddlu wedi clywed am y benglog yn y gasgen seidr.'

'Ond does neb yn amau'r gwaith fforensig a wnaed ar y benglog.'

'Hyd yn oed wedyn, fyddai achos Donovan byth yr un fath pe bai rhyw greadur busneslyd o Gas-gwent yn llwyddo i brofi eu bod nhw wedi crogi dyn diniwed wedi'r cwbl.'

'Digon gwir, ond . . . '

'A dyna i ti beth arall. Mae 'na agwedd ryngwladol i'r busnes. Un o filwyr ifainc dewr America yn ein helpu i ennill y rhyfel a ninnau'n dangos ein gwerthfawrogiad drwy ei grogi ar gam. Fyddai stori felly ddim yn gwneud llawer o les i berthynas y wlad yma ac America.'

'Felly dy farn di ydy na chawn i ddim gwrandawiad pe bawn i'n mynd drwy'r sianelau swyddogol.' Dyna'r hyn roeddwn i wedi disgwyl ei glywed ganddo.

'Y peth lleia fyddai'n rhaid i ti ei gael fyddai cyffes ddilys wedi ei harwyddo gan y llofrudd.' Gwagiodd ei drydydd peint. 'Cofia di, dim ond barn bersonol ydy hynny.'

'Felly, beth fyddet ti'n ei awgrymu?'

Pwysodd Digby yn ôl yn ei gadair gan ddatgelu'r torchau o gnawd o dan ei ên. 'Apelio'n uniongyrchol at y cyhoedd. Dyna'r unig ffordd i lwyddo yn yr achos yma.'

'A sut byddai rhywun yn mynd ati i wneud hynny?' holais, fel pe na bawn wedi deall ei awgrym.

'Drwy'r papur — pe baen ni'n cael y dystiolaeth.'

Atebais yn dawel, gyfrinachol, 'Mae'n eitha posibl y

galla i gael gafael ar y dystiolaeth. Nid cyhuddiadau disail, cofia, ond tystiolaeth go iawn.'

Agorodd ei geg mewn syndod, a daeth golwg bell, freuddwydiol, i'r llygaid bychain. Roedd stori fwyaf ei yrfa o fewn ei gyrraedd. 'Ac mae arnat ti eisiau fy help i?'

'Na, dim diolch.'

'Ond fe fydden ni'n dau yn gallu cydweithio ar yr achos yma. Does dim rhaid dod â *Fleet Street* i mewn i'r busnes ar hyn o bryd. Rydw i'n sicr y gallen ni ddod i ryw ddealltwriaeth, a honno'n ddealltwriaeth go broffidiol i ti hefyd.'

'Dydy hynny ddim yn bwysig i mi.'

'Beth sydd arnat ti ei eisiau, 'te?'

'Amser. Dau neu dri diwrnod heb Miss Ashenfelter o dan fy nhraed.'

'Ac yna fi'n unig fyddai'n cael y stori?'

Estynnais fy llaw ar draws y bwrdd.

Gwenodd Digby'n orfoleddus a gwasgu fy llaw yn wresog.

Pennod 17

Deg o'r gloch fore Llun.

Chwech ar hugain o fyfyrwyr y flwyddyn gyntaf yn fy wynebu'n awyddus. Yn ôl eu taflen amser, roeddynt wedi dod yno i wrando ar ddarlith ar hanes Ewrop yn yr Oesoedd Canol. Ond roeddynt ar fin cael eu siomi.

Gan fy mod bob amser yn credu mewn bod yn onest, cyhoeddais, 'Mae'n rhaid imi gyfaddef na chefais i ddim cyfle i baratoi darlith ar eich cyfer. Fe dreuliais i'r Sadwrn a'r Sul yng nghwmni merch ifanc hynod o gyfoes nad oedd ganddi fawr o ddiddordeb yn yr Oesoedd Canol.'

Cafodd y datganiad dderbyniad gwresog.

'Ond er mwyn achub fy enw da,' ychwanegais, 'rydw i wedi dod â fy sleidiau o abatai ac eglwysi cadeiriol Ewrop i'w dangos i chi. Wnaiff un ohonoch chi ddiffodd y golau, os gwelwch yn dda?'

Diolch i Dduw am abatai ac eglwysi cadeiriol enwog Ewrop. Pan ddeffroais i'r bore hwnnw, y ddau beth cyntaf ar fy meddwl oedd y botel asbirin a fy nhaflunydd sleidiau. Doeddwn i ddim mewn hwyliau i dreulio awr yn siarad ar fy nghyfer.

Pan ddaeth yr awr i ben, brysiais i stafell gyffredin y staff i wneud galwad ffôn. Fe'm hatebwyd gan Sally Ashenfelter, ac roedd ei llais yn swnio'n gwbl effro a sobr.

'Arthur Probert sydd yma,' meddwn i. 'Fe alwais i heibio neithiwr, os cofiwch chi.' Doeddwn i ddim yn teimlo'n rhy hyderus ynglŷn â hynny.

'Ydw, wrth gwrs. Yr ifaciwî yn *Gifford Farm*. Mae arna i ofn nad yw Harry yn y tŷ y bore 'ma, Mr Probert.'

'Wel, a dweud y gwir, gyda chi roeddwn i am gael gair.'

'Fi?'

'Chawson ni fawr o gyfle i sgwrsio ddoe. Ac mae 'na un neu ddau o bethau yr hoffwn i eu gofyn i chi.'

'O?'

'Rydw i'n siarad o'r Brifysgol ar hyn o bryd, Mrs Ashenfelter. A dydi hi ddim yn hawdd iawn imi siarad yn breifat. Tybed fyddai hi'n bosibl i ni gyfarfod yn rhywle?' Roeddwn i ar fin awgrymu sgwrs uwch ben gwydraid neu ddau pan glywais sŵn poteli fodca gweigion yn tincial rhybudd yn fy mhen.

'Yma yng Nghaerfaddon?' awgrymodd Sally.

'Iawn, beth am gyfarfod yn y *Pump Room* am sgwrs a chwpanaid o goffi?' meddwn i gan enwi'r lle mwyaf amlwg.

Oedodd Sally am eiliad. 'Pa ddiwrnod oeddech chi'n bwriadu dod?'

'Beth am yfory?'

'Arhoswch chi . . . Mi fydd Harry allan drwy'r dydd, felly fydd dim problem. Ond mae rhywun yn galw yn y bore, alla i ddim aildrefnu hynny.' Oedodd am ychydig eto ac yna awgrymu'n ddidaro, 'Beth am i ni gyfarfod yng ngwesty'r *Francis* amser cinio?'

Mae alcoholiaid yn gallu bod yn gyfrwys iawn. 'Fydd hynny ddim yn hawdd i mi,' meddwn i. 'Amser te yn y *Pump Room* fyddai orau.'

Clywais dinc yr hen chwerthin diofal, 'O'r gorau, y *Pump Room* amdani, 'te. Tri o'r gloch, cyn iddi fynd yn rhy brysur yno.'

'Fe fydda i wedi archebu bwrdd i ni,' addewais.

Treuliais yr awr nesaf yn llyfrgell yr Adran Hanes yn ceisio gwneud peth o'r gwaith roeddwn i wedi ei esgeuluso dros y Sul.

Tuag amser cinio, rhoddais fy ngwaith o'r neilltu a mynd draw i swyddfa'r Adran Seicoleg a holi am Dr Ott.

'Mae newydd orffen darlithio yn Stafell Ugain,'

meddai'r ysgrifenyddes heb godi ei llygaid oddi ar ei theipiadur.

Edrychodd Dr Ott yn syn pan gerddais i mewn i'r stafell lle roedd yn rhoi trefn ar ei bapurau. Gofynnais a oedd ganddo ychydig funudau i'w sbario. Doedden ni ddim yn gyfarwydd iawn â'n gilydd, ac roedd hynny'n fy siwtio fi i'r dim.

'Rydw i'n ceisio gwneud synnwyr o rywbeth sy'n poeni tipyn arna i,' eglurais.

'Rhywbeth i'w wneud â fi?' Edrychodd arnaf yn hynod ddrwgdybus. Un bychan, twt, ynghanol ei dridegau, a phob amser yn gwisgo dillad tywyll oedd Dr Ott.

'Nage, chwilio am gyngor rydw i.'

'O.' Edrychodd fymryn yn fwy croesawus, ac yna dweud, 'Ond does gen i ddim llawer iawn o amser, cyfarfod pwysig am ddau o'r gloch.'

'Efallai y gallen ni gael cinio gyda'n gilydd?'

'Mi fydda i'n hoffi mynd am dro yn ystod fy awr ginio.' Edrychodd yn amheus ar fy ffon.

'Peidiwch â phoeni, mi fydda innau'n mwynhau cerdded.'

Petrusodd. 'Os nad oes a wnelo'r mater ddim â mi . . .'

'Ond rydych chi'n arbenigo ym maes y cof, on'd ydych chi?'

Dechreuodd ddangos diddordeb am y tro cyntaf. Roedd crybwyll maes ei ddiddordeb arbennig wedi ennyn ymateb chwilfrydig, ac roedd deall fy mod i'n cydnabod ei arbenigrwydd yn y maes wedi ei foddhau.

Cerddodd y ddau ohonom yn hamddenol drwy'r parc gyferbyn ag adeiladau'r brifysgol. Heb golli amser i ragymadroddi, soniais wrtho am yr hyn a welswn yn y sgubor fechan yn *Gifford Farm* ym mis Tachwedd 1943. Soniais am hunanladdiad Barbara, ond chrybwyllais i ddim gair am y llofruddiaeth a'r achos yn y llys. Doedd dim angen gorgymhlethu pethau. 'Y pwynt yw y bu'n rhaid i mi wneud datganiad ar y pryd,' meddwn i, gan adael iddo gymryd yn ganiataol mai datganiad ar gyfer y cwest oedd dan sylw. 'Mae'r datganiad hwnnw wedi ei gofnodi, ac felly rydw i'n gallu cymharu'r hyn rydw i'n ei gofio â'r hyn ddwedais i'r amser hwnnw. Ac mae'r ddau beth yn gwbl gytun â'i gilydd. Rydw i'n gallu gweld popeth yn fy meddwl y funud yma, yn union fel y disgrifiais i nhw. Does gen i ddim amheuaeth nad ymosodiad rhywiol ffyrnig oedd yr hyn welais i. Ond yn ddiweddar, mae rhywun wedi awgrymu fy mod i wedi rhoi disgrifiad camarweiniol o'r hyn ddigwyddodd, ac mai'r hyn welais i mewn gwirionedd oedd gweithred rywiol nwydus gwbl gyffredin. Ac mae 'na rai pethau sy'n awgrymu y gallai hynny fod yn wir, er mae'n rhaid imi gyfaddef nad ydw i wedi cael fy argyhoeddi o gwbl.'

'A pham roeddech chi'n dod ata i?' holodd Ott.

Chwifiais fy llaw yn ansicr, 'Wel, mae 'na ryw hen ddywediad am y cof yn chwarae triciau.'

Trodd ei ben i edrych ar yr adar oedd yn bwydo ar y borfa, ac yna gofynnodd, 'Oeddech chi'n adnabod y ddau berson dan sylw?'

'Y ferch, yn hytrach na'r dyn. Roeddwn i'n adnabod y dyn o ran ei weld yn unig.'

'Ond roeddech chi'n gyfarwydd â hi. Fyddech chi'n dweud eich bod yn ei hadnabod yn ddigon da i uniaethu'n emosiynol â hi?' Roedd yn siarad â mi fel pe bawn i'n gyfarfod cyhoeddus.

'Byddwn, mae hynny'n wir.'

'Felly, mae'n rhaid bod y profiad — beth bynnag oedd yn digwydd — wedi peri cryn drallod i chi?'

'Yn sicr, roeddwn i'n torri 'nghalon.'

Roedden ni wedi cerdded hanner canllath cyn iddo ymateb. 'Mae gan yr ymennydd amryfal ffyrdd o'i amddiffyn ei hun rhag pethau sy'n ein pryderu. Er enghraifft, rydyn ni'n gallu osgoi rhai atgofion poenus drwy eu gwthio o'r neilltu i'n hisymwybod.'

'Onid dull o anghofio ydy hynny? Yn fy achos i rydw i'n sôn am *gofio* rhywbeth annymunol.'

'Digon gwir.'

'Fyddwn i'n gallu gwyrdroi'r atgof, tybed?'

'Mae hynny'n bosibl,' meddai Dr Ott. 'Mae enghraifft glasurol yn cael ei hadrodd gan Piaget, y seicolegydd o'r Swistir. Roedd yn cofio dyn yn ceisio ei ddwyn o'i goets pan oedd yn ifanc iawn yn y *Champs Elysées*. Ymladdodd ei nyrs â'r lleidr a chafodd ei chripio ar draws ei hwyneb. Rhedodd y dyn i ffwrdd pan gyrhaeddodd *gendarme* oedd yn gwisgo clogyn cwta ac yn cario pastwn yn ei law. Roedd y darlun yn gwbl glir ym meddwl Piaget drwy'r blynyddoedd. Ond pan oedd yn bymtheg oed, cafodd ei dad lythyr oddi wrth y nyrs a oedd wedi gadael y teulu ers blynyddoedd. Roedd hi wedi troi at grefydd ac yn awyddus i gyffesu rhywbeth oedd wedi bod yn pwyso ar ei chydwybod. Roedd hi hefyd yn dychwelyd wats aur a roddwyd yn anrheg iddi am achub y plentyn rhag y lleidr. Doedd dim gronyn o wirionedd yn y stori. Hi oedd wedi cripio ei hwyneb ei hun yn fwriadol.'

'Felly roedd Piaget wedi dychmygu'r cyfan?'

'Ei eglurhad oedd iddo glywed y stori gan ei rieni ac iddo ei hailgreu fel atgof o'i orffennol.'

'Ond does dim amheuaeth na ddigwyddodd yr hyn welais i.'

Wnaeth Ott ddim dadlau. Yn ei ffordd ddeheuig ei hun, llwyddodd i gyfiawnhau fy ngosodiad, ond gan godi rhai amheuon o bwys ar yr un pryd. 'Mae'n rhaid eich bod chi wedi clywed am y digwyddiad o ffynonellau eraill. A dydy hi ddim yn amhosibl eich bod chi wedi addasu eich cof eich hun i gydweddu â fersiwn rhywun arall o'r hyn ddigwyddodd. Mae gwaith ymchwil yn awgrymu nad yw'r cof yn gwbl ddibynadwy. Mae'n cael ei ddylanwadu gan yr hyn rydyn ni'n ei feddwl wedyn. Felly, fe allai atgof poenus yn hawdd gael ei addasu wrth edrych yn ôl arno. Fyddwch chi'n ailfyw'r olygfa yn aml?'

Fel roeddwn i wedi ofni, roedd Freud yn codi ei ben. Mae'n sicr ei fod yn meddwl fy mod i'n rhyw fath o greadur rhywiol gwyrdroedig. 'Na fyddaf. Mae'n well gen i beidio â meddwl am y peth.'

'Felly, rydych chi'n ceisio gwthio'r digwyddiad o'ch meddwl.'

Ceisiais guddio fy niffyg amynedd. 'Tybed nad ydych chi'n camddeall y sefyllfa? Yr hyn rydw i'n methu ei ddarlunio ydy'r olygfa arall lle nad oedd unrhyw drais, dim ond dau yn caru o'u gwirfodd.'

'Yn hollol. Ac mae tystiolaeth i awgrymu mai dyna oedd yn digwydd?'

'Roedd hi'n feichiog ers dau fis. Ac mae'r ffeithiau'n awgrymu mai'r dyn oedd gyda hi yn y sgubor oedd yn gyfrifol.'

Pendronodd am rai munudau. Roedden ni bron wedi cyrraedd yn ôl i'r brifysgol, ac roeddwn innau'n dechrau gresynu fy mod i wedi mynd i'w weld yn y lle cyntaf.

Stopiodd yn sydyn a dweud, 'Ond mae 'na eglurhad posibl. Roeddech chi'n arbennig o hoff o'r ferch, yn ei hanner addoli hi yn ôl pob golwg. Efallai mai ei gweld hi'n rhoi ei hun i ryw ddieithryn oedd yn eich tarfu chi. Allech chi ddim derbyn y fath beth, ac felly fe ddyfeisioch chi sefyllfa lle nad oedd unrhyw fai arni hi. Roedd yn llawer haws i chi dderbyn iddi gael ei threisio na chredu ei bod hi'n croesawu sylw'r dyn hwnnw.' Syllodd yn graff arnaf, 'Ydy hynny'n eglurhad posibl?'

Ystyriais innau cyn ateb. 'Awgrymu rydych chi y gallwn i fod wedi dyfeisio'r trais er mwyn anghofio rhywbeth a oedd yn llawer mwy gwrthun yn fy ngolwg?'

'Dim ond damcaniaethu rydw i.'

'Oes 'na unrhyw ffordd y gallwn i roi prawf ar y ddamcaniaeth?'

'Mi fyddai'n rhaid i chi gael cymorth seico-analysis, rydw i'n credu. Mae hi'n eithaf posibl fod 'na ffactorau eraill y dylid eu hystyried.'

'Er enghraifft?'

'Teimlad o euogrwydd, efallai.'

Aeth rhyw ias i lawr asgwrn fy nghefn. Tybed a oedd Dr Ott wedi sylweddoli mai achos Donovan oedd gen i dan sylw?

Eglurodd ymhellach, 'Mae'n debyg i chi redeg o'r sgubor i ddweud wrth rywun beth roeddech chi wedi ei weld. Yna fe gymerodd y ferch ei bywyd ei hun. Efallai eich bod chi'n eich beio eich hun am hynny.'

Diolchais iddo, a'i sicrhau fod ei sylwadau wedi bod yn dra diddorol.

Cyn mynd yn ôl i'r coleg, gyrrais yn fy nghar at adeiladau gwyddoniaeth y brifysgol, ac estyn fy mag lledr oedd yn cynnwys y Colt .45 a ddefnyddiwyd i ladd Cliff Morton o'r gist yn y cefn. Dringais y grisiau i'r labordai ffiseg a dod o hyd i'r dyn roeddwn i am ei weld yn mwynhau cwpanaid o goffi yn y stafell baratoi yng nghefn y labordy. Danny Morris oedd prif dechnegydd yr Adran Ffiseg. Roedd yn ŵr deallus, amryddawn, pymtheg ar hugain oed, ond doedd ganddo ddim awydd o gwbl i ennill bywoliaeth yn darlithio i fyfyrwyr. Byddai'n llwyddo'n ddi-feth i gwblhau posau croeseiriau'r *Telegraph* a'r *Times* cyn amser cinio bob yn ail â chyflenwi anghenion technegol athrawon, darlithwyr a myfyrwyr ymchwil yr adran. Roedd graen eithriadol ar bob un o'r labordai dan ei ofal, ac ar ben hynny byddai'n dod o hyd i'r amser i roi arian ar geffylau ar ran pob un ohonom oedd yn ymddiddori yn y gamp honno. Roeddwn i a Danny'n gyfeillion ers y dyddiau hynny pan fyddwn i'n chwarae *bridge*.

Ond un arall o ddiddordebau Danny Morris oedd yn mynd â'm bryd heddiw: clwb saethu'r brifysgol. Danny oedd wedi sefydlu'r clwb ddwy neu dair blynedd yn ôl, ac roedd wedi llwyddo i drefnu fod gan y clwb gyfarpar a chyfleusterau cystal ag unrhyw brifysgol yn y wlad. Doeddwn i ddim yn aelod o'r clwb ond roeddwn i wedi bod yn gwylio ambell i gystadleuaeth yno o dro i dro.

Ar ôl sgwrsio a thynnu coes am ychydig, a rhannu

gweddill y coffi oedd ar ôl yn fflasg Danny, agorais fy mag a dangos dryll Duke iddo. 'Wyt ti wedi gweld rhywbeth fel hyn o'r blaen?'

'Colt otomatig. Ac os nad wyt ti'n meindio, Arthur . . . ' Estynnodd ei law chwith a dodais innau'r dryll ar gledr ei law. 'Cofia y dylet ti bob amser godi dryll yn y llaw na fyddet ti'n ei defnyddio i saethu.' Archwiliodd y dryll yn ofalus. 'Mae blynyddoedd ers pan daniwyd hwn. Mae pob math o fudreddi yn ei faril. Hoffet ti i mi ei lanhau?'

'Os byddi di mor garedig, Danny.'

'Wyddwn i ddim fod gen ti ddiddordeb mewn saethu o'r blaen.'

'Mae cyflwr hwn yn dangos i ti nad oes gen i ddim. Rhywbeth rydw i'n ei gadw fel swfenîr ydy o. A phaid â holi am fy nhrwydded i.'

'A beth arall wyt ti'n guddio yn y bag 'na?' holodd Danny wrth fy ngweld yn tyrchu i mewn iddo. 'Nefoedd fawr, bwledi!' Pwyntiodd at bwcedaid o dywod ger y drws. 'Rho nhw yn fan'na, yn ofalus. Beth ydyn nhw, hen bethau o'r Ail Ryfel Byd?'

'Dydyn nhw'n dda i ddim erbyn hyn, mae'n siŵr?'

'Hoffwn i mo'u tanio nhw.'

'Elli di gael gwared ohonyn nhw i mi?'

'Croeso.'

'Fyddai hi'n bosibl defnyddio'r dryll pe byddwn i'n cael bwledi newydd iddo?'

'Mi ddylai fod, ar ôl iddo gael ei lanhau a rhoi tipyn o olew arno. Mi ro i gynnig ar ei ddanio os mynni di. Rwy'n sicr fod gen i focs neu ddau o fwledi .45 yn rhywle. Wyt ti wedi tanio hwn erioed?'

'Flynyddoedd lawer yn ôl, pan oeddwn i'n gwisgo trowsus cwta. Roedd yn rhaid imi ddefnyddio dwy law i'w drin o bryd hynny.' Petrusais cyn ychwanegu, 'Alla i ddod gyda thi pan fyddi di'n ei ddanio fo?'

'Os wyt ti'n barod i godi'n ddigon cynnar.'

'Pa mor gynnar?'
'Tyrd i lawr i'r clwb erbyn wyth bore Mercher.'

Pennod 18

Roedd triawd llinynnol yn chwarae cerddoriaeth o *Call Me Madam* pan gyrhaeddais y *Pump Room*. Digon addas, meddyliais: wrth y byrddau ar y carped o dan y canhwyllyr crisial, merched ffasiynol yn eu chwedegau ac yn gwisgo hetiau oedd yr unig gwsmeriaid. Roedd rhyw lond dwrn o ddynion, mewn siwtiau brethyn, yn eistedd yn y cadeiriau breichiau ger y ffenestri yn darllen eu papurau newyddion.

Go brin fod unrhyw newid wedi bod ar ddefodau ffurfiol y *Pump Room* ers oes Beau Nash ei hun. Disgwylir i chi aros ar eich traed nes daw gwraig fawreddog i'ch tywys at un o'r cadeiriau *Chippendale*, a chynnig y fwydlen i chi. Treiddiodd ei llygaid dilornus drwof pan ofynnais am gael eistedd cyn belled ag yr oedd modd oddi wrth darddiad y gerddoriaeth, a phan dddywedais na fyddwn yn archebu nes byddai fy nghydymaith yn cyrraedd, fe'm hysbyswyd yn oeraidd mai'r arfer oedd defnyddio'r stafell aros i'r pwrpas hwnnw. Cytunais â hi ac ychwanegu fy mod wedi gwneud trefniadau gwahanol. Ffroenodd yr awyr fel march rhyfel cyn mynd i roi ei sylw i ddinasyddion mwy teilwng o'i hurddas.

Yn ôl y cloc mawr yn y stafell, roedd hi'n bum munud i dri. Roeddwn i ar bigau'r drain. Efallai na fyddai'r gwir am Barbara wrth fy modd. *Doedd dim cyfrinachau rhyngom,* dyna ddywedodd Sally ddydd Sul, ac roeddwn i'n barod i gredu hynny. Yn ôl yn y dyddiau hydrefol hynny ym 1943, roeddwn i'n ei chofio hi a Barbara, yn sgwrsio'n ddyfal lawer tro ar ôl gwneud yn sicr nad oedd neb arall o fewn clyw.

Roeddwn i'n mynd i ofyn a oedd Barbara a Duke yn

gariadon, yn blwmp ac yn blaen, i Sally. Doedd y ffaith fod Harry wedi wfftio'r syniad ac wedi ceisio fy nhagu am awgrymu'r fath beth, nac yma nac acw. Roedd arna i eisiau amgenach tystiolaeth na hynny, a fyddwn i ddim yn credu fy mod wedi camgymryd nes cawn i glywed hynny o enau Sally ei hun.

A diolch i Alice a'i damcaniaethau, roedd cwestiwn arall y byddai'n rhaid i mi ei ofyn. Dichon y byddai Sally'n wfftio, ond byddai'n rhaid ei ofyn gan mai hi oedd yr unig un a allai roi'r ateb imi. Beth yn union oedd perthynas Barbara a Cliff Morton? Yn ôl popeth roeddwn i wedi ei glywed, roedd yn cael ei ystyried yn gymeriad gwrthun, didoreth, ac allwn i ddim amgyffred sut y gallai Barbara ei hoffi'n fwy na Duke.

Oni bai fod Sally'n cadarnhau hynny, fyddwn i byth yn credu mai rhywbeth rhwng dau gariad roeddwn i wedi ei weld yn nhaflod y sgubor.

Roeddwn i wedi treulio noson ddigon anesmwyth yn cnoi cil ar yr hyn roedd Dr Ott wedi ei ddweud am ffordd y meddwl o'i amddiffyn ei hun. A doeddwn i ronyn callach. Pe baen ni'n gallu dadansoddi profiadau mwyaf emosiynol ein plentyndod yn gwbl oeraidd a diduedd, mi fyddai hi'n dipyn tlotach byd ar seiciatryddion. Ein tuedd yw glynu fel gele wrth yr argraffiadau sydd wedi eu storio yn ein meddwl, a hynny weithiau er gwaethaf unrhyw dystiolaeth sy'n awgrymu'n wahanol. Doeddwn i erioed wedi cael eiliad o amheuaeth ynglŷn â'r hyn roeddwn i'n credu imi ei weld ym 1943. Roedd yn ffaith gwbl ddiymwad, ac roeddwn i'n dal i fod yn amharod iawn i drafod y mater.

Go brin y byddai unrhyw un yn falch o glywed ei fod wedi bod yn coleddu anwiredd am dros ugain mlynedd.

Ac os byddai Sally'n cadarnhau fod Barbara a Morton wedi bod yn gariadon, byddai ganddi hithau lawer o bethau i'w hegluro. Pam nad oedd hi wedi dweud rhywbeth yn ystod cyfnod yr achos yn erbyn Duke? Mae'n wir nad oedd hi wedi cael ei galw fel tyst, ond mae'n fwy na thebyg fod yr heddlu wedi ei holi. Oedd hi wedi dweud celwydd wrthyn nhw. Neu efallai nad oeddynt wedi gofyn iddi am fywyd carwriaethol Barbara.

Ai ei chydwybod oedd wedi peri i Sally fynd i ddibynnu ar y botel? Mae'n sicr nad peth hawdd fyddai byw gan wybod eich bod wedi anfon dyn dieuog i'r crocbren.

Ond ble roedd Sally?

Pum munud wedi tri. Edrychais drwy'r ffenestr ar y llain tir o flaen yr abaty. Doedd dim argoel ohoni.

Erbyn pum munud ar hugain wedi roedd y lle'n orlawn ac roeddwn i wedi clywed rhaglen gyflawn y triawd am yr ail waith. Daeth y ddraig yn ôl at y bwrdd i ofyn pa mor hir roeddwn i'n bwriadu eistedd yno cyn archebu. Gofynnais am debotiad o de ac ychydig o deisenni.

Erbyn deng munud i bedwar, roedd pobl yn sefyll ger y drws yn aros am le i eistedd. Sylwais ar y brif weinyddes yn sibrwd yng nghlust y ferch ifanc oedd wedi dod â'm harcheb i mi. Daeth hithau â'r bil imi cyn imi ofyn amdano. Arllwysais gwpanaid arall i mi fy hun a gwrando ar ddehongliad y triawd o *Call Me Madam* am y trydydd tro cyn talu fy nyled a mynd i eistedd ymhlith y papurau newydd ger y ffenestr.

Penderfynais aros hyd ddeng munud wedi pedwar, er nad oeddwn yn disgwyl ei gweld bellach. Sylweddolais, yn rhy ddiweddar, y byddai wedi bod yn ddoethach imi gytuno â'i hawgrym i gyfarfod yng ngwesty'r *Francis*. Mae'n sicr y byddai rhywbeth cryfach na mi wedi ei denu i gadw'r oed yno.

Cerddais allan o'r *Pump Room*, a gyrru i fyny i'r *Royal Crescent*. Yno gwelais â'm llygaid fy hun beth oedd wedi cadw Sally o'r *Pump Room*.

Roedd y tŷ wedi ei losgi'n ulw.

Roedd un o geir yr heddlu a pheiriant tân yn dal o flaen y tŷ, ac ychydig o bobl wedi sefyll i syllu ar y difrod.

Ond doedd dim golwg o unrhyw weithgarwch arall. Mae'n rhaid fod y peth wedi digwydd y prynhawn hwnnw. Roedd ôl fflamau ar wal ffrynt y tŷ ac roedd fframiau pob ffenestr wedi llosgi'n llwyr.

Stopiais y car ar bwys y peiriant tân ac egluro i un o'r dynion oedd yn sefyll gerllaw fy mod yn ffrind i berchnogion y tŷ. Holais pa bryd roedd y tân wedi digwydd.

'Roedd hi'n dri munud ar ddeg wedi dau pan gawson ni ein galw,' meddai.

'Oedd 'na rywun . . . ?'

'Un wraig, mae hi yn yr ysbyty lleol. Mewn cyflwr go ddrwg, mae arna i ofn.'

Cyfarwyddodd fi i'r ysbyty a gwibiais innau drwy'r traffig ar gyflymder anghyfreithlon.

Gadewais yr MG mewn man ger y drws oedd wedi ei neilltuo ar gyfer meddygon yn unig. Cyfarwyddwyd fi i stafell ar yr ail lawr. Y person cyntaf a welais yno oedd Harry.

Roedd yn eistedd yn swrth ar gadair yn y coridor â'i ben yn ei blu. Edrychodd i fyny pan glywodd fi'n dynesu 'Beth ddiawl?' meddai.

'Fe ddwedodd y dynion tân wrtha i. Beth sy'n digwydd nawr?'

'Mae hi'n anymwybodol. Asfficsia. Llosgiadau difrifol. Mae'n gas gen i ei gweld hi fel'na.'

'Oes 'na ryw obaith iddi?'

'Does neb yn fodlon dweud dim. Dydw i ddim wedi bod yma'n hir. Roeddwn i allan drwy'r dydd. Cyrraedd adre tua phedwar a gweld beth oedd wedi digwydd. Arglwydd mawr!'

'Oes gen ti ryw syniad beth digwyddodd?'

Edrychodd yn filain arnaf. 'Wyt ti'n ddwl, neu rywbeth? Mae hi'n alcoholig ac mae hi'n smocio. Iawn?'

'Ddwedon nhw ei bod hi wedi bod yn yfed?'

'Ddwedodd neb ddim byd.'

Penderfynais mai'r peth doethaf i minnau fyddai tewi.

Doeddwn i ddim yn hoff o'r dyn, ond nid dyma'r amser i amau ei resymeg. Eisteddais ar gadair gyferbyn ag ef a cheisio rhoi trefn ar fy meddyliau. Rwy'n gwybod pob peth am gyd-ddigwyddiad, ond roedd hi'n anodd gen i gredu fod hyn wedi digwydd yn ddamweiniol ar yr union brynhawn pan oedd Sally wedi trefnu i'm cyfarfod. Roeddwn i'n awyddus i wybod sut roedd y tân wedi cychwyn.

Eisteddodd y ddau ohonom mewn distawrwydd llethol am ugain munud cyn i ddoctor ymddangos drwy'r drws. Roedd wedi tynnu'r masg a fu ar ei wyneb i lawr o dan ei ên. Roedd Harry'n rhythu ar y llawr rhwng ei draed, felly edrychodd y doctor i'm cyfeiriad a gofyn mewn llais mor lleddf fel nad oedd rhaid iddo adrodd ei neges, 'Mr Ashenfelter?'

Gogwyddais fy mhen i gyfeiriad Harry.

Pennod 19

Roedd rhagor o newyddion drwg yn aros amdanaf. Ar fy ffordd i lawr y grisiau, safai dyn mewn siwt frown yn union o fy mlaen. Cododd ei ddwy law i'm rhwystro rhag mynd heibio iddo, mewn modd a oedd hyd yn oed yn orswyddoglyd i un o weision y Gwasanaeth Iechyd Cenedlaethol. Penderfynais mai rhyw ynfytyn oedd yn fy wynebu.

'Hei,' meddai.

Gwenais yn nawddoglyd arno a cheisio camu heibio iddo.

Cydiodd yn fy mraich a dweud, 'Fe hoffen ni gael gair â chi.'

'A phwy yn hollol ydy *ni*?' gofynnais.

Tynnodd gerdyn mewn cas plastig o'i boced. 'Y Ditectif-Arolygwr Voss, CID, Heddlu Caerfaddon,' meddai.

Edrychais ar y cerdyn a phenderfynu bod golwg eithaf dilys arno. Edrychais i'r llygaid brown dan yr aeliau trymion. Roeddwn i'n cofio darllen yn rhywle fod plismyn yn rhoi cryn bwys ar y ffordd mae llygaid dyn yn ymateb. Os byddwch chi'n ceisio osgoi eu llygaid, maent yn penderfynu'n syth eich bod yn ddihiryn di-gymrodedd.

Pan oeddwn yn teimlo fy mod wedi syllu i'w lygaid yn ddigon hir i'w berswadio fy mod yn gwbl ddieuog, edrychais ar y gweddill ohono: y trwyn smwt, yr ên sgwâr a'r gwddf cyhyrog. Tybiwn ei fod tua deng mlynedd yn hŷn na fi, ond roedd mewn cyflwr corfforol da. Doedd hwn ddim yn ddyn i'w fygwth â'm ffon.

'Eich MG chi sydd wrth y drws?' Am eiliad

optimistaidd credais mai fy nhrosedd oedd parcio ar dir cysegredig.

Nid felly. Roedd am imi ddilyn ei gar ef cyn belled â gorsaf yr heddlu ynghanol y ddinas.

'A beth wedyn?' gofynnais.

'Fe gewch chi weld.'

'Ydych chi eisiau gwybod pam rydw i yma?' Doedd dim i'w golli wrth fod yn gwrtais. 'Fe alla i ddweud hynny wrthych chi yma nawr. Does dim rhaid trafferthu mynd i'r orsaf.'

Petrusodd fel pe bai'n ceisio penderfynu ai cynnig rheswm ynteu cydio yn fy ngwar fyddai'r dull mwyaf effeithiol i'm perswadio. Roedd hi'n amlwg nad oedd yn gwerthfawrogi fy awgrym. 'Ysbyty yw hwn,' meddai. Mae'n rhaid mai ei graffter a'i sylwgarwch oedd yn gyfrifol am ei lwyddiant yn yr heddlu. 'Does arnyn nhw mo'n heisiau ni yma o dan eu traed.'

Felly, fe'i dilynais i orsaf yr heddlu a chefais fy nhywys i mewn drwy'r drws. Chwarae teg i heddlu Caerfaddon, fe roddwyd coffi mewn cwpan papur imi a'm gadael i eistedd ar fainc o flaen hysbysfwrdd anferth. Roedd fy natur sinigaidd o'r farn y,byddwn i'n gorfod aros yn hir, ac fe enillodd fy natur sinigaidd farciau llawn. Treuliais awr a hanner yng nghwmni'r hysbysfwrdd. Pan anfonwyd amdanaf, byddwn wedi gallu pasio unrhyw arholiad ar glwy'r traed a'r genau neu'r chwilen ddinistriol o Golorado gydag anrhydedd.

Roedd yr Arolygydd Voss wedi tynnu ei siaced ac edrychai fel dyn a oedd yn barod i herio'r *All Blacks* ar ei ben ei hun ar Faes yr Arfau. Eisteddai o'm blaen, yn gwyro dros ei ddesg a'i ysgwyddau yn cyrraedd ei glustiau. Am unwaith, roeddwn i'n sugno rhyw gymaint o gysur o'r ffaith fod plismon ifanc yn eistedd yn y gornel y tu ôl imi.

Roeddwn i'n llygad fy lle ynglŷn ag agwedd ymosodol y gŵr o'm blaen. Dechreuodd gyda hyrddiad ffyrnig. Dim gair o ymddiheuriad am fy nghadw'n aros mor hir.

'Rydw i wedi bod yn clywed pethau amdanoch chi, Dr Probert.'

'Gan Harry Ashenfelter, mae'n debyg.'

Oedodd fel pe bawn i wedi ei daro.

Eglurais yn amyneddgar, 'Mae'n rhaid mai ganddo fe y cawsoch chi fy enw i.'

Chwarddodd yn ddilornus. 'Rwyt ti yn nwylo'r CID, cofia di. Mae ganddon ni'n ffyrdd o ddod o hyd i enwau pobl.'

'Ffyrdd fel gofyn i Harry Ashenfelter?'

Anwybyddodd fy nghwestiwn gwawdlyd a chyfarth, 'Ers pryd rwyt ti'n adnabod Mr Ashenfelter?'

'Ers tuag un mlynedd ar hugain, pan oedd gyda'r Fyddin Americanaidd mewn gwersyll yn Shepton Mallet.'

'Ac ers hynny?'

Doeddwn i ddim yn teimlo fel treulio llawer rhagor o amser yn ei gwmni, ac felly penderfynais beidio ag adrodd y stori i gyd, er na allwn fod yn sicr beth oedd Harry wedi ei ddweud wrtho eisoes. 'Brynhawn Sul mi alwais i'w weld ef a'i wraig. A dyna'r tro cyntaf imi ei weld ers amser y rhyfel. Roedd ei lysferch wedi dod i'm gweld a minnau wedi ei helpu i ddod o hyd i Harry yng Nghaerfaddon.'

'Rhyw fath o aduniad teuluol, felly?'

'Ie, rhywbeth felly.'

'Felly mae Alice yn un o dy ffrindiau di?'

Penderfynais ochrgamu y tro hwn. 'Fe ddaeth hi i'r Brifysgol yng Nghaerdydd lle rydw i'n gweithio a chyflwyno ei hun i mi.'

'Pam na fyddai hi wedi dod yma i Gaerfaddon ar ei hunion?'

'Doedd y cyfeiriad ddim ganddi.'

Syllodd Voss yn anghrediniol arnaf. 'Doedd hi ddim yn gwybod cyfeiriad ei llystad?'

'Rwy'n deall iddo fynd a'i gadael hi a'i mam

flynyddoedd yn ôl, wnaeth o ddim trafferthu i gysylltu â nhw wedyn.'

'Felly dydd Sul oedd y tro cyntaf iddi gyfarfod Mrs Ashenfelter, y wraig gollodd ei bywyd yn y tân heddiw?'

'Ie.'

Tra oedden ni'n siarad, roedd wedi cydio mewn pensil a thynnu llun cylch o ryw fath ar y papur oedd ar y ddesg o'i flaen. Nawr cododd y pensil yn uchel a'i daro i lawr ar ganol y cylch. 'Nawr rydyn ni'n mynd i siarad amdanat ti. Roeddet ti wedi cyfarfod Sally Ashenfelter o'r blaen.' Nid cwestiwn oedd hwn.

'Oeddwn, pan oeddwn i'n blentyn.'

'Faint oedd dy oed ti?'

'Naw.'

'Ac o dan ba amgylchiadau?'

'Yn ystod y rhyfel. Roeddwn i'n ifaciwî yn y pentref. Fe fyddai hi'n gweithio ar y fferm lle roeddwn i'n aros.'

'A lle roedd Harry Ashenfelter yn dod i mewn i'r stori?'

'Byddai yntau'n galw heibio i'r fferm ac yn rhoi help llaw o dro i dro.'

Daeth Voss â'i wyneb yn agosach i'm hwyneb i er mwyn pwysleisio arwyddocâd ei sylw nesaf. 'Roedd o'n ffrind i'r milwr Americanaidd lofruddiodd Cliff Morton.'

Os oedd o wedi disgwyl i'r datganiad fy rhyfeddu, fe gafodd ei siomi. Plismon oedd o, wedi'r cyfan. A byddai'n rhaid iddo fod yn blismon go aneffeithiol os na fyddai wedi gweld y cysylltiad.

Nodiais fy mhen ac edrych yn ddidaro arno.

'A thi oedd y bachgen oedd yn dyst dros yr erlyniad yn yr achos,' meddai, fel pe bai'n fy nghyhuddo o drosedd ysgeler.

'Fe gyflwynais i ddatganiad nad oedd ar lw.'

'Ac ugain mlynedd yn ddiweddarach, dyma ti'n ôl yng Ngwlad-yr-haf ac Alice Ashenfelter i dy ganlyn, yn poeni pobl drwy holi pob math o gwestiynau am yr achos.'

'Pam dylai hynny boeni pobl?'

Yn lle cynnig ateb, rhannodd gyfrinach atgofus â mi. 'Matt Judd oedd y plismon yn yr achos. Matt ddysgodd fy nghrefft i mi. Roedd o fel Duw yn fy ngolwg i.'

'Ac fe gododd o ddiawl o ofn arna inna,' meddwn i wrth gofio bygythiadau brawychus y plismon-bregethwr hwnnw.

'Y plismon gorau gynhyrchodd y rhan yma o'r wlad erioed,' meddai Voss mewn llais gwylaidd, gostyngedig.

'Bob amser yn llwyddo i roi'r bai ar rywun?'

Diflannodd yr olwg hiraethus, barchus, oddi ar ei wyneb, a gwgodd. 'Paid ti ag anghofio ble rwyt ti, frawd.'

Edrychais ar fy wats cyn ateb, 'Dydw i ddim yn debyg o wneud hynny, yn ôl pob golwg.'

Cefais rybudd dwys ganddo yn dâl am fy hyfdra. 'Dwyt ti ddim yn sylweddoli pa mor ddifrifol ydy dy sefyllfa di. Mae'n well i ti gael clywed rhai o'r ffeithiau. Y tân 'na yn y *Royal Crescent*. Ar yr olwg gynta, byddai'n ddigon hawdd i rywun feddwl, gwraig feddw yn taflu stwmp sigarét i fasged sbwriel a llosgi'r lle'n ulw. Ond dydy pethau ddim mor rhwydd â hynny. Fe ddaeth bechgyn y frigâd dân o hyd i Sally Ashenfelter yn gorwedd yn y stafell fyw, lle dechreuodd y tân. Ac roedd 'na arwyddion ei bod hi wedi bod yn yfed a smocio'n drwm. Ac mae'n debyg mai yn y fasged sbwriel y dechreuodd y fflamau. Ond roedd pethau wedi eu pentyrru o amgylch y fasged, Dr Probert. Pethau fyddai'n llosgi, tameidiau o bren, cylchgronau a phapurau newydd a . . . '

'Tân wedi ei gynnau'n fwriadol?' meddwn ar ei draws.

'Ie, ac achos o lofruddiaeth,' meddai Voss, heb dynnu ei lygaid oddi arnaf ar ôl yr ergyd giaidd. Roedd Judd wedi cael hwyl ar hyfforddi hwn.

Atebais yn beiriannol, wrth i'r amryfal bosibiliadau wibio drwy fy meddwl, 'Ydych chi'n hollol sicr o hynny?'

'Bydd yn rhaid cadarnhau'r ffeithiau, wrth gwrs, ond rydw i'n ddigon bodlon ar ôl cael cip ar y lle.'

'Ond efallai mai hi ei hun oedd wedi gosod y pethau i gynnau'r tân yn fwriadol.'

'Wedi ei lladd ei hun?' Siglodd ei ben. 'Roedd hi'n feddw gaib. Fyddai hi ddim wedi gallu symud.' Edrychodd i gyfeiriad y plismon yn y gornel. 'Glywaist ti erioed am rywun yn lladd ei hun yn y ffordd yna?'

Chlywais i ddim ateb, a wnes i ddim troi fy mhen i edrych beth oedd barn y gŵr tawel.

Cydiodd Voss yn y pensil unwaith eto a'i phwyntio ataf i bwysleisio ei sylw nesaf. 'Ond beth am y posibilrwydd arall? Rhywun yn galw i weld y wraig, yn gwybod ei bod hi'n alcoholig ac yn ei llenwi â fodca nes ei bod hi'n anymwybodol. Yna, gwneud coelcerth o'r dodrefn a gollwng sigarét i'r fasged sbwriel cyn gadael. Beth wyt ti'n feddwl o'r ddamcaniaeth yna?'

'Peidiwch â gofyn i mi, chi ydy'r ditectif.'

Torrodd y pensil yn ei ddwylo.

Am eiliad, meddyliais ei fod ar fin estyn dros y ddesg i gydio ynof, ond yna anadlodd yn ddwfn fel pe bai'n ymladd i'w reoli ei hun. 'Iawn, 'te, frawd, rho gynnig ar y cwestiwn yma. Beth oeddet ti'n wneud yng Nghaerfaddon heddiw?'

'Aros yn y *Pump Room* am y rhan fwyaf o'r amser. Roeddwn i wedi trefnu i gyfarfod Sally Ashenfelter yno am dri o'r gloch.'

'Ond roeddet ti wedi ei gweld hi ddydd Sul.'

'Dim ond am ychydig. Doedd hi ddim yn teimlo'n dda iawn ymhell cyn i ni adael.'

'Yn chwil gaib, mae'n debyg?'

'Dyna un ffordd o ddisgrifio'i chyflwr hi,' cytunais.

'Felly roeddet ti'n gwybod am broblem Sally?' Roedd yn ôl ar gefn ei geffyl unwaith eto.

'Fi a hanner poblogaeth Gwlad-yr-haf, yn ôl pob tebyg,' meddwn innau'n gwta. 'Dydy yfwyr fel Sally ddim yn arbennig o enwog am gadw eu cyflwr yn gyfrinach.' Roeddwn i wedi mynd â'r gwynt o'i hwyliau am ennyd, a phrysurais ymlaen. 'Fyddwn i ddim wedi eistedd yn y *Pump Room* am awr a hanner bron, pe bawn i'n gwybod ei bod hi wedi bod ar y botel y bore 'ma.'

Roedd yn barod i ymosod eto. 'A phryd cyrhaeddais ti Gaerfaddon?'

'Tua hanner awr wedi dau.'

'Ble roeddet ti hanner awr wedi un?'

'Newydd gychwyn o Gas-gwent mae'n debyg.'

'Arhosaist ti'n rhywle ar y ffordd? Petrol, neu damaid o ginio, efallai?'

'Na, mi ddois i'n syth yma.'

'A ble roeddet ti cyn hynny?'

'Adre'n paratoi darlith.'

Pwysodd Voss yn ôl yn ei gadair ac edrych arnaf yn feddylgar. 'Mi fydd rhaid imi gymryd dy air di am hynny am y tro, mae'n debyg. Mi ddechreuodd y tân rywbryd rhwng un a dau pan wyt ti'n dweud dy fod ti ar dy ffordd yma.' Roedd ei bwyslais ar y gair 'dweud' yn amlwg wedi ei fwriadu i'm gwylltio.

Anwybyddais ef.

Pan sylweddolodd nad oeddwn i am ymateb, dywedodd, 'Efallai y byddai'n well i ti roi gwybod i mi pam roeddet ti'n dod i weld Mrs Ashenfelter.'

Tipyn o broblem. Fyddai o ddim yn cymryd yn rhy garedig pe bawn i'n mynegi amheuaeth ynglŷn ag achos enwocaf ei arwr Judd. 'Does dim dirgelwch ynglŷn â'r peth, mi alla i'ch sicrhau chi. Dim ond ei bod hi wedi dweud digon cyn iddi ddechrau ar y fodca dydd Sul i beri imi feddwl y byddai'n werth cael sgwrs arall â hi. Roeddwn i wedi cael y teimlad y byddai ganddi lawer mwy i'w ddweud pe na bai ei gŵr yn gwrando, ac felly fe ffoniais i hi i drefnu ei chyfarfod hi y prynhawn 'ma.'

Culhaodd ei lygaid. 'Mwy i'w ddweud am beth?'

'Am ddim byd yn arbennig,' meddwn i'n ddidaro.

'Bydd yn rhaid i ti feddwl am well ateb na hwnna.'

Roedd Voss yn teimlo ei fod wedi cael ei grafangau ynof.

'Na'n wir, doedd fawr o wahaniaeth am beth byddai hi'n siarad.' Roeddwn i'n dechrau cael blas ar dynnu ei goes.

Rhybuddiodd fi'n chwyrn, 'Mae'n well i ti beidio â cheisio osgoi ateb fy nghwestiynau i.'

'Rydw i'n ceisio dweud mai nid yr hyn roedd Mrs Ashenfelter yn ei ddweud oedd yn bwysig i mi, ond ei ffordd hi o'i ddweud o,' eglurais yn bwyllog. Roedd yr olwg ddryslyd ar ei wyneb yn rhoi cryn foddhad i mi, ond teimlwn y gallai fod yn beryglus i mi ddal ati'n rhy hir. 'Gwraig o Wlad-yr-haf ydy hi; mae hi wedi byw yn y sir drwy ei hoes, ac mae hi'n dal i ddefnyddio geiriau tafodieithol a glywais i gyntaf ugain mlynedd yn ôl, ymhell cyn imi ddechrau ymddiddori yn hanes yr Oesoedd Canol. Dydw i ddim yn arbenigo mewn ieitheg, ond mae rhai pwyntiau sy'n cysylltu'r ddwy astudiaeth.' Mae'n bosibl eich bod chithau mor ddryslyd â Voss erbyn hyn. 'Nawr, un o Wlad-yr-haf ydych chi, 'te? Felly, mae'n sicr eich bod chi, er enghraifft, wedi clywed y gair *dimpsy* yn cael ei ddefnyddio i gyfeirio at y cyfnos.'

Nodiodd Voss yn gwta.

'Oeddech chi'n sylweddoli fod y gair hwnnw'n dod yn uniongyrchol o'r gair Eingl-Seisnig *dimse*? Roeddwn i ar ben fy nigon pan sylweddolais fod y gair wedi goroesi yn y dafodiaith drwy'r canrifoedd. Dyna i chi un enghraifft o'r math o beth roeddwn i'n gobeithio dod ar ei draws wrth sgwrsio â Sally Ashenfelter.'

'Wyt ti'n dweud wrtha i mai er mwyn siarad am eiriau roeddet ti eisiau ei chyfarfod hi?' Doedd o ddim wedi ei lwyr argyhoeddi, ond roedd pethau'n symud i'r cyfeiriad hwnnw.

'Yn hollol,' meddwn i. 'Hoffech chi glywed rhagor o enghreifftiau?' Roedd amryw ohonynt yn dal yn fy nghof, er bod cymaint o flynyddoedd wedi mynd heibio er pan fyddwn i'n paratoi rhestrau ar gyfer Duke.

'Paid â thrafferthu,' meddai.

'Mae gofyn i rywun wneud,' meddwn i, gan geisio swnio fel gŵr academaidd brwdfrydig ar dân dros ei hoff bwnc. 'Mi fydd yr hen ymadroddion yma wedi mynd ar ddifancoll mewn ychydig flynyddoedd, os nad oes rhywun yn mynd i drafferthu yn eu cylch.'

'Does gen i ddim amser i wrando arnat ti'n malu awyr ynglŷn â rhyw hen eiriau,' meddai'n ddiamynedd. 'Mae gen i achos o lofruddiaeth ar fy nwylo.' Ond er gwaetha'i holl fygwth, roedd y cyfweliad wedi llithro o'i afael. Ddôi hwn byth i esgidiau Judd. Apêl yn hytrach na chwestiwn oedd ei gynnig nesaf. 'Oes 'na rywbeth arall gelli di ei ddweud a fyddai'n debyg o helpu fy ymholiadau?'

Ymbwyllais. Pe bawn i'n mesur fy ngeiriau'n ofalus, gallwn gerdded allan o'r lle ymhen ychydig funudau. Ceisiais edrych yn feddylgar am beth amser, ac yna dywedais yn betrus, 'Efallai nad ydy hyn o unrhyw bwys i chi, ond pan ffoniais i Sally i drefnu i'w chyfarfod, fe ddywedodd na allai hi ddod yn y bore, gan fod rhywun yn dod i'w gweld hi.'

'Rhywun yn galw yn y tŷ? Pwy?'

'Ddwedodd hi ddim.'

'Dyn?'

'Does gen i ddim syniad. Y cwbl ddwedodd hi oedd fod rhywun yn dod i'w gweld hi yn y bore ac na allai hi newid y trefniant.'

Cododd Voss o'i gadair a cherdded yn ôl ac ymlaen o un pen y stafell i'r llall. 'Ymwelydd dirgel? Rhywun nad oedd hi am i'w gŵr wybod amdano. Ond pwy? Oedd ganddi hi gariad, tybed?' Arhosodd yn ei unfan â'i law ar ei dalcen, 'Ond pam byddai ei chariad eisiau ei lladd hi?'

Gwrandawais arno heb ddangos llawer o ddiddordeb yn ei benbleth, ac edrychais yn awgrymog ar fy wats.

'Mae hyn yn rhoi gwedd go wahanol ar bethau,' meddai Voss. 'Ydy wir, gwedd wahanol iawn.'

Pesychais i'w atgoffa fy mod yn dal i fod yno. 'Oes rhywbeth arall rydych chi am ei ofyn imi?'

Edrychodd arnaf fel pe na bai wedi fy ngweld erioed o'r blaen. 'Rhywbeth arall? O, nac oes, dim byd arall, ar hyn o bryd beth bynnag. Ydy dy gyfeiriad ti gennyn ni?'

'Mae o gan y sarsiant wrth y ddesg.'

'Dyna ni, 'te.'

Eisteddodd yn ôl wrth ei ddesg a dechrau chwilio am rywbeth ymhlith ei bapurau.

Wnes i ddim dweud gair o ffarwél wrth hercio allan drwy'r drws.

Pennod 20

Roedd y straen yn dechrau dweud arna i.

Roeddwn wedi ceisio ei anwybyddu, troi fy nghefn arno, ei gymryd yn ysgafn, dadlau yn ei erbyn, ei herio, ond doedd dim modd cael gwared arno. Roedd yn cynyddu'n gyson ac yn bygwth fy llethu.

Byddai'n rhaid imi gael y dryll.

Gyrrais yn gyflym o Gaerfaddon drwy'r gwyll a'r glaw mân, gan gadw un llygad ar y drych. Roeddwn i'n argyhoeddedig bod rhywun yn fy nilyn. Hanner canllath y tu ôl i mi roedd golau car arall yn disgleirio. Amrywiais fy nghyflymder, gyrru'n wallgof am filltir neu ddwy, ac yna llusgo'n falwenaidd dros y filltir nesaf. Roedd y car arall yn dal yno hanner canllath o'm hôl.

Efallai mai dychmygu roeddwn i.

Ond na. Doedd dim rhyfedd bod rhywun yn fy nilyn. Roeddwn i'n cael fy amau o fod yn llofrudd, yn llofrudd a oedd yn euog o ddwy farwolaeth. Alice oedd y gyntaf i'm cyhuddo, a nawr roedd Voss wedi bod yn dilyn yr un trywydd.

Efallai eich bod o'r farn fy mod yn gorymateb i gyhuddiad Alice fy mod wedi saethu Cliff Morton ym 1943, a'ch bod yn teimlo fod y fath gyhuddiad yn rhy chwerthinllyd i boeni yn ei gylch. Ond roeddwn i wedi dod i wybod digon am y ferch ifanc honno mewn ychydig ddyddiau i sylweddoli y gallai hi fod yn berson hynod o beryglus. Doedd hi ddim yn un i gadw'n dawel ynglŷn â phethau, a doedd gen i ddim unrhyw amheuaeth nad oedd hi eisoes wedi agor ei cheg a datgan ei hamheuon yng nghlustiau parod Digby Watmore. Ac os oedd y wasg yn ogystal â'r heddlu yn fy amau, pa siawns oedd gen i?

Llofrudd oedd wedi taro ddwywaith yn barod. Byddai'r *Life on Sunday* ar ben eu digon, a chyn pen fawr o dro, byddai fy enw innau wedi ei restru ymhlith dihirod penna'r ganrif.

Bob tro y cawn gyfle yng ngolau rhai o'r lampau ar fin y ffordd, byddwn yn gyrru'n arafach er mwyn ceisio cael gwell golwg ar y car oedd yn fy nilyn. Doedd hynny ddim yn hawdd gan ei fod yn mynnu cadw'r un pellter rhyngom, ond o dipyn i beth llwyddais i ddarganfod rhai pethau amdano. Car mawr du gweddol isel, *Jaguar* o bosibl, ac roeddwn yn weddol sicr nad oedd yn cario neb ond y dyn oedd yn ei yrru.

Pan ddaeth cyfle, stopiais mewn gorsaf betrol gan obeithio cael ei weld yn gyrru heibio. Doedd dim golwg ohono, ond y munud yr ailgychwynnais ar fy siwrnai a chymryd cipolwg yn y drych, roedd yno unwaith eto, hanner canllath y tu ôl imi.

Pan gyrhaeddais gyrion Cas-gwent, chymerodd hi fawr o dro imi gael gwared ar fy nghysgod drwy yrru'n gyflym i mewn ac allan o'r mân strydoedd cefn cyfarwydd. Ond er mwyn gwneud yn gwbl sicr na fyddai'n taro'n ddamweiniol ar fy nhrywydd eilwaith, penderfynais beidio â gyrru'n syth adref.

Yn lle hynny, manteisiais ar y cyfle i alw heibio i gartref Danny Morris. Roeddwn wedi trefnu i'w gyfarfod yn y clwb saethu am wyth o'r gloch fore Mercher, ond teimlwn erbyn hyn na allwn fod yn dawel fy meddwl y noson honno heb gael y dryll yn ôl i'm meddiant. Byddai Danny'n sicr o fod wedi gorffen glanhau'r Colt .45 erbyn hyn, yn barod ar gyfer ei danio yn y bore. Gyrrais am tua phedair milltir ar hyd ffyrdd culion gwledig nes cyrraedd bwthyn anghysbell Danny.

Wrth ddynesu at y bwthyn, gallwn weld car Danny'n sefyll wrth ochr y tŷ ac roedd colofn o fwg yn codi o un o'r simneiau. Ond pan gurais ar y drws, doedd dim ateb ac nid oedd unrhyw arwydd o olau y tu ôl i'r llenni ar ffenestr y stafell fyw.

Fe ddylwn fod wedi sylweddoli na fyddai gŵr egnïol fel Danny yn treulio'i fin nos yn rhythu'n swrth ar sgrîn y teledu. Edrychais o'm cwmpas a sylwi ar weithdy bychan ym mhen draw'r ardd.

Ond pa mor egnïol bynnag oedd Danny, roedd hi'n bur amlwg nad oedd llawer o'r egni hwnnw'n cael ei afradu ar yr ardd. Cyrhaeddai'r glaswellt llaith bron at fy mhenliniau wrth imi ymlwybro tuag at ddrws y gweithdy. Erbyn imi ei gyrraedd, roedd fy esgidiau a godre fy nhrowsus yn socian, ond gwnaed iawn am hynny pan gurais ar y drws a chlywed llais bywiog Danny'n galw, 'Pwy sy 'na?'

Atebais, a galwodd Danny drachefn, 'Dal dy ddŵr am eiliad, Arthur. Fe agora i nawr.'

Funud neu ddau yn ddiweddarach, agorwyd y drws ac roedd arogl y cemegau yn egluro pam y bu'n rhaid imi aros. Roedd yr adeilad wedi ei addasu i'w ddefnyddio'n stafell dywyll ar gyfer ffotograffiaeth. Bu'n rhaid imi wyro rhag taro fy mhen yn erbyn rhes o brintiau oedd wedi eu pegio ar lein blastig i sychu.

'Dim yn ddrwg, nac ydyn?' meddai Danny wrth fy ngweld yn syllu arnynt.

Lluniau o ferched noeth oeddynt. Neu, fel y sylwais wrth edrych yn fanylach, deg llun o un ferch noeth. Roedd hi wedi gwyro ymlaen ac edrych dros ei hysgwydd ar y camera, fel pe bai'n cymryd rhan mewn ras gyfnewid, ond bod ei chnawd yn fwy llyfndew na chnawd athletwraig, a'i gwên chwareus, groesawgar, yn awgrymu nad am fatwn roedd hi'n aros.

'Mae crefftau gwledig yn datblygu i gyfeiriadau diddorol y dyddiau hyn,' meddwn i. 'Ble rwyt ti'n cael marchnad i'r rhain?'

'Rikky Patel.'

Rikky Patel! Y gŵr dwys, myfyrgar, o India a weithiai mor gydwybodol fel prif dechnegydd yn labordy bywydeg y brifysgol; roeddwn i wedi ei gyfarfod lawer tro pan oeddwn i'n arfer chwarae *bridge*. 'Ydy Rikky'n myfyrio yn y maes yma hefyd?'

Treuliodd Danny rai eiliadau yn mwynhau fy syndod, cyn egluro, 'Mae gan Rikky ewythr sy'n gyhoeddwr, ac mae galw anhygoel am luniau chwaethus o'r math yma yn India.' Symudodd beth o'r cyfarpar oedd ar y fainc o'i flaen i'r naill ochr. 'Wedi galw am y dryll rwyt ti? Roeddwn i'n meddwl ein bod ni wedi trefnu ar gyfer bore yfory.'

'Ydy o'n barod gen ti?'

Sychodd Danny ei ddwylo a'm harwain yn ôl drwy ddrysni llaith yr ardd ac i mewn i'r bwthyn. Roedd y dryll yn gorwedd ar glwtyn glân ar fwrdd y gegin ynghanol amrywiaeth o offer trin drylliau. Cydiodd Danny ynddo a dweud, 'Mi ddylai weithio fel newydd nawr, ond dydw i ddim wedi cael cyfle i'w danio eto a gwneud yn sicr ei fod yn anelu'n gywir.'

'Mae'n ddrwg gen i am hynny,' meddwn i. 'Ond mae 'na rywbeth wedi digwydd sy'n golygu y bydd hi'n rhaid imi ei gael o heno. Lwyddais ti i gael gafael ar fwledi drwy ryw lwc . . . ?'

'Do, maen nhw gen i yma. Ond dydyn nhw ddim yn rhad.'

Talais yn hael amdanynt, ac roedd Danny'n ddigon doeth i beidio â holi pa ddefnydd roeddwn i'n bwriadu ei wneud ohonynt. 'Gyda llaw,' meddwn i, 'mae'r Colt yn ddryll eitha trwm, yn tydi? Wyt ti'n meddwl y byddai plentyn naw oed yn gallu ei danio ac anelu'n weddol gywir?'

Gwgodd Danny.

'Rwy'n sylweddoli y byddai hynny'n anghyfreithlon,' ychwanegais. 'Ond fyddet ti'n meddwl y gallai plentyn o'r oed hwnnw ei drin yn llwyddiannus?'

'Rwyt ti wedi dweud wrtha i o'r blaen, Arthur, dy fod ti wedi gorfod defnyddio dwy law i'w danio pan oeddet ti'n fachgen.'

Roeddwn i wedi llwyr anghofio imi grybwyll hynny

wrtho. Mae'n rhaid fod y straen yn dechrau effeithio ar fy nghof i.

'Ond dim ond chwarae o gwmpas mewn cae a thanio at hen dun roedden i bryd hynny.'

Ysgydwodd Danny ei ben a gadawyd y mater ar hynny.

Er ei bod wedi dechrau glawio'n weddol drwm, mynnodd gerdded gyda mi at y car. Cyn i mi danio'r peiriant, plygodd i lawr at y ffenestr fel pe bai am sibrwd rhywbeth cyfrinachol.

A bod yn onest, roeddwn i'n teimlo braidd yn flin. Roeddwn i wedi ei gwneud yn berffaith amlwg na fyddwn yn sôn wrth neb am ei gysylltiad ef â'r dryll. Roedd wedi gwneud cymwynas ac roeddwn innau wedi talu'n hael iddo, a dyna ddiwedd ar y peth. Felly, cyn iddo gael cyfle i ddweud gair, dywedais mewn llais pendant, 'Mae hi'n braf cael ffrindiau y gelli di ddibynnu arnyn nhw, Danny. Diolch o galon i ti.' Taniais y peiriant.

Ond roedd Danny'n benderfynol o ddweud rhywbeth, er bod yn rhaid iddo weiddi rhag i beiriant yr MG foddi ei lais. 'Mae hi braidd yn groendenau ynglŷn â'r lluniau. Felly paid â chymryd arnat dy fod ti'n gwybod dim am y peth.'

'Wrth gwrs, wrth gwrs,' meddwn i.

Roeddwn i wedi gyrru am filltir a mwy cyn i'w eiriau ddechrau gwneud synnwyr. Mae'n sicr fod hynny'n profi gymaint roedd fy mhroblemau fy hun yn pwyso arna i. Bu'n rhaid imi wneud ymdrech i geisio cofio'r ferch noeth yn y ffotograffau. Am ryw reswm neu'i gilydd, doeddwn i ddim wedi cymryd rhyw lawer o sylw o'i hwyneb hi. Ac yna fe gofiais lle roeddwn i wedi ei gweld hi o'r blaen, a rhyfeddu'n bennaf at athrylith ryfedd Danny. Roeddwn i'n gyfarwydd â'i gweld mewn sefyllfa bur wahanol, yn ei blows gwyn a'i sgert ddu yn brysur effeithiol wrth ei desg. Ie, Bronwen Pugh, ysgrifenyddes gydwybodol yr adran hanes.

Rhyngddi hi a'i phethau, meddyliais, fe fydd ei chyfrinach yn ddiogel cyn belled ag rydw i yn y cwestiwn.

Roedd y dryll yn ddiogel yn fy mhoced a doedd dim golwg o unrhyw gar arall yn fy nilyn. Dechreuais deimlo'n weddol ddedwydd am y tro cyntaf y diwrnod hwnnw. Ond dedwyddwch dros dro yn unig oedd o.

Roedd y *Jaguar* du oedd wedi fy nilyn o Gaerfaddon wedi ei barcio o flaen fy nhŷ. Fy ymateb cyntaf oedd troi'r car a'i chychwyn hi oddi yno ar frys. Yna, cofiais am y papurau newydd ac am yr heddlu, ac arhosais wrth ochr y *Jaguar*. Wedi diffodd y peiriant, estynnais y dryll o'm poced a'i lwytho â chwech o'r bwledi a gawswn gan Danny. Wrth imi wthio'r dryll yn ôl i'm poced, clywais sŵn traed ar y ffordd ac agorwyd drws fy nghar yn ffyrnig.

'Allan, y brych!'

Roedd y llais yn gyfarwydd, a doedd dim rhaid imi edrych ymhellach na'r llaw fach gyda'r bysedd cwta a oedd yn cydio mewn tamaid o bibell blwm i gadarnhau tystiolaeth fy nghlustiau.

'A beth sy'n dy boeni di, nawr?' gofynnais, gan geisio ffugio diflastod a difaterwch ar yr un pryd.

Tynnodd Harry Ashenfelter fy ffon o'm dwylo a'i hyrddio i dywyllwch yr ardd. 'Nawr, allan â thi.'

'Wyt ti wedi dechrau drysu neu rywbeth?'

Ei unig ateb oedd codi'r bibell blwm yn uchel uwch ei ben a dod â hi i lawr yn galed ar fonet y car nes bod tameidiau mân o'r paent coch yn tasgu yn erbyn y ffenestr flaen.

'Mi gei di dalu am hynna,' gwaeddais.

Cododd y bibell uwch ei ben eilwaith.

Y tro hwn, penderfynais mai'r peth doethaf fyddai ufuddhau, a llwyddais i ddringo o'm sedd er mor anodd oedd gwneud hynny heb gymorth fy ffon. Sefais yno gan bwyso ar y car i'w wynebu.

Amneidiodd i gyfeiriad y tŷ.

'Sut wyt ti'n disgwyl imi gerdded?' gofynnais.

'Mi gei grafangio yno ar dy benliniau o'm rhan i.'

Doedd pethau ddim mor ddrwg â hynny. Drwy bwyso ar yr MG yn gyntaf ac yna ar y *Jaguar* a pherfformio rhyw fath o hwb, cam a naid trwsgl, llwyddais i gyrraedd drws y tŷ a'i agor. Roedd Harry yn dilyn ar fy sodlau rhag ofn i mi ddiflannu i'r tŷ a chau'r drws yn ei ddannedd. Herciais cyn belled â'r stafell fyw a gollwng fy hun i gadair freichiau. Wrth imi eistedd, tynnais y dryll o boced fy nghot a'i guddio'n gyfleus rhwng fy nghlun ac ochr y gadair.

Tynnodd Harry'r llenni cyn cynnau'r golau. Roedd ei wyneb yn fflamgoch gan deimlad, neu gynddaredd, neu greulondeb sadistig. Croesodd y stafell a sefyll uwch fy mhen gan bwyso'r bibell blwm ar draws fy ngwddf. 'Nawr, y trychfilyn diawl,' meddai gan chwythu'i anadl sur i ganol fy wyneb, 'mae'n well i ti ddechrau egluro pam rhoddaist ti fy nhŷ fi ar dân a lladd fy ngwraig.'

Roedd ei flaenoriaethau yn ddiddorol, ond go brin mai dyma'r amser doethaf i gyfeirio at hynny. A ph'un bynnag, doeddwn i ddim mewn cyflwr i ddweud dim gan fod y bibell yn pwyso'n giaidd ar fy nghorn gwddf. Llwyddais i roi gwich fyglyd a llaciodd yntau'r pwysau i'm galluogi i ddweud, 'Doedd a wnelo fi ddim byd o gwbl â'r tân, siŵr Dduw. Rydw i wedi egluro'r cwbl wrth yr heddlu.'

'Thwylli di mohona i mor rhwydd ag y twyllaist ti'r rheini.'

'Ond roeddwn i ar y ffordd i Gaerfaddon pan ddechreuodd y tân.'

'A sut gwyddost ti pryd dechreuodd y tân.'

'Y plismon ddwedodd wrtha i. A gwranda, Harry, doedd gen i ddim rheswm o gwbl i wneud unrhyw niwed i Sally. Roeddwn i wedi trefnu i'w chyfarfod hi y prynhawn 'ma. Fe fues i'n aros amdani am dros awr yn y *Pump Room*.'

'Er mwyn gwneud yn siŵr dy fod ti'n cael dy weld?'

'Paid â siarad lol.'

Pwysodd yn galetach ar fy mhibell wynt ac ar yr un pryd cododd ei benlin a'm taro yn fy stumog. Wrth imi blygu yn reddfol yn erbyn y bibell blwm, teimlwn fod fy ngwddf yn cael ei dorri. Cyfogais. Sythodd Harry a'm taro â chefn ei law ar draws fy wyneb. 'Rydw i'n benderfynol o gael y gwir o dy groen di'r cachwr,' meddai.

Gofynnais am lymaid o ddŵr.

Yn lle hynny cefais gernod filain arall ar draws fy wyneb a phrofais flas y gwaed rhwng fy nannedd.

Camodd Harry yn ôl yn barod i ddechrau fy holi unwaith yn rhagor a gwelais innau fy nghyfle. Codais y Colt .45 a'i anelu'n syth at ei stumog. Cydiodd yntau'n dynnach yn y bibell blwm â'i ddwy law.

'Gollwng hi,' meddwn i. 'Mae'r dryll 'ma mewn cyflwr perffaith ac mae 'na chwe bwled ynddo.'

Agorodd ei geg mewn syndod a diflannodd y gwrid o'i wyneb. Gollyngodd y bibell.

'Nawr, saf â dy gefn ar y wal 'na yn wynebu'r ffordd yma.'

Roedd y dryll yn dal i anelu'n syth ato.

Ymdrechais i swnio mor ddigyffro ag y gallwn dan yr amgylchiadau. 'Efallai y galla i gael rhyw gymaint o synnwyr o dy ben di nawr. Ble cest ti'r syniad gwallgof 'ma mai fi ddechreuodd y tân yn dy dŷ di?'

Atebodd o ddim, ond roedd y gwynt wedi mynd allan o'i hwyliau'n llwyr. Llyfodd ei wefusau'n nerfus.

Fy nhro fi oedd hi i chwarae rhan y poenydiwr. 'Nerfus, Harry? Paid â dweud mai un o'r creaduriaid bach swil hynny sy'n methu siarad yn synhwyrol pan mae rhywun yn anelu dryll ato wyt ti.'

Llwyddodd Harry i ddod o hyd i'w lais o'r diwedd. 'P . . . paid â thanio, plîs.' Ac ychwanegodd yn llipa, 'Neu fe fyddi di mewn rhagor o helynt.'

'O, na fyddaf, Harry. Mae gen i berffaith hawl i'm hamddiffyn fy hun yn erbyn ymosodiad dihiryn fel ti.'

'Rydw i'n nabod y dryll 'na,' meddai'n wyllt. 'Colt
206

.45, un o ddrylliau byddin America, yr un na lwyddodd yr heddlu i ddod o hyd iddo ar ôl i Morton gael ei saethu.'

Ddywedais i'r un gair.

Ond doedd dim tewi ar Harry erbyn hyn, a pharablodd ymlaen â'i lais yn wichlyd gan nerfusrwydd. 'Rydw i'n gwybod y cyfan amdanat ti, Probert, ac rwyt ti dros dy ben a'th glustiau mewn trwbl. Mae'n rhaid dy fod ti'n hollol wallgof. Mae'n debyg i ti fynd felly pan ddaeth Alice i'r wlad 'ma a dechrau holi a stilio ynglŷn â phethau roeddet ti'n gobeithio bod pawb wedi eu hen anghofio. Roedd pob peth mor gyfforddus cyn hynny, y tŷ braf 'ma, swydd dda yn y brifysgol a neb yn gwybod dy hanes di.'

'Fy hanes i?'

'Dy hanes di'n saethu bwled drwy ben Morton gyda'r dryll 'na sy'n dy law di.'

Edrychais arno'n gwbl ddifater. Roeddwn i wedi rhagweld mai dyna oedd ar ei feddwl. Prin y gellid disgwyl i greadur mor ddiddychymg â Harry ddod i unrhyw gasgliad arall ar ôl gweld y dryll yn fy meddiant.

'Ie, Probert,' ychwanegodd yn ddianghenraid. 'Fe saethaist ti Morton a gadael i fy ffrind penna fi gael ei grogi yn dy le.' Edrychodd ar y dryll a phenderfynu efallai ei fod wedi bod yn rhy haerllug. 'Rydw i'n gwybod mai dim ond plentyn oeddet ti ar y pryd. Ac nad oedd pethau'n hawdd i ti. Rydw i'n cydnabod hynny. Fe allet ti gael help, wyddost ti. Yr hyn rwyt ti ei angen ydy twrnai da.'

Ochneidiais. Roedd y dyn yn druenus.

'Wyddet ti fod Sally yn gofidio amdanat ti? Fe ddwedodd hi wrtha i dy fod ti wedi cael y syniad cwbl anghywir am Barbara Lockwood.'

'Fe glywais i hyn i gyd ddydd Sul, ond dydy hynny ddim yn golygu mai fi saethodd Cliff Morton.'

Doedd dim arwydd o gwbl fod Harry wedi clywed. Roedd wedi cynhyrfu llawer gormod i allu ymresymu.

Roedd yn clebran bymtheg yn y dwsin yn y gobaith y byddai ei lifeiriant geiriol yn fy atal rhag tynnu'r triger. 'Mi fuodd Sally a finnau'n trafod yr holl fusnes ar ôl i ti ac Alice fod acw. Ac mi ddysgais i lawer o bethau. Pethau nad oedd neb ond Sally'n eu gwybod. Pethau roedd hi wedi eu cadw iddi hi ei hun drwy'r blynyddoedd. Does dim rhyfedd i Sally druan droi'n alcoholig.'

'Pa fath o bethau?'

'Pethau am Barbara. Cyfrinachau Barbara.'

Yn sydyn, doeddwn i ddim yn teimlo'n ddigyffro o bell ffordd. 'O, ie,' meddwn i.

'A gwranda di ar hyn, Probert. Roedd Barbara wedi gwirioni ar Morton. Roedd hi'n caru'r dyn. Roedd hi'n cario plentyn Morton.'

Dechreuodd y gwaed guro yn fy mhen. Nid peth hawdd ar ôl cyfnod o ugain mlynedd yw gorfod derbyn eich bod wedi bod yn gwbl anhywir ynglŷn â rhywun y byddech chi wedi bod yn barod i farw drosti. Roeddwn i wedi clywed Alice yn dweud yr un pethau, ond damcaniaethu'n unig roedd hi. Ac roedd hi wedi bod yn iawn am Barbara a Morton, a finnau wedi gwrthod ei chredu hi. Yn fy nghalon, roeddwn i'n credu'n sicr y byddai Sally wedi gallu rhoi eglurhad cwbl wahanol ar ymddygiad Barbara.

Ond roedd fy ngobaith wedi ei chwalu. Roedd Barbara, Barbara o bawb, wedi fy nhwyllo. Roedd hi wedi fy nefnyddio i arwain pobl i gredu ei bod hi'n caru Duke. Bellach allwn i ddim osgoi'r ffaith honno.

'Ac fe ddwedodd Barbara hynny wrth Sally?' Roedd fy llais yn swnio'n ddieithr hyd yn oed i mi fy hun.

'Wrth gwrs.' Croesodd Harry ddau o'i fysedd a dweud, 'Roedd Sally a Barbara fel hyn. Roedden nhw'n rhannu pob cyfrinach. Fe ddwedodd Barbara wrth Sally ei bod hi a Cliff Morton yn caru'n glòs. Ond doedd yr hen Lockwood na'i wraig ddim yn hoff o'r berthynas o gwbl. Doedd Morton ddim yn ddigon da i'w merch nhw.'

'Fe wn i fod hynny'n ddigon gwir,' cytunais. 'A beth arall ddwedodd Sally?'

'Roedden nhw wedi gwahardd Barbara rhag mynd ar gyfyl Cliff Morton ar ôl i George Lockwood eu dal nhw gyda'i gilydd.'

'Yn y berllan?'

'Ie. Ac roedd Barbara'n torri ei chalon. Roedd hi'n feichiog, ac ar ben hynny roedd Morton wedi cael ei alw i'r fyddin. Ac yna roedd Morton wedi cael syniad. Doedd y bachgen ddim yn ddrwg i gyd, mae'n rhaid. Roedd arno fo eisiau priodi Barbara, ac roedd yn bwriadu osgoi mynd i'r fyddin drwy ddianc i Dde Iwerddon a mynd â hi yno i'w ganlyn. Byddent yn gallu priodi yno a setlo i lawr i fagu'r plentyn.' Oedodd Harry i gael ei wynt ato gan wylio'n fanwl am fy adwaith i'r hyn roedd newydd ei ddweud. Mae'n rhaid fod golwg syn arnaf. 'Mae hynna'n berffaith wir i ti, Probert.'

'Oes 'na ragor?'

Ailgydiodd Harry yn ei stori. 'O, oes, llawer rhagor. Roedd yn rhaid iddyn nhw gael cardiau adnabod newydd, rhai ffug, ac roedd Morton yn adnabod un o'r swyddogion yn Neuadd y Dref oedd yn barod i drefnu hynny cyn belled â'i fod yn cael ei dalu. Ei fwriad wedyn oedd dod o hyd i ryw bysgotwr neu'i gilydd ar lannau Môr Hafren, a'i berswadio i fynd â nhw drosodd i Iwerddon yn ei gwch. A thra oedd hyn i gyd yn cael ei drefnu, roedd yn rhaid cael lle i Morton guddio. Ateb Barbara i hynny oedd ei guddio yn un o'r sguboriau ar y fferm a gofalu am ei fwydo ac ati.'

'Wyt ti'n dweud ei fod o yno ar y fferm drwy'r amser?' Roedd hyn yn anhygoel.

'Roedd o yno hyd y diwrnod pan saethaist ti o.'

Roedd yr wybodaeth newydd wedi syfrdanu cymaint arnaf fel na chymerais unrhyw sylw o'i gyhuddiad. Roedd Harry wedi ennill fy sylw'n llwyr.

'Merch beniog oedd Barbara. Ei bwriad hi oedd cael ei rhieni i gredu ei bod hi a Duke yn caru, a doedden nhw ddim yn gwrthwynebu hynny. Roedden nhw'n teimlo fod unrhyw un, hyd yn oed Americanwr, yn well na Cliff Morton.' Gwibiodd awgrym o wên betrus ar draws ei wyneb. 'Fel rheol, byddai pobl yn ceisio cuddio eu merched pan fyddai Americanwyr yn dod i'r ardal, ond nid y Lockwoods. Ac roedd Barbara yn rhoi ambell i awgrym i hwn a'r llall ei bod hi a Duke yn fwy na ffrindiau. Fel y gwyddost ti, fe aeth hi allan efo fo unwaith neu ddwy, ac fe wnaeth hi ddefnydd ohonot ti i ledaenu'r stori.'

Ac roeddwn innau wedi ailadrodd y stori yn ystod yr achos yn erbyn Duke. 'Ddwedodd Sally hynny, 'ta dy syniad di ydy hyn?'

'Dyna ddwedodd Barbara wrth Sally. Mae o'n berffaith wir i ti. Mae'n rhaid i ti fy nghredu fi.'

Roeddwn i yn ei gredu. Doedd dim amheuaeth bellach, er mor ysgytwol oedd y profiad. Roedd yn rhaid imi geisio dygymod â'r ffaith fod fy nhystiolaeth gyfeiliornus i wedi bod yn gyfrwng i beri i ddyn dieuog gael ei grogi.

Roedd Harry fel pe bai wedi gorffen ei druth. Safai yno yn aros am fy symudiad nesaf, ond doeddwn i ddim mewn cyflwr i wneud dim. Roedd arwyddocâd yr hyn roeddwn i newydd ei glywed yn corddi yn fy mhen. Mae'n debyg ei fod yntau yn synhwyro fy mhetruster a'm hawydd i gael bod ar fy mhen fy hun i geisio rhoi trefn ar fy meddyliau cythryblus. Roedd yn llygadu'r dryll a mwy na thebyg yn pwyso a mesur ei siawns o allu dianc o'r tŷ yn ddianaf.

Doedd gen i ddim bwriad o gwbl i danio'r dryll, ond doeddwn i ddim yn teimlo y byddai'n ddiogel imi ei roi o'r neilltu. Allai Harry ddim symud ac allwn innau ddim symud chwaith heb fy ffon. Pe bawn i'n ceisio hercio o gwmpas heb fy ffon, gallai'r dryll fod yn gymaint o berygl i mi ag i Harry. Allwn i ddim hyd yn oed ei dywys at ei gar a gwneud yn siŵr ei fod yn gyrru i ffwrdd.

Er gwaethaf fy nhryblith emosiynol, ceisiais ymresymu. Roedd Harry'n dal i gredu fy mod i wedi saethu Morton ac wedi bod yn gyfrifol am farwolaeth Sally.

'Ateb un cwestiwn arall,' meddwn i. 'Os oedd Barbara a Morton yn gariadon, pam byddwn i wedi ei saethu o?'

'Eiddigedd.'

'Chwarae teg, plentyn bach mewn trowsus cwta oeddwn i.'

'Roeddwn i yno, cofia di.' Roedd Harry'n prysur fagu hyder. 'Roeddet ti wedi gwirioni ar y ferch. Roedd pawb yn gwybod hynny; roeddet ti'n ei dilyn hi i bobman fel ci bach. Ac fe wyddai Barbara hynny'n iawn, a'i chamgymeriad hi oedd gwneud defnydd o hynny. Peth peryglus ydy chwarae gyda theimladau plentyn.'

'A beth wyt ti'n feddwl wnes i? Saethu Morton yn fy ngwylltineb a thorri ei ben i ffwrdd? Plentyn naw oed? Defnyddia dy synnwyr.'

Ond doedd dim darbwyllo ar Harry. 'Nage,' meddai'n bwyllog. 'Duke fu'n gyfrifol am gael gwared â'r corff, er mwyn dy gadw di allan o drwbwl.'

'Beth?'

'Roedd o fel tad i ti, ac yn barod i wneud unrhyw beth i achub dy groen di. Fe aeth yn ei ôl i'r fferm y noson honno a thorri'r pen i ffwrdd a'i ollwng i'r gasgen seidr, a mynd â'r corff filltiroedd i ffwrdd a'i guddio yn rhywle.'

Prin y gallwn i ateb. 'Dyna ddwedodd o wrthat ti?'

'Na, ddywedodd o ddim byd. Ond mae'n rhaid mai dyna ddigwyddodd. Roeddwn i'n adnabod Duke, a dyna'r union fath o beth y byddai o'n wneud i helpu plentyn. Roedd Duke bob amser yn dotio ar blant.'

'Na, does dim *rhaid* mai dyna ddigwyddodd.'

Ond roedd Harry'n benderfynol o ddal ati â'i ddamcaniaeth. 'A phan gawson nhw afael arno, mi wrthododd ddweud dim er mwyn cadw arnat ti. Ffŵl iddo fo'i hun, ond ffŵl dewr iawn. Dyna i ti sut un oedd Duke Donovan.'

'Ac rwyt ti'n meddwl fy mod innau wedi cadw'n dawel ynglŷn â'r peth yn ystod yr achos?' Roeddwn i'n gweiddi yn fy nghynddaredd. 'Ac wedi gadael iddyn nhw grogi'r dyn oedd wedi fy achub i? Pa fath o fastard dieflig wyt ti'n feddwl ydw i? Pe bawn i wedi gallu meddwl am unrhyw ffordd i'w rhwystro nhw rhag crogi Duke, wyt ti'n meddwl na fyddwn i ddim wedi gwneud fy ngorau glas i'w helpu?'

'Doedd Duke ddim yn euog,' meddai Harry. 'Rydw i wedi dweud wrthat ti o'r blaen ei fod yn ddieuog.'

'Mi wn i, ac mae gwybod hynny'n torri fy nghalon i. Mae'r syniad yn wrthun, yn frawychus. Ond wyddwn i ddim ar y pryd. Ac am ugain mlynedd rydw i wedi credu fod Duke yn euog. Ond erbyn hyn, rydw i'n gwbl sicr nad oedd o ddim, ac rydw i'n benderfynol o ddod o hyd i'r llofrudd go iawn. Dydw i ddim yn sicr pwy oedd o, ond mae gen i syniad go lew lle y galla i ddod o hyd iddo.'

Cafwyd ysbaid o dawelwch.

'*Gifford Farm?*'

Nodiais fy mhen, a chan ymdrechu i swnio'n gwbl resymegol, ychwanegais, 'Wyddost ti pam rydw i mor sicr?'

'Sally?'

'Ie. Fe laddwyd Sally rhag ofn iddi ddweud gormod wrtha i.'

'Felly, rwyt ti'n dweud bod pwy bynnag laddodd Morton, wedi lladd . . . '

'Yn hollol.'

Wynebodd y ddau ohonom ein gilydd mewn tawelwch am rai eiliadau. Roedden ni'n dau dipyn yn ddoethach, ond doedd yr un ohonom yn sicr beth ddylai ddigwydd nesaf.

Harry oedd yr un a wnaeth y symudiad cyntaf. 'Iawn, 'te, gyfaill, mi fyddai llawer o bobl yn dweud fy mod i'n hurt, ond rydw i'n dy gredu di. Ac os ydw i'n iawn wrth gredu nad ti laddodd Morton a Sally, does gen i ddim byd i'w ofni. Dwyt ti ddim yn debyg o ddefnyddio'r dryll 'na, ac felly rydw i'n mynd i gerdded allan o'r tŷ 'ma, a gyrru i ffwrdd yn fy nghar. Iawn?'

Cytunais.

Ond doedd o ddim yn gwbl dawel ei feddwl chwaith. 'Wnei di ddim ceisio fy rhwystro i? Mi fyddwn i'n hapusach pe bait ti'n rhoi'r dryll 'na i lawr.'

Dyna, mae'n debyg, yw'r broblem sydd wedi wynebu cenhedloedd mawr y byd ers diwedd yr Ail Ryfel Byd. Roedd yn rhaid i ni ddysgu ymddiried yn ein gilydd, a diarfogi oedd yr unig ateb. Edrychais ar y bibell blwm ar y llawr a rhoi fy nhroed iach arni. Yna, gan gadw fy llygaid ar Harry, rhoddais y dryll ar fy nglin a gorffwys fy nwylo ar freichiau'r gadair.

Nodiodd Harry i ddangos ei fod yn fodlon a dechrau cerdded tua'r drws. Eisteddais innau'n llonydd yn ei wylio.

Yna, fe ddigwyddodd pethau ar amrantiad. Roedd ar fin diflannu pan gipiodd rywbeth oddi ar y cwpwrdd wrth y drws. Pêl o wydr crisial trwm a ddefnyddiwn i ddal papurau yn eu lle. Cofiais yn sydyn i Harry sôn amdano ei hun yn chwarae pêl-fâs flynyddoedd yn ôl, ond roedd hi'n rhy hwyr i geisio osgoi.

Gwelais y gwydr yn fflachio yn y golau.

Ac yna tywyllwch.

Pennod 21

Sŵn cloch yn fy mhen.

Sŵn treiddgar, poenus, taer.

Agorais fy llygaid a gweld golau dydd yn ymwthio rhwng y llenni. Byseddais y chwydd uwchben fy nghlust yn dyner, ac ochneidiais.

Roedd y gloch yn dal i ganu, ac nid yn fy mhen roedd y sŵn i gyd.

Rywbryd yn ystod y nos roeddwn wedi llwyddo i grafangio o'r gadair freichiau cyn belled â'r soffa. Roeddwn i'n oer ac yn dyheu am alwyn o goffi chwilboeth a phlataid o asbirin.

Estynnais am fy ffon. Doedd hi ddim ar gael. Rhowliais oddi ar y soffa a symud ar fy mhedwar i gyfeiriad y ffôn.

'O, da iawn, mae bywyd yn dal i fynd rhagddo yng Nghas-gwent felly. Ai'r Dr Arthur Probert sydd yna?' Doedd dim modd camgymryd llais hunan-fodlon, bombastig, Digby Watmore. Y llais a allai sillafu *'diarrhoea'* heb gymorth geiriadur.

'Pwy arall oeddet ti'n ddisgwyl?'

'Watmore sydd yma — Digby Watmore. Rhaid imi ymddiheuro os ydw i wedi tarfu ar dy gwsg di.'

'Na, na. Faint o'r gloch ydy hi?'

'Tua hanner awr wedi wyth. Dydd Mercher. Dau neu dri diwrnod o lonydd ddwedaist ti, 'tê?'

'Dau neu dri diwrnod o lonydd oddi wrth beth?'

'Oddi wrth Miss Ashenfelter, os ydw i'n cofio dy eiriau di'n iawn. Paid â dweud dy fod ti wedi anghofio. A ninnau wedi ysgwyd llaw i selio'r fargen.'

Roedd y niwl yn dechrau codi oddi ar fy ymennydd, ond roedd y sgwrs rhyngddo' i a Digby Watmore fel pe bai wedi digwydd ganrifoedd yn ôl. 'Pa bryd roedd hynny, Digby?'

'Nos Sul, gyfaill. Ac mi alla i dy sicrhau di nad ydy'r ddau ddiwrnod diwetha wedi bod yn fêl i gyd o bell ffordd. Wyt ti'n sicr na wnes i mo dy ddeffro di?'

'A beth yw hanes Miss Ashenfelter erbyn hyn?'

Ochneidiodd Digby'n ddiamynedd. 'Mae hi wedi bod dan fy nhraed i'n ddi-baid ers wyth awr a deugain.'

'Ddydd a nos, Digby?'

'Rydw i wedi paratoi gwely yn y stafell sbâr ar ei chyfer hi, ond mae'n well ganddi hi dreulio oriau'r nos yn rhygnu'n ddiddiwedd am y busnes Donovan 'ma.'

Gallwn gydymdeimlo â Digby, ond wnes i ddim. 'Ddysgaist ti lawer?'

'Dydy hynny nac yma nac acw bellach,' atebodd Digby'n bigog. 'Mae 'na bethau eraill wedi digwydd ers hynny, on'd oes 'na?'

'Oes, mae 'na amryw o bethau wedi digwydd,' cytunais yn ochelgar.

'A dyna'n union pam rydw i'n ffonio. Alli di ddychmygu'r sioc ges i bore 'ma pan edrychais i ar y *Western Mail* a darllen am y tân 'ma yng Nghaerfaddon? Wyt ti wedi ei weld o?'

'Papur heddiw? Naddo, dim eto.'

'Oeddet ti'n gwybod am y tân? Tŷ'r Ashenfelters wedi ei losgi'n ulw a Mrs Ashenfelter yn farw.'

'Wel . . . oeddwn. Roeddwn i yng Nghaerfaddon.'

Distawrwydd trwm am ennyd. 'Wel, diolch yn fawr i ti am ddiawl o ddim, Probert.'

'Beth?'

'Mi fyddet ti wedi gallu rhoi caniad i mi. Roeddet ti wedi addo stori i mi. Diawl erioed, dyn papur newydd ydw i wedi'r cwbl.'

'Wedi i'r cwbl losgi'n ulw y tro yma,' meddwn i gan wenu, a dechrau teimlo fymryn yn well. Efallai nad oedd fy ymennydd i wedi cael niwed parhaol wedi'r cyfan.

'Ac mae'n debyg dy fod ti'n meddwl bod hynna'n

ddoniol,' meddai Digby gan ddangos ochr filain ei gymeriad. 'Gwranda di ar hyn, Probert. Mi wn i'n eitha da pam na wnest ti ffonio. Fe est ti i weld Sally Ashenfelter ddoe, on'd do? A phaid â thrafferthu gwadu, mae gen i ffynhonnell gwbl ddibynadwy. Ac mi wnest ti'n berffaith sicr na fyddai hi'n gallu dweud dim wrth neb arall. Ti roddodd y tŷ ar dân er mwyn ei lladd hi.'

'Paid â siarad mor hurt.'

Ond doedd Digby Watmore ddim wedi gorffen. 'Rydw i wedi ysgrifennu'r stori ac mi fydd hi ar y dudalen flaen ddydd Sul. Felly, mi gei di stwffio dy dipyn stori. A'r peth nesa rydw i'n mynd i'w wneud ydy ffonio'r heddlu, a gobeithio'r nefoedd na wnân nhw ddim dy drin di'n rhy dyner pan ddôn nhw i dy nôl di.'

Rhoddais y ffôn i lawr a mynd i chwilio am y botel asbirin. Roedd rhaid imi ei siapio hi.

Cawod, eillio, newid fy nillad. Coffi du, cryf. A rhagor o goffi du, cryf.

Roeddwn i wedi cael gafael ar hen ffon ddraenen ddu i'm galluogi i frysio o gwmpas y tŷ. Yna treuliais rai munudau gwerthfawr yn chwilota yn lleithder yr ardd am fy ffon eboni arferol.

Yn ôl i'r tŷ wedyn; roedd arna i angen un peth arall.

Tra oeddwn i'n ymolchi a gwisgo, roeddwn i wedi bod yn ceisio gwneud synnwyr o ymddygiad Harry Ashenfelter. Allwn i ddim deall pam roedd o wedi ymosod arna i ar y funud olaf ac yntau ar fin cael ei draed yn rhydd. Doeddwn i ddim yn ei fygwth, ac roedden ni'n dau wedi dod i ryw fath o ddealltwriaeth.

Fe ddois i o hyd i'r eglurhad wrth chwilio am y dryll. Doedd dim golwg ohono yn unman. Teimlais o dan y cadeiriau a'r soffa rhag ofn fy mod wedi rhoi cic iddo wrth symud o gwmpas yn ystod y nos. Na, roedd Harry wedi mynd â'r dryll, ac roeddwn innau wedi gwastraffu rhagor o funudau prin.

Ond pam roedd Harry wedi mynnu cael gafael ar y

dryll? Allwn i ddim meddwl am ddim ond un ateb. Roedd Harry'n gwybod mai dyna'r dryll oedd wedi lladd Cliff Morton. Roedd wedi gweld y dryll yn fy meddiant i, a doedd dim roeddwn i wedi ei ddweud wedi ei ddarbwyllo nad fi oedd wedi llofruddio Cliff Morton ac fy mod wedi achosi marwolaeth Sally'n fwriadol rhag i'm heuogrwydd gael ei ddatgelu. A'r dryll oedd ei dystiolaeth. Ac mae'n sicr mai ei fwriad oedd ei ddangos i'r heddlu.

Hyd yn oed os nad oedd Harry wedi cael gair â'r heddlu, byddai Digby Watmore yn sicr o fod wedi eu ffonio erbyn hyn. Efallai eu bod ar eu ffordd i'r tŷ y funud hon.

Brysiais allan i'r car. Am y tro cyntaf, gwrthododd y car mwyaf dibynadwy fuodd gen i erioed â thanio. Rhoddais gynnig arall arni, ac un arall ac un arall. Dim lwc. Os daliwn ati'n llawer hwy byddai'r batri'n fflat.

Rhaid bod Harry wedi gwneud rhywbeth iddo er mwyn bod yn siŵr na fyddwn i'n gallu dianc.

Dringais allan o'r car ac agor y bonet.

Doedd dim byd amlwg i'w weld o'i le. Mae'n rhaid mai effaith ei adael i sefyll allan yn y niwl a'r glaw drwy'r nos oedd y diffyg tanio.

Yn ôl i'r tŷ â fi a chynhesu clwtyn sych ger stôf y gegin. Allan at y car unwaith eto a sychu pob rhan o'r system danio yn ofalus. Y tro hwn fe daniodd ar y cynnig cyntaf.

Welais i ddim golwg ar gar yr heddlu wrth yrru ar wib drwy Gas-gwent, a chyn bo hir roeddwn i ar y briffordd yn anelu tua'r dwyrain. Roedd y niwl yn drwchus mewn mannau ac yn peri imi yrru'n arafach nag y byddwn i wedi hoffi, ond ar yr un pryd gobeithiwn y byddai'n ei gwneud yn fwy anodd imi gael fy ngweld os oedd ceir yr heddlu wedi cael neges i gadw llygad ar agor am fy MG coch.

Does gen i fawr o gof am y siwrnai gan fod cymaint o bethau yn gwibio'n blith draphlith drwy fy meddwl, ac nid arhosais yn unman nes imi gyrraedd pentref

Christian Gifford. Stopiais y car tua thri chan llath o *Gifford Farm* a'i adael y tu ôl i lwyn o goed lle na ellid ei weld o'r llwybr a arweiniai at y fferm. Cerddais y gweddill o'r ffordd. Doedd hynny ddim yn dasg hawdd i mi ar hyd yr wyneb tyllog, anwastad, ond roedd yn well gen i hynny na dod allan o'r car yn fy null trwsgl arferol yng ngolwg y fferm, ac o fewn cyrraedd dryll Bernard Lockwood.

Roedd y niwl yn drwchus yn y rhan hon o Wlad-yr-haf, ac roedd pob man yn dawel fel y bedd. Yr unig sŵn a glywn oedd sŵn fy ffon a'm traed yn crensian ar raean y ffordd. Melltithiais Harry unwaith yn rhagor am fynd â'm dryll oddi arnaf.

Cyrhaeddais y fynedfa i'r fferm lle roedd y caniau llaeth yn aros i'w casglu. Ar ddiwrnod clir, byddwn yn gallu gweld y tŷ ac adeiladau'r fferm o'r fan hon, ond heddiw dim ond canghennau moel y gwrych gyda gwe pryf copyn a diferion o leithder yn pefrio arnynt oedd yn mynd â'm sylw.

Herciais i'r buarth ac aros am ennyd i edrych o'm cwmpas, ond ni allwn weld na chlywed unrhyw symudiad. Wrth sefyll yno, ni allwn lai nag ail-fyw'r diwrnod hwnnw pan yrrodd Duke a Harry i'r buarth yn y jîp, a minnau'n sefyll yn fuddugoliaethus yn y cefn a phryderu ar yr un pryd ynglŷn â'r croeso fyddai'n ein haros. Ac yna Barbara yn dod allan o'r tŷ a'i gwên yn fy sicrhau nad oedd unrhyw angen imi bryderu.

Cerddais ymlaen at y tŷ.

George Lockwood atebodd y drws. Gall ugain mlynedd adael cryn ôl ar wyneb dyn, ond fe fyddwn i wedi adnabod George Lockwood yn unrhyw fan. Roedd rhagor o fylchau rhwng ei ddannedd, ac roedd ei wyneb ronyn yn feinach, ond roedd ei lygad chwith yr un mor waedlyd, a'r aeliau trwchus yr un mor dywyll, er bod ei wallt wedi britho cryn dipyn.

Ddywedodd o yr un gair, dim ond sefyll yno'n syllu arnaf. Doedd dim arwydd o gwbl ei fod wedi rhyfeddu fy ngweld. Yn wir, cawn yr argraff ei fod wedi bod yn fy nisgwyl.

Teimlwn nad oedd angen unrhyw eglurhad, ond gan nad oedd o'n bwriadu dweud dim, 'Fe alwais i heibio ddydd Sul gan obeithio eich gweld chi a Mrs Lockwood. Arthur Probert ydw i.'

Roedd hi'n amlwg nad oedd hynny'n newydd iddo.

'Alla i ddod i mewn?'

Edrychodd heibio imi i'r buarth.

'Fy hun rydw i tro hwn.'

Trodd a cherdded i mewn i'r tŷ gan adael y drws ar agor. Dilynais ef a chau'r drws ar fy ôl.

Roedd arogl y tŷ yn union fel y cofiwn ef y bore cyntaf hwnnw pan gyrhaeddais yno ym 1943. Arogl llwydni yn codi o hen garpedi a meini hynafol y tŷ yn gymysg ag aroglau cynnes y gegin. Ac yna fel eco o gyfnod fy mhlentyndod, clywais lais tawel, lleddf Mrs Lockwood yn holi, 'Pwy sy 'na, George?' Cerddais i mewn i'r gegin. 'Arthur bach!' meddai gan agor ei breichiau i'm hanwesu. Dyna'r tro cyntaf imi gael y fath groeso ganddi.

Roedd y blynyddoedd wedi gadael llawer rhagor o'u hôl arni hi nag ar ei gŵr. Roedd ei holl gorff wedi meinhau a chroen ei hwyneb wedi crychu drosto, ac roedd arthritis wedi ystumio cymalau ei bysedd yn greulon. Gwisgai ei gwallt yn union yn yr un dull ag y cofiwn pan welais hi gyntaf, ond roedd ei ddüwch gloyw bellach yn glaerwyn.

'Mae'n siŵr dy fod ti'n dal i gofio beth i'w wneud â phlataid o sgons cynnes o'r popty,' meddai.

Oedd, roedd ansawdd y croeso yn sicr wedi gwella dros y blynyddoedd.

'Ydy Bernard o gwmpas y bore 'ma?' gofynnais, gan obeithio fy mod yn swnio'n ddigon didaro.

'Allan yn y caeau. Fe ddaw i mewn yn y man.'

Ceisiais gelu fy siom a'm braw, ac eisteddodd y tri ohonom o gwmpas y bwrdd i fwyta'r sgons twym a jam mefus ac i yfed te chwilboeth o'r hen debot brown a oedd yn dal i deyrnasu ar stôf y gegin. Adroddais hanes fy mywyd yn ystod yr ugain mlynedd diwethaf mor gryno ag y gallwn.

'A beth sydd wedi dy ddenu di'n ôl yma?' holodd Mrs Lockwood.

'Merch Duke Donovan berswadiodd fi i ddod â hi yma ddydd Sul. Fe welson ni Bernard.'

'Do, fe glywais i.'

'Ond gan na ches i gyfle i'ch gweld chi'ch dau, fe ddois i'n ôl heddiw.'

Siaradodd George Lockwood am y tro cyntaf, ac roedd amheuaeth yn ei lais. 'Oedd gan Duke Donovan ferch?'

'Fe ddwedodd Bernard wrthon ni,' atgoffodd Mrs Lockwood ef yn eithaf siarp, ac ychwanegu gyda gwên gyfrinachol i'm cyfeiriad i, 'Dyw cof George ddim yr hyn fuodd o.'

'Chlywais i erioed ei fod o'n briod,' meddai George yn ddi-ildio.

'George!' meddai ei wraig yn rhybuddiol, a throi unwaith eto yn wên i gyd i edrych arnaf. 'Wel, Arthur bach, rho fwy o fenyn na hynna ar dy sgon. Dydy hi ddim yn amser rhyfel nawr, wyddost ti.'

Cydiais yn y ddysgl menyn a dweud, 'Mae merch Duke Donovan yn credu'n siŵr i'w thad gael ei grogi ar gam.'

'A beth ŵyr hi am y peth?' Roedd hi'n amlwg nad oedd George ddim mor ddryslyd ei feddwl ag roedd ei wraig am imi gredu.

'Ac nid hi ydy'r unig un,' meddwn i. 'Ydych chi'n cofio Harry Ashenfelter, yr Americanwr arall?'

Cyn i'r un o'r ddau gael cyfle i ateb, daeth llais Bernard o'r tu ôl imi. 'A beth am Harry Ashenfelter?'

Wn i ddim sut y llwyddodd i ddod i mewn i'r stafell mor dawel na pha mor hir roedd o wedi bod yn sefyll yno. Roedd hi'n amlwg bod ei rieni wedi ei weld, ond roedd y ddau wedi dal i fwyta eu sgons ac i sgwrsio heb ymateb o gwbl i ymddangosiad llechwraidd eu mab. Fe ges i ysgytwad. Yn llythrennol felly, nes imi golli peth o'r te chwilboeth dros fy nhrowsus. Troais i edrych arno, ac roeddwn i'n syllu i lawr ffroenau ei ddryll dau faril unwaith eto.

'Eistedd i lawr, Bernard,' meddai ei fam yn hamddenol, fel pe bai anelu dryll at ymwelydd yn un o hen arferion gwledig cyfarwydd Gwlad-yr-haf. 'Arthur ydy hwn. Wedi taro heibio i'n gweld ni.'

'A dydy o ddim yma ar unrhyw berwyl da,' ysgyrnygodd Bernard gan ddod â'r dryll o fewn modfeddi i'm hwyneb. 'Mi wn i beth i'w wneud â hwn.'

Heriodd y fam a'r mab ei gilydd ar draws y stafell. Flynyddoedd yn ôl fe fuaswn i wedi rhoi fy arian ar Mrs Lockwood. Roedd hi'n wraig gadarn a phenderfynol er gwaetha'i llais tawel, digyffro, fel roeddwn i wedi cael achos da i gofio pan blygwyd fi dros y mangl a safai ger y drws cefn o hyd. Yn y dyddiau hynny, roedd hi'n feistres gorn ar ei mab hefyd, ond roedd ugain mlynedd wedi mynd heibio ac roedd statws Bernard wedi codi. Fe oedd y ffermwr bellach.

Chwarae teg i'r hen George, daeth i mewn i'r ornest ar ochr ei wraig. 'Beth sy'n dy gorddi di heddiw?' gofynnodd yn chwyrn. 'Does neb yn cario dryll i mewn i'r gegin yn y tŷ yma.'

Ond doedd Bernard ddim am ildio modfedd. 'Os ydy'r bastard busneslyd yma'n mynd i wneud fel rydw i'n dweud wrtho, fydd 'na ddim achos saethu yn y tŷ 'ma.' Rhoddodd gic front i mi yn fy nghoes. 'Cod ar dy draed!'

Neidiodd Mrs Lockwood ar ei thraed a tharo'i dwrn cnotiog ar y bwrdd. 'Bernard, nid dyma'r ffordd i fynd ynglŷn â phethau.'

'Mam,' meddai Bernard yn ei lais cadarn, diemosiwn, 'y peth calla i chi fyddai cadw allan o hyn.' Y tro yma gwthiodd y dryll yn giaidd yn erbyn fy ngwddf. 'Allan!'

Doedd fy ngwddf i ddim mewn cyflwr rhy dda yn barod ar ôl y driniaeth roedd wedi ei dderbyn gan Harry Ashenfelter a'r bibell blwm. Roedd y boen yn ddirdynnol. Ond tra oeddwn i'n tagu ac yn ymladd am fy anadl, teimlais bawen anferth Bernard ar draws fy nhalcen yn gwthio fy mhen yn ôl nes fy ngorfodi i godi o'r gadair. Safwn yno'n ei wynebu a'm cefn tuag at y bwrdd.

Y tu ôl imi gallwn glywed Mrs Lockwood yn erfyn ar ei mab, 'Nid dyma'r ffordd, Bernard.'

Y funud nesaf, roedd hi wrth ei ochr yn ceisio tynnu'r dryll o'i grafangau. Gallai Bernard fod wedi ei gwthio o'r neilltu yn rhwydd, ond y cwbl wnaeth o oedd sefyll yn ei unfan gan ddal ei afael ar y dryll yn ei ddwy law.

Daliodd ei fam i dynnu yn y dryll am rai eiliadau heb lwyddo i'w symud yr un fodfedd. Yna, trodd ar ei gŵr a gweiddi'n ffyrnig arno, 'Alli di wneud rhywbeth heblaw eistedd ar dy din yn fan'na?'

Mae'n sicr fod George Lockwood yn ddigon call i sylweddoli na allai'r ddau ohonynt gyda'i gilydd wneud dim i orfodi eu mab i newid ei feddwl. Ni wnaeth unrhyw osgo i godi.

A beth am Arthur Probert? meddech chi. Beth oedd y gŵr bonheddig hwnnw'n ei wneud i helpu'r hen wraig oedd yn ymdrechu i achub ei groen? Chwarae teg, nawr. Rhaid i chi gofio fy sefyllfa. Roedd y dryll yn dal i fod o fewn modfeddi i'm calon. Yr unig beth y gallwn i obeithio ei wneud oedd ceisio tawelu rhyw gymaint ar Bernard. 'Iawn, iawn, rydw i'n mynd. Rydw i ar fy ffordd allan,' meddwn i.

'Wyt, mi rwyt ti ar dy ffordd allan.' Rhoddai ei oslef fileinig ryw ystyr frawychus i'r geiriau.

Ac eto, allwn i ddim cymryd ei fygythiad o ddifrif. Doeddwn i erioed wedi meddwl amdano fel llofrudd. Roedd o wrth reswm yn ddyn i'w ofni tra oedd y dryll yn ei ddwylo, ond allwn i ddim peidio â chredu nad oedd yn rhy bwyllog a chraff i ladd unrhyw un yn fwriadol.

Penderfynais roi cynnig ar apelio at ei deimladau.

Symudais yn llafurus tua'r drws gan bwyso'n llawer trymach nag arfer ar fy ffon.

Wrth i Bernard symud y dryll i'm dilyn, ceisiodd ei fam ei dynnu o'i afael unwaith yn rhagor. Doedd dim gobaith y llwyddai hi i dynnu ei sylw'n ddigon hir i mi gael cyfle i ddianc, ond fel y daeth yn amlwg yn fuan, am Bernard yn hytrach nag amdana i roedd hi'n pryderu. Dechreuodd ymbil yn daer arno. 'Wna i ddim gadael i ti, Bernard. Dydy fy mab i ddim yn llofrudd. Na ladd, Bernard. Alli di ddim gwneud unrhyw beth gwaeth na llofruddio.'

'Ac fe ddylech chi wybod, Mam,' atebodd Bernard yn gwta. A chyda'r chwe gair hynny fe ges i wybod yr hyn roeddwn i wedi dod yno i'w ddarganfod.

Allwn i ddim credu'r peth.

Gollyngodd Mrs Lockwood ei gafael ar y dryll a chamu'n ôl. Cododd ei llaw at ei cheg a brathu blaenau ei bysedd. Ochneidiodd yn lleddf a dolefus cyn crebachu o flaen fy llygaid mewn anobaith llwyr.

Roedd Bernard wedi ymatal rhag cyffwrdd pen ei fys ynddi pan oedd hi'n ymdrechu i gael y dryll oddi arno, ond nid oedd unrhyw ymatal yn ei eiriau. 'Y rhagrithwraig gableddus i chi, yn meiddio dyfynnu'r Deg Gorchymyn a chithau'n dal i ddrewi o farwolaeth.'

Syrthiodd ei fam yn ôl i'w chadair a sibrwd yn floesg, 'Dydy o ddim yn wir.'

'Ddim yn wir?' heriodd Bernard hi. 'A beth am ddoe, 'te?'

Gwingodd Mrs Lockwood yn ei chadair fel pe byddai wedi ei tharo. Gwnaeth ymdrech i ateb, ond ni ddaeth unrhyw sŵn o'i genau.

Ond doedd Bernard ddim yn fodlon ar hynny. Dynwaredodd ei lais yn greulon. ' *"Bernard, 'ngwas i, ei di â fi i Frome yn gynnar yn y bore. Rydw i wedi trefnu i fynd i weld y deintydd."* Deintydd o ddiawl! Roeddwn i'n eich gwylio chi'n rhedeg i'r siop gwirodydd a dod allan gan wthio dwy botel i'ch bag. Ac fe ddilynais i chi i'r orsaf a'ch gweld yn prynu tocyn i fynd ar y trên. Doeddech chi ddim wedi trefnu i weld unrhyw ddeintydd yn Frome nac yn unman arall. Fe ddalioch chi'r trên i Gaerfaddon.' Trodd i edrych ar ei dad. 'Ydych chi wedi darllen y papur y bore 'ma? Wyddoch chi beth ddigwyddodd i Sally Ashenfelter ddoe?'

Roedd George Lockwood wedi ymysgwyd digon i syllu'n angrhediniol ar ei wraig.

Aeth Bernard ymlaen yn gwbl ddidostur. 'Roedd Mam bob amser yn dweud cymaint roedd hi'n tosturio wrth Sally am ei bod hi wedi troi allan i fod yn alcoholig. Ac yn dweud byth a beunydd yr hoffai alw i'w gweld yng Nghaerfaddon. Wel, fe aeth hi i weld Sally ddoe. Ac fe aeth hi â dwy botel o fodca a bocs o fatsys gyda hi.'

Roedd George yn dal i rythu arni. 'Molly, 'nghariad i, beth wyt ti wedi ei wneud? Dim rhagor o ladd, dyna ddwedaist ti. Dim mwy o waed ar ein dwylo, dyna oedd yr addewid,' meddai, ac roedd rhyw dynerwch anniswyl yn ei lais.

Atebodd hithau drwy ei dagrau, 'Er dy fwyn di a fi y gwnes i hyn, George. Roedd popeth wedi ei anghofio, ac yna . . . ' Cuddiodd ei hwyneb yn ei dwylo.

Roedd Bernard mor benderfynol ag erioed. Cydiodd yn dynnach yn y dryll ac amneidio arnaf i fynd drwy'r drws.

Roedd fy nheimladau yn un gymysgfa o sioc, ffieidd-dra, atgasedd a thosturi. Ac ar yr un pryd, mae'n rhaid imi gyfaddef, roedd peth teimlad o foddhad. Roedd fy namcaniaeth mai yma, yn *Gifford Farm*, roedd yr ateb i'r dirgelwch, yn gywir. Ond doeddwn i ddim wedi breuddwydio am eiliad mai Mrs Lockwood oedd y llofrudd.

Oeddech chi?

Oes rhaid dweud rhagor i'ch argyhoeddi chi?

Rhedodd digwyddiadau 1943 ar wib drwy fy meddwl fel ffilm ar rîl. Morton a Barbara yn caru yn y sgubor. Minnau'n rhuthro i ddweud y stori. Wrth Duke. Ac wrth Mrs Lockwood.

Nid Duke laddodd Morton. Fe edrychodd Duke i mewn i'r sgubor, gwrando, a phenderfynu meindio ei fusnes ei hun.

Roedd Mr a Mrs Lockwood wedi gwahardd Morton rhag dod ar gyfyl y lle. Yn ei gwylltineb, cipiodd Mrs Lockwood y dryll o'r cwpwrdd. Doedd dim gwahaniaeth ganddi beth yn union oedd wedi digwydd rhwng Barbara a Morton yn y sgubor. Rhuthrodd yno a'i saethu yn y fan a'r lle, gollwng y dryll a mynd â'i merch i'r tŷ.

Roeddwn i a Sally yn y gegin pan ddaeth Mrs Lockwood â Barbara i mewn. Gwyddai Sally, a hi'n unig ac eithrio'r teulu oedd yn gwybod, fod Barbara a Morton yn gariadon ac nad oedd unrhyw synnwyr yn yr hyn roeddwn i wedi ei ddweud am Morton yn ei threisio hi yn y sgubor. Gwyddai Sally hefyd fod rhyw eglurhad arall dros gyflwr trallodus Barbara.

Ac eto, pan oedd Duke o flaen ei well, chafodd Sally mo'i galw i gyflwyno tystiolaeth. Fy nhystiolaeth i oedd wedi gyrru Duke i'r crocbren. Fy nhystiolaeth i ac aelodau'r teulu. Roedd yr erlyniad a'r amddiffyniad yn derbyn i Morton gael ei ladd am iddo ymosod ar Barbara a'i threisio. Byddai Sally wedi gallu adrodd stori bur wahanol.

Roedd pob enaid yn *Christian Gifford* wedi clywed am ddibyniaeth Sally ar y botel, ond dim ond teulu *Gifford Farm* oedd yn deall beth oedd wedi ei gyrru i'r cyflwr hwnnw. Ac felly, pan ddaeth Alice a minnau i'r fferm a chlywed gan Bernard fod Sally'n byw yng Nghaerfaddon, sylweddolodd Mrs Lockwood ei pherygl. Trefnodd i fynd i weld Sally ac aeth â dwy botel o fodca gyda hi.

Llofruddiaeth wedi ei chynllunio'n gwbl fwriadol mewn gwaed oer.

Ac nid y llofruddiaeth olaf y bydd yn rhaid imi gyfeirio ati.

Os ydych chi'n greadur nerfus, neu os ydych chi'n

225

gobeithio troi am eich gwely cyn bo hir i gael noson dawel o gwsg, efallai mai'r peth doethaf fyddai i chi roi'r llyfr yma o'r neilltu. Diolch i chi am eich cwmni, cysgwch yn dawel, a nos da.

Ond os ydych chi'n benderfynol o gael gwerth eich arian ac am ddal ati hyd y diwedd, fe adroddaf i weddill y stori yn union fel y digwyddodd pethau.

Sôn roeddwn i amdanaf fy hun yn cerdded allan o'r tŷ ar wahoddiad Bernard ac yntau'n fy nilyn gyda'r dryll yn ei ddwylo. Roedd ei fam yn wylo dagrau hidl ei heuogrwydd, a George druan yn gwneud ei orau trwsgl i'w chysuro.

Agorais y drws a chamu i'r buarth. Am eiliad neu ddwy, twyllais fy hun y cawn gyfle i gilio'n dawel o gyffiniau'r fferm tra byddai Bernard yn ceisio cael rhyw fath o drefn ar y trychineb teuluol diweddaraf. Ond pwniodd fi yn fy nghefn â'r dryll i'm hatgoffa nad oedd wedi anghofio amdanaf.

Sut ar wyneb y ddaear mae dianc o'r picil yma, meddyliais. Dywedais mor ddigyffro ag y gallwn, 'Rydw i wedi gadael fy nghar i lawr y ffordd, ond does dim rhaid i ti ddod i'm hanfon.'

Anwybyddodd Bernard fy ngeiriau naïf. 'Rwyt ti a fi'n mynd i'r sgubor acw,' meddai. Roedd y gosodiad oeraidd yn fwy iasol nag unrhyw fygythiad.

'Beth wna i'n fan'no?' gofynnais.

Atebodd yn yr un llais diemosiwn. 'Mae arna i ofn bod yn rhaid imi dy ddifa di.'

Yn union fel pe bai'n trafod anifail clwyfedig.

Fy adwaith cyntaf oedd panig llwyr. Teimlwn fel pe bawn yn cerdded mewn breuddwyd. Ac yna, dicter. Awydd gorffwyll i ymladd yn ffyrnig am fy mywyd.

Ond fyddai gen i ddim gobaith.

Defnyddia dy synnwyr, meddwn i wrthof fy hun. Os oes gen ti rywbeth yn dy ben, dyma'r amser i wneud defnydd ohono.

'Wyt ti'n sylweddoli mai llofruddiaeth fyddai hynny?'

Ei unig ateb oedd taro'r dryll yn galetach i'm meingefn gan fy ngorfodi i hercian i gyfeiriad y sgubor, y sgubor lle saethwyd Cliff Morton ugain mlynedd ynghynt. Yr adeilad bach carreg a safai ar wahân i weddill adeiladau'r fferm.

Roedd yn rhaid imi ymresymu â'r dyn, a hynny ar unwaith.

'Does arnat ti ddim eisiau fy lladd i,' dechreuais mor gyfeillgar â phe baen ni'n ddau gyfaill mynwesol yn cael sgwrs fach hamddenol. 'Mi fyddai hynny'n sicr o greu rhagor o helynt i ti. Dwyt ti ddim yn llofrudd, Bernard. Peth ffôl fyddai i ti wneud yr un camgymeriad â dy fam.'

'Llai o dy gleber di, neu mi dania i'r dryll y funud yma.'

Roeddwn i'n dal i symud i gyfeiriad y sgubor, gan wneud fy ngorau glas i'w berswadio, 'Dwyt ti ddim yn euog o unrhyw beth. Dy dad helpodd dy fam i gael gwared ar gorff Morton, 'tê? Fo roddodd y pen yn y gasgen seidr a chladdu gweddill y corff yn ddigon pell o'r fferm. Ac mae'n siŵr ei fod o wedi bwriadu cadw'r gasgen honno, ond i rywun ei rhoi hi ar lorri a mynd â hi i'r *Shorn Ram* drwy gamgymeriad. Dyna ddigwyddodd, 'tê?'

Erbyn hyn, roedden ni o fewn tafliad carreg i'r sgubor a doeddwn i ddim wedi gwneud unrhyw argraff arno. Ond doedd dim i'w golli wrth roi un cynnig arall arni. 'Mae dy dad yn euog o helpu i guddio olion y drosedd, ond rwyt ti'n gwbl ddieuog. A does dim alli di ei wneud i achub croen dy rieni bellach. Mae'r plismyn ar eu ffordd yma. A'r wasg. Mae'r *Life on Sunday* yn anfon un o'u gohebwyr. Heddiw, Bernard. Maen nhw ar eu ffordd yma'r funud hon.'

Roedden ni wedi cyrraedd y sgubor. Tybiais am eiliad y gallwn ruthro i mewn a chau'r drws yn ei wyneb, ond nid tasg i ddyn cloff oedd rhyw wrhydri felly.

A doedd fy ffon ddim o unrhyw werth fel arf yn erbyn dryll oedd yn cael ei bwyso yn erbyn fy arennau. Byddai wedi tynnu'r triger cyn imi hyd yn oed godi fy mraich. Erbyn hyn, roeddwn i'n sicr ei fod o ddifrif. Mae rhyw reddf gyntefig yn rhybuddio dyn pan yw ar fin marw.

Teimlwn y chwys yn llifo i lawr fy nhalcen, fel pe bai hi'n ganol haf.

Cerddais i mewn i'r sgubor.

Roedd hi'n lled dywyll yno, ond nid yn ddigon tywyll i roi unrhyw obaith imi y gallwn ruthro i chwilio am guddfan.

Doedd dim amdani ond ceisio ymbil am fy mywyd.

'Mae dy ddyfodol dithau yn y fantol hefyd os tynni di'r triger 'na. Wyt ti wedi meddwl am hynny?'

Gwthiodd y dryll yn ffyrnicach yn erbyn fy nghefn. 'I fyny'r ysgol 'na.'

Roedd am i mi ddringo i fyny i'r daflod lle roedd Morton wedi cael ei lofruddio. Roedd am fynd â mi i'r union fan. Teimlwn y dafnau chwys yn rhewi ar fy nghorff. Tybed nad gŵr gwallgof oedd hwn wedi'r cyfan, ac mai ei fwriad oedd ail-greu llofruddiaeth Cliff Morton. Dichon ei fod yn credu mai fy nyfodiad i, yn fachgen nawmlwydd oed, i'r fferm oedd man cychwyn holl drallodion ei deulu, a'i fod ar fin perfformio rhyw ddefod gyntefig i gael gwared â'm presenoldeb dieflig am byth.

Sefais yn ystyfnig wrth droed yr ysgol. 'Alla i ddim dringo ysgolion.'

Yr eiliad honno bu'n rhaid imi gydio'n sydyn yn ffyn yr ysgol. Roedd Bernard wedi cicio'r ffon yn ffyrnig o'm gafael. Yna, teimlais boen arteithiol fel pe bai un o fy asennau wedi ei thorri. Roedd yn fy mhwnio'n egnïol yn fy arennau gyda ffroen y dryll.

Cydiais yn yr ysgol â'm dwy law a thynnu fy hun i fyny fel epa lloerig. Llwyddais i roi fy mhenlin ar ymyl y llofft a chrafangio'n wyllt o gyrraedd Bernard a'r dryll mileinig.

Gorweddais yno yn gwingo mewn poen. Fyddai dim gwahaniaeth gen i yr eiliad honno pe bai'n rhoi ergyd drwy fy mhen cyn belled â'i fod yn peidio â chyffwrdd fy nghefn dolurus. Rhowliais i gysgod un o'r byrnau gwair a phwyso fy nghefn yn ei erbyn. Ond wrth i'r boen ddechrau lleddfu rhyw gymaint, sylweddolais nad oedd Bernard wedi fy nilyn i fyny'r ysgol. Ac yna clywais yr ysgol yn cael ei llusgo o'i lle a'i gollwng ar y llawr. Am ryw reswm na allwn i mo'i ddyfalu, roedd Bernard wedi penderfynu fy ngadael yno.

Symudais yn raddol at ymyl y daflod er mwyn cael cip ar yr hyn oedd yn digwydd ar y llawr islaw. Allwn i ddim credu y byddai Bernard yn gadael llonydd imi'n hir iawn. Roedd yn benderfynol o'm lladd, ac roeddwn i'n berffaith sicr nad oedd dim roeddwn i wedi ei ddweud wedi cael unrhyw effaith arno.

Roedd wedi gosod y dryll i bwyso yn erbyn y wal, a nawr roedd yn tynnu dau o'r byrnau gwair i ganol y llawr. Estynnodd gyllell o'i boced a thorri'r cordyn ar un o'r byrnau a mynd ati i wasgaru'r gwair rhydd ar hyd y llawr.

Ar ôl gorffen, aeth draw i ben pella'r sgubor allan o'm golwg a chlywn ei sŵn yn llusgo rhywbeth ar hyd y llawr anwastad. Tybiwn ei fod yn dod â rhagor o fyrnau i ganol y llawr.

Ond roeddwn i'n camgymryd. Pan ddaeth Bernard yn ôl i'r golwg, roedd yn llusgo corff marw. Corff dyn.

Roedd staeniau gwaed yn amlwg ar siaced y corff, ond gan fod ei wyneb tua'r llawr allwn i ddim gweld a oeddwn i'n adnabod y dyn ai peidio.

Ond pwy bynnag oedd y truan, aeth rhyw ias i lawr asgwrn fy nghefn. Gallwn ddeall erbyn hyn pam nad oedd Bernard wedi cymryd unrhyw sylw o'm rhybuddion. Roedd yn llofrudd eisoes ac nid oedd ganddo ddim i'w golli wrth fy lladd innau.

Gwyliais ef yn codi'r corff i ben y byrnau. Gorweddai yno ar ei gefn a'i goesau ar led, ac un o'i freichiau'n hongian yn llipa dros yr ochr. Roedd ei ddau lygad yn llydan agored fel pe baent yn rhythu'n syth arnaf.

Rhythais innau'n ôl arno. Roedd yn wyneb cyfarwydd.

Wyneb Harry Ashenfelter.

Pennod 22

Roedd ochr chwith talcen ac wyneb Harry Ashenfelter wedi glasu. Roedd wedi bod yn gorwedd ar ei wyneb ar y llawr carreg am beth amser. Doedd dim rhaid bod yn batholegydd i ganfod hynny. Doedd dim rhaid bod yn batholegydd chwaith i weld oddi wrth y ffordd roedd ei fraich yn hongian dros ochr y byrnau, nad oedd wedi bod yn farw yn hir iawn. Wrth geisio ail-greu'r olygfa, mae ei disgrifio'n glinigol yn help i leddfu'r arswyd.

Edrychais i lawr arno gyda mwy o barch nag roeddwn i wedi ei dalu iddo erioed yn ystod ei fywyd. Er lleied o barch roedd Harry Ashenfelter wedi ei ddangos i'r naill na'r llall o'i wragedd yn ystod eu hoes, mae'n rhaid fod rhyw arlliw o ddyletswydd tuag at Sally wedi ei arwain i geisio dial ar ei llofrudd. Amarch â'r marw fyddai awgrymu am eiliad mai dial ar y sawl oedd wedi llosgi ei dŷ a'i eiddo oedd ei brif gymhelliad. Mae'n rhaid ei fod wedi gyrru'n syth i Wlad-yr-haf ar ôl fy ngadael yn anymwybodol yn fy nghartref. Roedd wedi fy nghredu pan ddywedais mai yn *Gifford Farm* yr oedd yr ateb i'r holl ddirgelwch. Ac fel finnau, roedd wedi penderfynu mynd yno i chwilota ar ei ben ei hun.

A'i wobr am wneud hynny oedd cael ei saethu drwy ei galon.

Fy nhro i fyddai hi nesaf.

Mae'n sicr y bydd pob un o'm darllenwyr craff wedi sylweddoli erbyn hyn beth oedd Bernard yn ei drefnu ar fy nghyfer. Doeddwn i ddim. Roedd y sioc o ganfod corff Harry yno yn y sgubor wedi pylu fy ymennydd.

Roeddwn i'n dal i syllu arno pan glywais wich drws y sgubor. Roedd Bernard wedi ei agor a chamu allan drwyddo. Roedd wedi gofalu mynd â'r dryll i'w ganlyn.

Dyma fy nghyfle olaf i ddianc. Roedd yn rhaid symud yn gyflym. Roedd Bernard wedi symud yr ysgol, ond gallwn gwympo ar y byrnau heb wneud gormod o niwed imi fy hun. Mae'n wir fod corff marw yn gorwedd arnynt eisoes, ond fyddai hwnnw'n teimlo dim. Roedd gen i ddewis rhwng bod yn gysetlyd a bod yn farw.

Paratois i neidio a theimlo'r boen yn brathu fy nghefn wrth i mi gyrcydu ar ymyl y daflod. Syllais i lawr i lygaid pwl Harry, a fferru.

Daeth gwich arall o gyfeiriad y drws a daeth Bernard yn ei ôl heb y dryll. Ond roedd yn cario rhywbeth yr un mor fygythiol: can o betrol.

Aeth ati'n syth i arllwys y petrol ar gorff Harry a thros y byrnau gwair. Roedd arogl y petrol yn llenwi fy ffroenau. Byddai Harry'n wenfflam mewn ychydig eiliadau, heb sôn amdanaf innau a oedd yn garcharor yn y daflod ddeg troedfedd uwch ei ben.

'Y diawl lloerig!' bloeddiais.

Roedd Bernard yn rhy brysur yn taenu cofleidiau o wair yn llwybr a arweiniai o'r corff i gyfeiriad y drws, i gymryd yr un sylw ohonof. Wrth iddo gerdded wysg ei gefn oddi wrthyf tua'r drws, daliwn i'w regi a'i felltithio.

Arhosodd tua dwylath o'r drws er mwyn gadael lle iddo'i hun i droi a dianc. Agorodd y drws yn barod.

Yna, cerddodd unwaith yn rhagor ar hyd y llwybr gwair gan daenu gweddill y petrol drosto'n ofalus. Pan gyrhaeddodd yn ôl at y drws, rhoddodd y can i lawr ac estyn taniwr sigaréts o'i boced.

Pwysodd ei fawd ar olwyn y taniwr a gwelais y gwreichion yn tasgu. Rhoddodd gynnig arall arni, a'r tro hwn daeth fflam, ond ar yr un eiliad daeth chwa drwy'r drws agored a'i diffodd yn syth. Wrth edrych yn ôl, gallaf weld yr olygfa yn union fel rhan o un o ffilmiau Hitchcock. Y goelcerth yn barod a'r taniwr yn gwrthod gweithio. Cysgododd Bernard y taniwr â'i law chwith a cheisio ei gael i danio am y trydydd tro.

Ac fe lwyddodd. Gwyrodd Bernard ac estyn y fflam yn bwyllog, ofalus, tuag at y llwybr o wair.

Ac yna, yn anhygoel, camodd rhywun drwy'r drws gyda'r dryll yn ei ddwylo.

Bron na allaf eich gweld yn ysgwyd eich pen mewn anghrediniaeth. O na, nid yr hen ystrydeb wirion am y dyn gyda'r dryll yn ymddangos yn y drws, meddech chi.

Wel, nage.

Yn y lle cyntaf, nid dyn oedd yno. Merch oedd hi, ac roedd hi'n cydio yn y dryll gerfydd ei faril, fel pe bai'n cydio mewn gordd. Yr eiliad honno roeddwn yn bendithio Alice Ashenfelter. Roeddwn yn barod i faddau'r holl drafferthion a'r cyhuddiadau dilornus a'r ymyrraeth ddigywilydd yn fy mywyd a'm gwaith. Roeddwn i'n croesawu ei hymyrraeth y tro hwn o waelod fy nghalon.

Cododd y dryll yn uchel uwch ei phen ac anelu am wegil Bernard a oedd wedi plygu yn ei gwrcwd â'i gefn tuag ati. Roedd yn rhaid i'r ergyd daro'r targed. Go brin y câi hi ailgynnig.

Mae'n rhaid fod Bernard naill ai wedi clywed neu wedi synhwyro'r symudiad y tu ôl iddo, oherwydd ar y funud olaf gwyrodd ei ben a symud i'r ochr. Glaniodd yr ergyd ar ei ysgwydd dde. Oherwydd grym yr ergyd, collodd Alice ei gafael ar y dryll a chyn iddi gael cyfle i blygu i ailgydio ynddo, roedd Bernard wedi codi a rhuthro amdani. Llwyddodd Alice i neidio o'i gyrraedd, ond erbyn hyn roedd Bernard rhyngddi a'r drws ac yn ei hymlid i ben pellaf y sgubor ac allan o'm golwg.

Clywais ei bloedd arswydus. 'Arthur!'

Neidiais dros ymyl y daflod.

Doeddwn i erioed wedi cyffwrdd corff marw hyd y foment honno. A doeddwn i ddim wedi bod yn edrych ymlaen at y profiad. Fe'm sbardunwyd gymaint gan floedd Alice nes imi neidio heb roi unrhyw ystyriaeth i'r hyn roeddwn yn mynd i lanio arno. Syrthiais ar gorff llipa Harry a theimlo'i gnawd meddal yn clustogi fy nghwymp. Cyffyrddais un o'i ddwylo rhynllyd wrth grafangio'n wyllt i gyrraedd y llawr.

Hoeliais fy llygaid ar Bernard. Roedd tua deg troedfedd oddi wrthyf, ac roedd Alice yn gorwedd ar ei hwyneb ar y llawr wrth ei draed. Ond doedd hi ddim yn edrych ar y llawr. Roedd Bernard yn penlinio ar ei chefn hi ac yn cydio â'i ddwy law yn ei phlethen. Tynnai â'i holl nerth fel pe bai'n benderfynol o dorri ei gwddf yn y fan a'r lle.

Griddfanodd Alice yn ei phoen.

Roeddwn i wedi rhuthro i geisio ei hachub heb ystyried sut yn union roeddwn i am gwblhau'r dasg. Roedd fy ffon ymhell o'm cyrraedd a phe bawn i'n crafangio tuag atynt, mater bach fyddai hi i ŵr cyhyrog fel Bernard fy llorio innau.

Rhaid oedd meddwl am gynllun amgenach.

Y noson cynt, roedd Harry wedi mynd â'r Colt .45 oddi arnaf. Os oedd y dryll yn dal yn ei feddiant . . .

Estynnais fy llaw a theimlo poced ei siaced. Dim lwc.

Beth am y boced arall?

Allwn i ddim cyrraedd honno.

Clywais Alice yn griddfan yn uchel.

Cydiais yn y corff gwaedlyd â'm dwy law a'i dynnu tuag ataf. Llithrodd oddi ar y byrnau a disgyn ar fy mhen. Yr eiliad nesaf roeddwn yn ymaflyd codwm â dyn marw.

Wrth lwc, mae gen i bâr o freichiau cryfion. Llwyddais i'w wthio oddi arnaf a chodi ar fy ngliniau.

Daeth sgrech drallodus o gyfeiriad Alice.

Gwthiais fy llaw i boced arall siaced Harry a chael gafael ar y dryll. Tynnais ef allan, anelu at Bernard a thynnu'r triger.

Rhwygodd y fwled i'w gefn gan ei luchio ar ei wyneb ar ben Alice. Wn i ddim oedd o wedi ei ladd ai peidio, ond ni thaniais ergyd arall.

Bwriodd Alice Bernard o'r neilltu a chodi ar ei thraed ac edrych yn frawychus arnaf. 'Rwyt ti ar dân!'

Doeddwn i ddim — wel nid rhyw lawer. Ond roedd dillad Harry'n wenfflam. Wn i ddim pa un ai taniwr Bernard ynteu'r ergyd roeddwn i wedi ei thanio oedd yn gyfrifol, ond roedd y petrol wedi cydio. Brysiais o afael y fflamau gan dynnu fy siaced a oedd yn mudlosgi'n barod.

Mae cyflymder tân petrol yn frawychus. Edrychais i gyfeiriad y drws a gweld y fflamau ffyrnig yn ei ysu. Doedd dim dihangfa i'r cyfeiriad hwnnw.

Erbyn hyn, roedd Alice wrth fy ochr. Cydiodd ynof a'm llusgo tua phen arall y sgubor. Doedd dim tân na phetrol yno, ond roedd mwg du yn chwyrlïo o'n cwmpas. Fe fydden ni'n mygu cyn i'r tân ein cyrraedd.

'Yr ysgol,' gwaeddais. Pe gallem ddringo i'r daflod, byddai'r llawr yn ein cysgodi rhag y fflamau a'r gwres am beth amser. Gohirio'r anorfod yn hytrach nag achubiaeth fyddai hynny, ond roedd yn well nag aros yn ein hunfan heb wneud dim.

Rhyngom, llwyddwyd i godi'r ysgol ar ei thraed. Roedd y gwres yn annioddefol a rhu'r fflamau yn frawychus erbyn hyn.

Alice aeth i fyny'r ysgol yn gyntaf.

Efallai na choeliwch chi ddim, ond cyn i mi ei dilyn chwiliais am fy ffon a chael gafael arni. Taflais hi i fyny i'r daflod a thynnu fy hun yn gyflym i fyny'r ysgol. Rai munudau ynghynt, dryll Bernard oedd wedi fy ysbrydoli i wneud hynny, y fflamau oedd y symbyliad y tro hwn.

Y mwg oedd y brif broblem yn y daflod. Byddai'r ddau ohonom yn gyrff mewn byr o dro.

Amneidiais ar Alice i'm helpu i dynnu'r ysgol i fyny ar ein hôl. Mae'n rhyfedd y nerth sy'n dod i ddyn, ac i ddynes hefyd, yn ei fraw. Roedd gwaelod yr ysgol wedi duo'n barod yn y fflamau, ac roedd rhai o'r ffyn isaf yn mudlosgi. Aeth y ddau ohonom ati i hyrddio pen yr ysgol yn erbyn llechi'r to.

Gwyddwn fod perygl yn hynny. Gallai'r fflamau gael eu tynnu i fyny drwy unrhyw dwll y llwyddem i'w wneud yn y to. Fy unig obaith oedd y byddai'r llawr yn ein diogelu'n ddigon hir i roi cyfle i ni ddringo allan. P'un bynnag, nid dyma oedd y fan a'r lle i sefydlu is-bwyllgor i bwyso a mesur y manteision a'r anfanteision. Ymhen ychydig funudau, byddai'r llawr coed ei hun yn wenfflam, os na fyddai'r gwreichion wedi rhoi tân ar y byrnau gwair oedd yn y daflod cyn hynny.

Pwysais fy nghefn yn erbyn twr o'r byrnau a chydio yng ngwaelod yr ysgol, a chydag Alice yn cydio ynddi tua hanner y ffordd i fyny, ei bwrw mor galed ag y gallem yn erbyn llechi'r to dro ar ôl tro. Sylweddolais yn fuan fod gwir yn y gred bod adeiladwyr yr oes o'r blaen yn codi adeiladau i bara. Dyrnais y llechi nes bod fy mreichiau'n ddiffrwyth cyn imi glywed un o'r llechi'n cracio. Yn fuan craciodd ail lechen ac wrth i ni ddal ati i ergydio'n orffwyll, cynyddodd maint y twll yn gyflym. Gollyngais yr ysgol a rhuthro at y twll gan ymladd am fy anadl. Llwyddais i bwnio rhagor o lechi rhyddion o'u lle â'm ffon, ac yna dringodd Alice ar y byrnau a chrafangio allan drwy'r twll. Ceisiais innau wthio'r ysgol allan ar ei hôl er mwyn gallu ei defnyddio i ddod i lawr o'r to. 'Paid â gwastraffu amser, Arthur,' crefodd Alice. 'Mae'r ysgol 'na'n llawer rhy fyr.'

Gallwn deimlo gwres y llawr drwy wadnau fy esgidiau. Gwaeddais ar Alice i symud o'r ffordd a lluchio dau o'r byrnau allan drwy'r twll. Efallai y gallem eu defnyddio i dorri ein codwm wrth neidio oddi ar y to.

'Brysia, Arthur,' gwaeddodd Alice gan ymestyn drwy'r twll i'm helpu innau i ddringo allan.

Roedd tua phymtheg troedfedd rhyngom a'r ddaear, ond roedd y mwg trwchus a ymwthiai drwy'r twll a rhwng y llechi dan ein traed yn ddigon o anogaeth i neidio. Edrychais ar y byrnau gwair ar y ddaear ac yna ar Alice. 'Iawn?'

Roedd wyneb Alice yn bygddu a go brin ei bod yn gweld rhyw lawer drwy wydrau myglyd ei sbectol. Gwenodd arnaf ac estyn ei llaw. Neidiodd y ddau ohonom gyda'n gilydd.

Pennod 23

'Gobeithio'r nefoedd y daw'r llun allan yn iawn,' meddai Digby am y trydydd tro. 'Pe bawn i wedi cael rhagor o rybudd, mi fyddwn i wedi gallu dod â ffotograffydd gyda fi.'

'Rho'r gorau i dy gwyno,' cyfarthodd Alice yn chwyrn. 'Rwyt ti wedi cael dy stori, on'd do?'

Cododd Digby ei ysgwyddau ac edrych arnom yn llechwraidd, fel aderyn corff blonegog. 'Ond meddylia am lun o'r ddau ohonoch chi'n llamu law yn llaw oddi ar do'r sgubor wenfflam 'na. Ffotograff y flwyddyn. Mi fydd ar dudalen flaen pob papur newydd drwy'r wlad bore yfory.'

Bore yfory. Doedd arna' i ddim eisiau clywed am yfory. Roedd fy meddwl yn orlawn o'r gorffennol. Eisteddai'r tri ohonom o amgylch y bwrdd yng nghegin y fferm. Roedd un plismon ifanc yn cadw cwmni i ni. Mewn stafell arall, roedd yr Arolygydd Voss yn holi Mr a Mrs Lockwood, ac allan yn y buarth roedd criw yr injan dân yn mynd a dod wrth geisio diffodd y tân yng ngweddillion y sgubor.

'Ateb un cwestiwn bach, wnei di,' meddwn i gan droi fy nghynddaredd i gyfeiriad Digby. 'Pan oeddwn i ac Alice yn ymladd am ein bywydau yn y goelcerth 'na, roeddet ti'n sefyll y tu allan yn ffidlan efo'r camera 'na?'

'Nid gwaith y wasg yw ymyrryd,' atebodd yn rhwysg-fawr.

'Arglwydd mawr, Digby!'

'Fyddwn i ddim wedi gallu gwneud dim. Roedd fflamau lathenni o hyd yn saethu allan drwy'r drws.'

'Ond cyn hynny, fe sefaist ti o'r neilltu a gadael i Alice

fynd i mewn ar ei phen ei hun i ymosod ar y llabwst
Bernard Lockwood 'na?'

Atebodd Digby'n gwbl ddigyffro. 'Fe ddwedais i
wrthi am beidio â bod mor wirion. Ond wnâi hi ddim
derbyn fy nghyngor i.'

Anwybyddodd Alice ef a rhoi ei sylw i gyd i mi. 'Dyma
i ti beth ddigwyddodd, Arthur. Mi welais i'r stori yn y
papur am Sally'n cael ei llosgi, ac fe wyddwn yn syth fy
mod i wedi gwneud cam â thi wrth dy gyhuddo di o
saethu Cliff Morton. Roedd ar bwy bynnag laddodd
Sally eisiau ei rhwystro hi rhag dweud rhywbeth wrthyt ti
a fi. Er gwaetha'r holl bethau cas ddwedais i, roeddwn
i'n gwybod na fyddet ti byth yn lladd mewn gwaed oer.
Roeddwn i'n amau Harry ar y cychwyn, ond roeddwn i'n
nabod hwnnw'n ddigon da i wybod na fyddai o byth
wedi llosgi ei dŷ ei hun. Mi fyddai wedi defnyddio rhyw
ffordd arall i dawelu Sally. Felly doedd neb ar ôl ond
teulu *Gifford Farm*. Wedi i Digby gael gair â thi ar y ffôn
ac i tithau roi'r ffôn i lawr, fe wyddwn i fod yn rhaid i ni
ddod yma. Fe gipiodd Digby ei gamera a gyrru yma mor
gyflym ag y gallai. Fe adawon ni'r car yn y pentref a
cherdded yma mor dawel ag y gallen ni, rhag ofn i ni
gyfarfod Bernard a'i ddryll.'

'Fe welson ni ddrws y gegin yn cael ei agor,'
ychwanegodd Digby, 'ac fe guddion ni yn y sied lle mae'r
peiriannau'n cael eu cadw.'

Ailgydiodd Alice yn y stori. 'Yna, fe welson ni
Bernard yn dy wthio di drwy'r drws gyda'r dryll yn dy
gefn a mynd â thi i'r sgubor. Ymhen ychydig, fe ddaeth
allan a rhoi'r dryll i lawr ac estyn can petrol. Fe fentrais i
at y drws i gael cip, a'i weld yn arllwys petrol ar y llawr.
Dyna pryd y penderfynais bod yn rhaid i rywun ei
stopio.' Ochneidiodd a gwenu'n gam arnaf. 'Fe ddylwn i
fod wedi defnyddio'r dryll i saethu'r diawl yn lle ceisio ei
daro fo.'

Cydiais yn ei llaw ar draws y bwrdd a dweud, 'Paid ti â

phoeni. Fyddwn i ddim wedi dod allan o'r sgubor 'na'n fyw oni bai amdanat ti.'

'Ac mae'n sicr na fyddet ti ddim wedi bod i mewn yno i gychwyn oni bai amdana i,' meddai gan chwerthin.

Dyna, mae'n debyg, oedd y tro cyntaf imi ei chlywed yn chwerthin yn gwbl agored a hapus. Roedd ei sbectol hi'n dal heb ei glanhau. Roedd smotiau duon dros ei hwyneb, ac roedd ei gwallt euraid am ben ei dannedd, ond roedd ei gwên yn cynhesu fy nghalon. Ymunais yn ei chwerthin a dweud, 'Gan ein bod ni'n deall ein gilydd yn well erbyn hyn, beth am i ni gyfarfod eto?'

Rhoddodd Digby ei law ar ei lyfr nodiadau. 'Fyddai gen ti unrhyw wrthwynebiad pe bawn i'n dyfynnu'r geiriau yna?' gofynnodd.

Gwenais arno am y tro cyntaf a dweud yn siriol, 'Dos i grafu, Digby.'

Ond fel y gŵyr fy narllenwyr ffyddlon yn eithaf da, dydy bywyd byth yn fêl i gyd. Roedd Alice wedi trefnu i hedfan yn ôl i Efrog Newydd yn y bore. Lwyddais i ddim hyd yn oed i dreulio'r min nos, heb sôn am y nos i gyd, yn ei chwmni. I'r penbwl plismon, Voss, roedd y diolch am hynny. Fe'm cadwodd am oriau, yn fy holi, a'm croesholi a'm holi drachefn am yr hyn oedd wedi digwydd yn y sgubor. Cyfaddefais fy mod wedi gorfod saethu Bernard Lockwood er mwyn achub fy mywyd fy hun, a threuliodd Voss oriau cymhleth yn ceisio penderfynu a ddylid galw hynny'n ddynladdiad ai peidio. Gan ei fod wedi dweud rai oriau ynghynt nad oedd yn bwriadu dod ag unrhyw gyhuddiad yn fy erbyn, collais bob diddordeb yn ei faldorddi. Erbyn iddo roi caniatâd imi adael, roedd Alice a Digby wedi hen ddiflannu.

Gyda llaw, roedd Digby wedi gwneud cawl o'r ffotograff, ond fe wnaeth yn fawr o'r stori, a chael ei dalu'n anrhydeddus am ei drafferth, mae'n sicr.

Os ydych chi wedi bod yn aros am ryw dro annisgwyl yng nghynffon y stori, mae arna i ofn y bydd yn rhaid imi eich siomi chi. Cyfaddefodd George Lockwood mai ef oedd wedi cael gwared â chorff Morton ym 1943. Aeth â'r heddlu at lyn yng nghyffiniau Frome lle roedd wedi gollwng y corff i'r dyfnderoedd ar ôl rhwymo pwysau wrtho i'w gadw'n ddiogel o dan y dŵr. Mae'n debyg iddynt anfon deifwyr i lawr i chwilio, ond na lwyddwyd i ddod o hyd i unrhyw beth ar ôl yr holl flynyddoedd.

Cafwyd Mrs Lockwood yn euog o lofruddio Sally Ashenfelter ac fe'i carcharwyd am oes. Cyfaddefodd hefyd iddi saethu Clifford Morton ym 1943 ac iddi ddwyn camdystiolaeth yn ystod achos Duke Donovan. Oherwydd ei hoedran, penderfynodd Cyfarwyddwr yr Erlyniadau Gwladol nad oedd unrhyw bwrpas mewn cynnal achos yn ei herbyn ar y cyhuddiadau hynny.

Rwyf wedi cael ar ddeall hefyd y bydd yr Ysgrifennydd Cartref yn argymell rhoi Pardwn Brenhinol i Duke Donovan. Bydd clywed hynny'n sicr o roi boddhad mawr i Alice, fel y gwnaeth i minnau. Ond fydd Duke ddim mymryn yn llai marw.

Cefais fy nghynghori gan amryw o bobl i beidio â'm beio fy hun am fy rhan yn achos Duke. Allwn i ddim gwneud unrhyw beth arall, meddent. Y cwbl wnes i oedd dweud yr hyn oedd yn wir cyn belled ag y gwyddwn i ar y pryd. Ac mae'n sicr eu bod nhw yn llygad eu lle. Ond alla i byth anghofio. Byth bythoedd.

A nawr, mae hi'n hen bryd imi fwrw ati i wneud y gwaith coleg rydw i wedi ei esgeuluso er mwyn adrodd y stori hon. Dydw i ddim yn cwyno, cofiwch, a gobeithio eich bod chithau hefyd yn eithaf bodlon. Fe ddywedais i fod gen i stori bur anghyffredin i'w hadrodd, ac rydw i wedi gwneud fy ngorau i wireddu fy addewid. Ond mae gen i lwyth o waith i'w orffen rhwng nawr a mis Medi. Fis yn ôl, fe lenwais i ffurflen gais ar gyfer swydd darlithydd dros dro ym Mhrifysgol Yale, a thrwy lwc fe'm derbyniwyd. Dim ond pum milltir ar hugain o daith sydd yna o Yale i Waterbury, Connecticut.

Mae'n rhaid fy mod i'n hurt bost.